臺灣審議式民主實踐研究

沈惠平◎著

目　錄

前言

緒論
 一、研究現狀
 二、主要內容與觀點
 三、研究創新、意義與方法
 四、基本思路與內容安排

第一章　審議式民主概述
 第一節　審議式民主的概念
 第二節　審議式民主的性質與特徵
 第三節　審議式民主的價值與功能
 第四節　小結

第二章　臺灣的實踐：公民會議 I
 第一節　公民會議
 第二節　「全民健保給付範圍」公民會議
 第三節　「稅制改革」公民會議
 第四節　小結

第三章　臺灣的實踐：公民會議 II
 第一節　「高雄跨港觀光纜車」公民會議
 第二節　「新竹科學園區宜蘭基地」公民會議
 第三節　「淡水捷運周邊環境改造」公民會議
 第四節　小結

第四章　臺灣的實踐：公民會議 III
 第一節　開放空間
 第二節　說故事與公共審議
 第三節　「族群和解與對話」活動
 第四節　小結

第五章 臺灣的實踐：其他形式
　　第一節 審議式民調
　　第二節 公民陪審團
　　第三節 願景工作坊
　　第四節 小結
　　結語
　　一、臺灣審議式民主的實踐歷程
　　二、臺灣審議式民主實踐的主要特徵
　　三、臺灣審議式民主實踐的成效與不足
　　四、小結

附錄

參考文獻

後記

前言

　　作為一種治理形式或治理藝術，審議式民主的基本含義是公民在平等與互惠的基礎之上透過對話、討論、審議等方式參與公共事務與公共決策。1980年代中後期以來世界上多個國家或地區紛紛加入審議式民主的實踐熱潮，臺灣亦在其中。自2002年首開「全民健保給付範圍」公民會議以來，一方面，根據探討議題的影響範圍，可把臺灣審議式民主的實踐分為全臺性（涉及全臺灣的公共議題）與地方性（涉及縣、市甚至是社區性的公共事務）兩個層次來分析；另一方面，鑒於臺灣審議式民主之運作以公民會議為主，可將其實踐分為公民會議與其他操作形式兩大類型來分析，其中公民會議又可細分為理性論辯與「說故事」兩種對話方式。透過兩個層次（縱向）、兩大類型（橫向）的劃分，當前臺灣審議式民主的實踐狀況基本上能夠得以全景式的比較、分析與描述。

　　迄今為止，臺灣審議式民主的實踐歷程大致可分為試驗期、推廣期以及成長期三個階段，主要採取的實踐形式包括公民會議、審議式民調、公民陪審團、願景工作坊等，主要特徵包括形式多樣、層次廣泛以及議題豐富等。這些實踐有助於公民提升瞭解複雜的政策議題的興趣與能力，有助於消解臺灣的社會分裂與族群對立等。雖然如此，臺灣審議式民主的實踐也存在一些問題和不足，如公民對政策影響有限，過度強調共識導致弱勢群體的觀點和利益沒有得到足夠的重視，以及在一定程度上成為政府決策背書的工具，甚至淪落為政客們選舉操作與打擊對手的工具。總之，臺灣審議式民主的實踐已取得較大的成效，足以使人們有理由和信心繼續推動和深化之。但鑒於目前還存在這種那樣的問題與不足，臺灣社會需要更多的相互尊重，使公民之間的相互溝通更加順暢和理性，以提升臺灣整體的治理品質。

緒論

　　審議式民主（deliberative democracy）[1]是一套有關民主政治的理念與原則，它在1980年代的興起被稱為「民主理論的一種新發展」[2]，也標誌著西方民主政治實踐進入一個更加精細化的發展階段。其含義是「公民透過自由而平等的對話、討論、審議等方式，參與公共決策和政治生活」[3]。一方面，審議式民主以公民參與決策作為民主的核心價值，主張公民是民主體制的參與主體，應該積極促進公民對於公共事務的參與。另一方面，審議式民主理論家認為，經過公眾審議和公共辨識討論，不僅可以培養公眾的政治美德，也可以優化決策，以實踐民主決策的理想。審議式民主理論研究的權威學者艾米・古特曼（Amy Gutmann）和丹尼斯・湯普森（Dennis Thomp-son）認為，審議式民主是這樣一種治理形式：自由而平等的公民（及其代表）透過相互陳述理由的過程來證明決策的正當性，這些理由必須是相互之間可以理解並接受的，審議的目標是做出決策，這些決策在當前對所有公民都具有約束力，但它又是開放的，隨時準備迎接未來的挑戰。[4]簡言之，審議式民主不僅是一個連接直接民主（direct democracy）與代議民主（rep-resentative democracy）的平臺，更是一項新的治理藝術（art of governance）。「其目的是為人類謀劃一個更具有深度民主品質的公共生活，行塑及喚起各個群體共同築造社群感與責任感，以對公共領域所發生的衝突與爭議議題，做一個持續且不斷的理性對話與商議，由巨觀的整個社群公共福祉的營造，再到微觀個人公民意識與知能的提升，帶動公共治理秩序的順暢運作，減少治理失靈現象的發生。」[5]自1980年代中期丹麥首次開展共識會議（consensus conference）或公民會議（citizen conference）的實踐以來，世界上多個國家或地區紛紛加入審議式民主的實踐熱潮，臺灣亦在其中，且「發展速度與觸及議題之多元豐富頗令國際側目」[6]。相關的研究在臺灣也日益成為一門「顯學」。

一、研究現狀

　　目前臺灣學界對臺灣審議式民主實踐的研究，首先，多集中於個案的實證分析，並從個案研究中得出其中的成效與侷限，如《公民會議與審議民主：臺灣健保的公民參與經驗》、《審議民主的限制——臺灣公民會議的經驗》等。其次，還有一些學者側重於反思現有實踐的不足，並試圖找尋破解的途徑，如《女性主義對審議式民主之支持與批判》、《當前審議式民主的困境及可能的出路》、《說故事與民主討論———一個公民社會內部族群對話論壇的分析》等。最後，個別學者對審議式民主在大陸與臺灣的實踐經驗做了初步的比較分析，如《審議民主的實踐：臺灣與大陸經驗分析》。除了大學的研究者之外，審議式民主在臺灣的實踐也引起博、碩士生對於相關議題的關注。從2003年開始至今有大約五十篇博、碩士學位論文以審議式民主作為其研究的主題，如《公共新聞學：審議式民主的觀點》（2004）、《全民健保審議式民主參與機制之比較》（2007）、《審議民主學習圈模式應用於高中生公共參與學習之個案分析》（2008）、《公民參與的機會與挑戰——臺灣審議民主制度化之研究》（2010）等。這些論文主要來自政治學、公共行政學，另有來自哲學、法學、公共衛生、新聞學、教育學、社會學等領域的相關論文。除三成左右的研究著重從哲學與政治學理論的角度探討審議式民主之外，更多的論文則是分析已經發生的案例，主題包括「全民健保」公民會議、淡水社區大學的21世紀議程、「高雄市跨港纜車」公民會議、「臺北市汽機車總量管制」公民會議、和平高中學生的學習圈討論、2005年臺南縣長審議式辯論、內湖社區大學的公民會議等。這顯示審議式民主的理念和實踐對於不同學科年輕一代的研究者產生了一定程度的影響。不論如何，總體上臺灣學界的研究是不全面的，尤其缺乏宏觀上的比較分析。相比之下，大陸學界對這個議題的研究則處於起步階段，尚無系統的和深入的探討。僅有的文獻如《臺灣民間的「省籍—族群」和解運動——以〈面對族群與未來——來自民間的對話〉為例》、《臺灣建構公民社會的「協商民主」之實踐狀況》、《創新的烏托邦還是有效的民主治理：對臺灣審議民主實踐的分析》等對臺灣審議式民主的實踐做了一般性的論述，深度與廣度稍嫌不夠。至於海外學界在這個方面的研究成果，則幾乎沒有見到。要言之，自2002年首開「全民健保給付範

圍」公民會議以來，臺灣審議式民主的實踐正開展得有聲有色，其形式包括公民會議、審議式民調（deliberative polling）、公民陪審團（citizens jury）、願景工作坊（scenario workshop）、法人論壇（civic groups forum）及學習圈（study circle）等，至2007年臺灣審議式民主的實踐次數已經超過丹麥，成為全球之冠。但學界的研究相對薄弱，尤其缺乏宏觀上的綜合研究。本書即針對於此，目的在於加強這方面的研究，尤其是總體研究。

二、主要內容與觀點

本書的主要內容包括：

第一，臺灣審議式民主的實踐形式及其比較分析。當前臺灣審議式民主的實踐大多數以公民會議的形式展開，少數以審議式民調、願景工作坊、法人論壇等進行，每一種實踐形式都具有各自的優缺點。以公民會議為例，它透過理性公開的對話過程有助於「造就好公民」、提升決策的正當性和品質以及促進社會的共識和共善等。但與此同時，公民會議也面臨著諸如代表性不足、是否需要具備共善的取向以及如何避免利益團體的議題操作等問題。[8]在歸納各自優缺點的基礎上，對各種實踐形式進行比較分析。

第二，臺灣審議式民主實踐的主要特徵、成效與不足。臺灣審議式民主的實踐所涉及的議題十分廣泛，既有全臺性的議題如「全民健保」公民會議、「稅制改革」公民會議等，又有地方性的議題如「高雄市跨港觀光纜車」公民會議、「淡水河整治」願景工作坊等。透過審議式民主的實踐，公民們不但展現了瞭解複雜的政策議題的興趣與能力，而且能夠在尋求共善和共識的取向下，理性地討論政策議題。與此同時，參與公共討論的過程，能夠提升公民的知識與積極性的公民德行。雖然臺灣審議式民主的實踐取得很大的成效，但是也存在一些不足，如公民參與受限、缺乏標準的程序化和制度化等。此外，當前審議式民主在臺灣的實踐，大多是由政府出資委託學術機構主辦，涉及全臺性公共議題的實踐更是如此。這些由政府

機關委託舉辦審議式民主的實踐在一定程度上成為公共政策背書的工具，甚至淪落為政客們選舉操作與打擊對手的工具。這不但使得審議式民主實踐的公信力大大降低，而且也有可能導致公民對政府的信任危機。

第三，臺灣審議式民主實踐的借鑑意義。近十年來臺灣審議式民主的實踐積累了大量有益的經驗和教訓，值得去總結與借鑑。以2004年民間社團主辦的「族群和解與對話」活動為例，它不同於以理性論辯（rea-soning）方式進行的公民參與活動，而是針對弱勢群體創造性地引進「開放空間」（open space）的會議模式和「說故事」（story-telling）的論述方式，試圖透過民間的渠道，以相互瞭解、溝通與理解的方式去推動「族群和解」之路，治療臺灣社會為「省籍—族群」政治動員所撕裂的傷痛。[9]這樣的對話方式對於大陸社會的和諧與兩岸的和解有什麼樣的借鑑作用，值得進一步的深入研究和探討。

立足於臺灣審議式民主實踐的總體研究，本書得出的主要觀點是：

第一，臺灣審議式民主的實踐既具有審議式民主實踐的普遍性，又具有其自身的特殊性。承前所述，作為一套有關民主政治的理念與原則，審議式民主興起於西方，然後被臺灣學界引進臺灣應用於公共決策領域，至今已近十年。透過深入研究可以發現，審議式民主在臺灣的實踐既具有審議式民主實踐的普遍性如遵循一套嚴格的操作程序，又結合本地實情而表現出其自身的特殊性，這一點在旨在「省籍—族群」之間進行和解的公民會議方面得到了顯著體現。除了把「開放空間」和「說故事」模式應用於「族群和解」公民論壇之外，還設計出頗具創新性的「審議式電視辯論會」、「審議式班會」等模式[10]。

第二，臺灣審議式民主的實踐，不論是以公民會議還是以審議式民調等其他形式展開，既是對現有審議式民主理論的應用與檢驗，反過來又以其特色貢獻來自臺灣的經驗，甚至提出質疑或修正原有假設與結論，因而有助於充實和豐富現有的民主理論尤其是審議式民主理論，對公民社會理論、公共政策研究等也有借鑑意義。與此同時在操作層次上對其他國家或地區的實踐也有所助益。例如，基於臺灣豐富的執行經驗，學者已編撰出諸如《行政民主之實踐：縣市型議題審議民主公民參

與》及其《操作手冊》、《行政民主之實踐：社區型議題審議民主公民參與》及其《操作手冊》等著述[11]，這些均是其他國家或地區在操作相關議題時可資借鑑的參考資料。

第三，雖然臺灣審議式民主的實踐開展得有聲有色，積累一定的經驗並取得一些成效，但也存在諸多不足。這是因為任何一項民主實踐都不是完美無缺的，其終歸無法超越人本身的侷限。我們一方面可從中「取之精華」，「為我所用」即為我們的和諧社會建設提供有益的參照，另一方面則應盡力避開其侷限。

三、研究創新、意義與方法

目前學界對臺灣審議式民主實踐的研究多集中於個案的實證分析，本書則在考察個案的基礎上著眼於臺灣審議式民主實踐的整體狀況，進行宏觀和總體的研究。換言之，目前學界對相關議題的研究還很不全面、有許多需要補強的地方，本書給予較系統、全面的再審視和再思考，這是主要的創新之處。其意義如下：首先，支持審議式民主的研究者認為，公民們的民主審議若能作為一種持久性的體制內公民參與模式，將可制衡政治與經濟的精英決策，與此同時還有助於強化公民社會。事實果真如此嗎？本書以臺灣的實踐加以檢驗，將有助於我們深入理解現有的民主理論尤其是審議式民主理論。其次，審議式民主理論主張，民主不僅僅體現為自由選舉，更主要地體現為公民參與決策。本書從實證上加以檢驗，在理念和制度上有助於完善民主的公共決策機制。這對於決策者具有一定的參考和啟發作用，因此有利於指導實踐、開創新的民主治理模式。最後，作為中國政治體系下一個次政治體系，臺灣任何有意義的政治實踐不僅值得關注與研究，而且應該把臺灣的民主政治發展納入中國政治文明的發展軌道之中，揚長避短，為中國的政治進步提供有益的經驗和教訓。審議式民主是構建和諧社會的一種對話方式，本書透過歸納出臺灣審議式民主實踐的成效與不足，可為我們構建和諧社會提供借鑑與參考，以促進整個社會的持續發展與進步。這正是本書的主要價值和意義所在。

所謂研究方法，基本上是指蒐集與處理資料的程序與手段，即研究者針對自己所欲探討的主題與相關問題，擬如何進行蒐集和分析資料。[12]具體來說，本書主要採用文獻分析法、個案研究法以及比較分析法。

首先，文獻研究法。文獻研究法是學術研究中最為常用的一種方法，幾乎所有的學術課題均會使用它進行研究。一般而言，文獻研究法就是透過對文獻的查閱、分析，從而找出事物的內在聯繫和本質規律的一種研究方法。文獻分析的來源主要是相關的著作、研究報告、期刊和學位論文等。本書主要內容的研究基本上採取文獻研究法，即透過蒐集到關於臺灣審議式民主實踐的資料包括相關的書籍、期刊雜誌上的文獻以及網路資料等進行研究。

其次，個案研究法。個案研究法就是透過對具體的案例和具體的研究對象進行深入、全面和系統的分析，從而來實現研究的目的。其主要目的是透過對個案的介紹和分析，來解釋和論證自己所做的研究，為自己的研究提供一種支撐。事實上，深入的個案研究不但可以彌補理論分析與歸納過於抽象的色彩，而且有助於研究者進一步提出較為創新而富含經驗意涵的觀點。本書對臺灣審議式民主實踐狀況的分析，主要就是透過對相關案例來進行的。

最後，比較研究法。比較研究法是透過比較來區別和確定事物之間異同關係的最常用的一種研究方法。本書對比較研究法的運用，主要體現在三個方面：其一，臺灣審議式民主的實踐形式主要包括公民會議、審議式民調、公民陪審團與願景工作坊等，它們之間的區別；其二，在公民會議實踐中，區分理性論辯與「說故事」或強調情感性言說兩種對話方式；其三，按照理性論辯方式進行的公民會議中，區分不同層級公共議題中公民的參與情況。

四、基本思路與內容安排

本書的基本思路是，在審議式民主理論的基礎上，一方面，根據探討議題的影

響範圍，可把臺灣審議式民主的實踐分為全臺性（涉及全臺灣的公共議題）與地方性（涉及縣、市甚至是社區性的公共事務）兩個層次來分析；另一方面，鑑於臺灣審議式民主之運作以公民會議為主，可將其實踐分為公民會議與其他操作形式兩大類型來分析，其中公民會議又可細分為理性論辯與「說故事」兩種對話方式。透過兩個層次（縱向）、兩大類型（橫向）的劃分，當前臺灣審議式民主的實踐狀況基本上能夠得以全景式的描述、比較與分析。如圖一所示，本書第二、四章所涉及全臺性公共議題的公民會議落在Ⅰ象限裡，第三章涉及地方性公共議題的內容落在Ⅳ象限裡，第五章所分析的其他實踐形式則落在Ⅱ和Ⅲ象限裡。

按照上述研究思路，本書共分三大部分，第一部分是緒論，第二部分包括第一至五章的內容，第三部分則是本書的總結。其中，第二部分內容的具體安排如下：

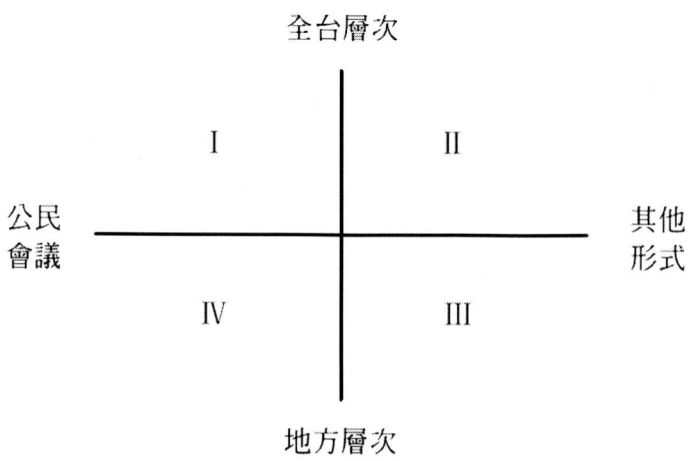

圖一　本書的基本思路

資料來源：作者自制

第一章是審議式民主概述，包括審議式民主的概念、性質與特徵以及審議式民主的功能與作用等。

第二章是臺灣審議式民主的實踐：公民會議Ⅰ。這一章首先對公民會議的性質、結構、運作程序及其功用等進行概述，在此基礎上提出本書對於公民會議的分析框架，然後以2002年「全民健保給付範圍」、2005年「稅制改革」公民會議為例分析臺灣民眾參與全臺性公共議題的情況。2002年由「二代健保規劃小組」公民參與組舉辦的「全民健保給付範圍」公民會議是臺灣第一次的公民審議會議。有鑒於過去「全民健保」政策規劃與運作缺乏公眾參與，為了提升此項與民眾切身利益相關的社會福利政策的質量，規劃小組引進西方審議式民主討論的模式，借由招募具有公民意識的臺北縣市社區大學學員，試驗性地進行了一場知情、理性的公民會議，此次會議雖屬實驗性的操作與探索，但卻成為臺灣推動審議式民主實踐的濫觴。針對過去主要依賴專家的「稅制改革」議題，臺財政部委託學術單位進行「稅制改革」公民會議，首次邀請一般民眾參與討論，最終達成包含取消軍教免稅、建立最低稅負制、海外所得課稅設定日出條款以及課徵證所稅等許多具有相當創意的政策建議，獲相關部門肯定可以作為推動「稅制改革」的重要參考。

　　第三章是臺灣審議式民主的實踐：公民會議Ⅱ。這一章應用第二章提出的分析框架，以2004年「高雄第一港口跨港觀光纜車」、2005年「新竹科學園區宜蘭基地」、2006年「淡水捷運周邊環境改造」公民會議為例分析臺灣民眾參與地方性（「直轄市」、縣、社區層級）公共政策議題的情況。2004年底，高雄市政府舉行「高雄跨港纜車」公民會議，成為臺灣首次由地方縣市政府舉辦的公民會議。2005年初，宜蘭社區大學結合學術研究團隊針對「新竹科學園區宜蘭基地」舉辦公民會議，宜蘭縣的環境保護一直在臺灣名列前茅，而科學園區的興建引發在地民眾對於環境、交通、產業與文化等爭議，因此在地社區團體希望透過公民會議，結合民主的討論程序，尋求宜蘭民眾對設立新竹科學園區宜蘭基地的共識，以降低未來的影響衝擊，也可同時提升宜蘭的公民意識。「淡水捷運周邊環境改造」公民會議則是基於新北市淡水地區在捷運通車之後，成為臺灣最熱門的觀光景點之一，在捷運帶來龐大遊客帶來積極發展的同時，也對淡水市區及淡水捷運站周邊帶來了環境的衝擊，新北市政府也預計在淡水地區推動多種開發計劃。面對這樣的多元挑戰，未來淡水的空間如何經營？而淡水人對淡水的未來的想像為何？這些均須透過審慎思辨的民主精神，經過社區居民理性的公開討論，以尋求未來對於經營淡水市鎮空間的共識。

第四章是臺灣審議式民主的實踐：公民會議Ⅲ，以「族群和解與對話」活動為例分析臺灣民眾參與全臺性公共議題的情況。與第二、三章不同的是，相對於上述以理性論辯方式進行的公民參與活動，2004年臺灣民間社會針對弱勢群體創造性地以「說故事」的論述方式等開展「省籍—族群」關係的公民和解會議，試圖以嶄新的對話方式消解臺灣社會中尖銳的「省籍—族群」問題。

第五章是臺灣審議式民主實踐：其他形式。臺灣審議式民主的實踐形式除了大多數採用公民會議的形式之外，還採用了審議式民調、公民陪審團、願景工作坊等形式，這一章結合2002年「全民健保」公共論壇——審議式民調、2007年「淡水河整治」公民陪審團以及2008年新北市「中港河廊通學步道」願景工作坊等相關案例分析臺灣民眾對全臺性或地方性公共事務的參與情況。

本書內容可大致概括如表一所示。

表一　本書的基本內容

形式	層次	全台性議題	地方性議題
公民會議	理性與論辯的方式	2002年「全民健保給付範圍」公民會議 2005「稅制改革」公民會議	2004年「高雄跨港觀光纜車」公民會議 2005年「竹科宜蘭基地」公民會議 2006年「淡水捷運周邊環境改造」
	「說故事的方式」	2004年「族群和解與對話」活動	
審議式民調		2002年「全民健保公共論壇」審議式民調	
公民陪審團			2007年「淡水河整治」公民陪審團
願景工作坊			2008年新北市「中港河廊通學步道」願景工作坊

資料來源：作者自制

第一章　審議式民主概述

　　1980年代以來，在對自由主義民主弊端的反思和參與民主觀念的濫觴下，西方政治學界出現了審議式民主理論復興的熱潮。「它是對古希臘雅典城邦民主模式的現代回歸與發掘，亦是對現代西方自由主義民主和代議制民主的反思、糾正、彌補、完善和超越。審議民主理論的興起在西方有著悠久的理論淵源和深刻的現實背景。」[14]換言之，審議式民主在西方有著源遠流長的理論傳統，它可以在古希臘民主實踐中發現自己的原始存在。因而確切地說，審議式民主並非是一種範式創新，而是一種基於範式復興之上的範式超越，正如喬恩‧埃爾斯特（Jon Elster）所說：「審議式民主的觀念及其實踐像民主本身一樣古老，因此，這種發展與其說是一種創新，倒不如說是一個古老觀念的復興。」[15]

第一節　審議式民主的概念

　　學術界普遍認為，在1980年發表的《審議式民主：代議制政府中的多數原則》一文中，約瑟夫‧貝賽特（Joseph M.Bessette）率先使用了「de-liberative democracy」一詞並提出了審議式民主的概念。在他看來，作為民主政治最核心的內容，審議就是就公共政策的優點和價值進行辯論和討論，這個過程有助於表明某些價值高於其他價值。審議式民主強調客觀正義和社會公益，不承認價值觀僅僅是偏好問題，而認為實踐理性可以用於解決社會爭端。[16]在此之前，「審議」和「民主」這兩個詞所代表的正好是兩種無法相容的元素——慎思與平等。儘管自近代以來「民主」聲譽日隆，但直到19世紀中葉，「民主」在西方世界一直是貶義的意味，與暴民政治相連。而「審議」所代表的「深思熟慮」正是對治民主之弊端的良藥。對審議的推崇是為了捍衛政治代表對大眾輿論的抵制。貝賽特使用「deliberative democra-cy」一

詞來反對人們對憲政的精英主義解釋，試圖化解審議與民主之間的矛盾，將二者連接起來。但正如許多學者所指出的，貝賽特的「審議民主」仍帶有濃厚的精英主義傾向。[17]「貝賽特提出這一概念的目的主要是反對把政治領域看成是私人利益和政治野心討價還價的市場，或把政治過程純粹理解為一種『權力遊戲』。但是，貝賽特對民主審議的理解不同於後來的公共審議論者，他主要把審議的過程侷限在國會以及各州的眾、參兩院的工作範圍內，在一定程度上還包括立法部門與行政、司法部門之間的互動，而基本上沒有考慮全體公民的公共審議。在這個意義上，他的審議性民主理論是精英主義的。」[18]不過不論如何，貝賽特首先使用「審議式民主」一詞在某種意義上開啟了西方民主理論的「審議轉向」（deliberative turn）[19]，人們對民主的理解逐漸地從「以投票為中心」（vote-centric）轉向「以討論為中心」（talk-centric）。「以投票為中心」的民主理論所理解的民主，是固定不移的偏好與利益，透過投票的機制相互競爭；相較之下，審議式民主所關注的，則是投票之前，意見形成的溝透過程。「審議式民主的理論家們所關心的，是審議如何型塑偏好、緩和自利傾向、調解差異，產生合理的意見與政策，並可能導致共識的形成。」[20]

簡言之，按照埃爾斯特的說法，審議式民主就是體現了審議性質的民主，它應當同時具備審議的一面與民主的一面。所謂審議的一面就是指決策的過程要透過參與者彼此交換理性的意見來進行，這些參與者都要致力於理性的和公正的價值；所謂民主的一面則是指所有將要受到某一集體決定約束和影響的人自己或其代表都應參與到這一決策過程中來。[21]換句話說，大致上可以這樣理解審議式民主：在合理多元主義下的民主社會，具有不同觀點/立場的公民對某個議題或政策，與其他同樣自由、平等且理性的公民在經過公開審議、公共證成的論理論辯後，逐漸凝聚共識，或至少能讓分歧的意見逐漸趨同，使隨後共同做出的決定具有正當性。並且，這樣一套慎思熟慮的公開審議程序，被假設能解決「以投票為中心」所可能會產生的多數暴力或不明智的決定，或甚至被認為能避免特定利益團體對民意代表的遊說所導致的對公共利益產生的傷害。用喬舒亞·科恩（Joshua Cohen）的話來說就是：「審議民主不僅僅是確保公共事務進行理性討論的公共文化，也不僅是將這種文化與投票、政黨、選舉等傳統民主制度之間建立連結，而是直接地將權力的行使與公

開論理的情境結合在一起。」而這要求審議式民主除了提供公民之間自由且平等的意見討論與參與，也要能有一套確保政治權力回應與責任歸屬的框架，也就是將公共權力的權力來源和公開說理（public reasoning）結合在一起。[22]由是觀之，所謂審議式民主指的是：所有受到決策影響的公民或其代表，都應該能夠參與集體決定，而這集體決定，是由抱持理性與無私態度的參與者，經過說理的方式來形成的。由此定義可知，審議式民主強調公民是民主體制的參與主體，應該積極促進公民對於公共事務的參與。而公民的政治參與，不應該僅侷限於投票。參與者應該在訊息充分、發言機會平等與決策程序公平的條件下，經過深思熟慮，對公共政策進行公開的討論，並以說理的方式提出可行的方案或意見，在相互進行推理、辯論、論證後，得出可以共同接受的決議。

20世紀晚期審議式民主理論研究的轉向，表明理論與實踐更多地開始關注民主的真實性（the authenticity of democracy），更多地關注公共決策中的有效參與。對審議式民主理論的普遍關注和研究的拓展，必然要求我們更深入地分析：作為一種新的民主模式，構建審議式民主的核心要素具有怎樣不同的維度？即如何認識作為審議前提、基礎、核心概念等相關因素，如多元文化、公民社會和理性等。多元文化現實是可以用來促進審議式民主發展的重要資源，公民社會的健康發展是審議式民主運作的重要基礎，而公開利用理性則是審議式民主的關鍵。[23]

首先，多元主義現實與審議選擇。面對自由、正義、幸福和愛等價值，以及不同價值發生衝突時，人們應該平等地對待每一種合理的價值，而不是將任何一種特定價值置於優先地位。也就是說，不存在一種在所有情境中都具有優先地位的價值，任何單一的或復合的價值都不具有這樣理性的、道德的權威。多元主義的結論是：主張某一個價值永遠具優先性的論點是不合理的，雖然人類的基本價值是普遍、恆久不變的，但是在如何享有這些基本價值的問題上，則會因歷史、文化和個人的不同而產生差異。合理的多元主義事實能夠清楚地為人們提供關於民主觀念的重要內容，即自由平等的公民觀念。

對於審議式民主來說，多元主義事實的存在，首先可能使在這種環境中公民無法共享同樣的集體目標、道德價值或世界觀。其次，可能會因為拒絕承認不同的文

化權利而導致強制融合與統一,從而犧牲多樣性;或者以一種相互不隸屬的、分離的狀態維持一種形式上的統一。因此,多元文化主義在事實上可能會限制審議式民主的實踐。但是,多元文化主義事實的存在,也促進了審議民主的發展。首先,多元的視角能夠促進提出要求的人表達其作為公正訴求的建議,而不僅僅是自利或偏好的表達。其次,不同視角、利益和文化之間的衝突能夠使其他人瞭解到不同的經驗,尊重不同的視角。再則,表達、疑問、對話,以及挑戰不同境遇的知識增加了人們的社會知識,雖然沒有放棄其個人的視角,但傾聽不同的觀點,是影響不同境遇的人們能夠理解建議和政策的方式。

其次,健康公民社會的發展是審議式民主成功的基礎。從廣義上講,公民社會指的是社會中正式和非正式的團體和網絡,它們存在於國家和市場之外。從構成要素來說,公民社會包括有私人的家庭領域、各種組織、社會運動、社會團體和其他形式的公共組織如媒體等。因此,公民社會排斥與國家相關的制度,如政黨、議會和官僚機構以及完全以市場和經濟生產為核心的各種組織。由於構成的多元因素的存在,公民社會是一個異質的空間。研究者普遍認為,要實現良好運轉的民主,公民社會是必要的。也就是說,對於民主來說,公民社會被普遍認為是一種積極的力量。公民社會能夠使自主的個人在自願組織之間自由轉化,並因此創造出一種平衡國家權力的力量;公民社會是維護公民權利,促進社會自身能力成長的重要力量;公民社會是各種社群、非自利的個人或國家共同決定整體命運的場所,公民社會參與國家決策能夠使決策獲得合法性;公民社會是公民學習民主的地方。信任、互惠等公民美德在很大程度上是透過非政治組織的活動形成的,並能夠消除社會分裂、對立和衝突。

審議式民主應該是一種更具包容性的民主理論,公民社會的不同作用應該都體現在審議式民主之中,從而共同促進審議式民主。審議式民主理論家也都不同程度地對公民社會進行了探討和闡釋。在這些討論中,最為核心的內容就是公民社會與國家的關係、公民社會在審議式政治中應該扮演怎樣的角色。圍繞這個問題,審議式民主理論家形成了兩種截然不同的思想脈絡,即微觀和宏觀脈絡。前者集中於界定審議程序的理想條件,例如貝賽特和埃爾斯特等,這種理論僅僅就誰應該參與審議、怎樣運用理性思考等進行了相關討論;宏觀審議理論家強調發生在公共領域中

的、非正式的審議話語形式，如塞拉‧本哈比（Seyla Benhabib）、約翰‧德雷澤克（John S.Dryzek）、哈貝馬斯等，其關注焦點是正式決策制度之外的、非結構化的、開放的對話。

微觀審議理論家集中關注的是為公共製度中的審議提供理想模式，因此，他們的理論大多數都與西方民主國家現有的政治制度如立法機構等有關。不過，少數微觀理論家更傾向於雅典式的審議論壇，將參與擴展到民選的代表。例如，科恩將審議程序定義為一種活動空間，其中，公民可以為政治議程提出問題，並參與關於這些問題的辯論。因此，如果參與者可以自由平等地決定議程，就設定討論的問題提出解決方案並選擇一種替代，那麼，這樣一種論壇就是民主的、審議的。微觀理論家要求民選的代表和公民社會中那些願意並有能力協商的行為者參與結構性論壇中的理性審議。

從宏觀視角看，審議是較少結構化的術語，其中，透過各種組織、社會運動、網絡和媒體參與開放的公共話語。宏觀審議的目標是意見的形成。按照本哈比的說法，宏觀審議生產的是一種「關於思考、爭論和辯論的相互聯結、重疊的網絡和組織的」公開對話。對於德雷澤克來說，宏觀審議指的是各種重疊話語（overlapping discourses）的爭論。話語可以比作是連續性的故事情節，在事實、價值、神話和意見基礎之上得以發展。它們意味著「一種共有的理解嵌入語言中的世界的方式」。宏觀或話語的審議發生在社會中非正式的、「未開發的」空間，其中，交往是不受限制的、自發的。它包含著一系列從小範圍面對面（face-to-face）的討論，到社會運動和媒體的行為的交往空間。話語的審議並不必然排斥類似抗議、抵制和激進行動等更為策略性的行為形式。

最後，審議過程的關鍵在於公開利用理性。因為審議過程必然涉及圍繞公共政策的觀點、根據和理由必須清楚、有力，所以，審議式民主理論家都傾向於強調理性在商討和辯論過程中的重要地位。作為對民主的規範描述，審議式民主喚起了理性立法、參與政治和公民自治的理想，它呈現的是一種基於公民實踐推理的政治自治。在科恩看來，審議必然是理性的，因為審議過程的參與各方都需要表明自己提出、支持或者批評各種政策建議的根據和理由。這些根據、理由和觀點等會透過表

達、陳述、溝通和交流等決定他們建議的命運。正如哈貝馬斯所指出的那樣，在理想的審議中，人們總是在運用「更好觀點的力量」。人們提出建議並相應提出支持此類政策建議的根據，目的就是希望別人能夠傾聽這些理由，能夠接受基於這些理由的建議。也可能很多建議會被拒絕，因為它們沒有可接受的理由為之辯護。因此，審議過程的實質性特徵應該是以理性為基礎，理性是保證審議過程能夠合理趨向共識並訴諸公共利益的關鍵條件。審議過程發揮作用的是合理的觀點，而不是情緒化的訴求。參與者應該可以在獲得最具說服力訊息的基礎上修改自己的建議，並接受對其建議的批判性審視。一言以蔽之，理性對審議過程的作用，重要的在於理性的運用，即「公開利用理性」。

當然，對理性的尊重和利用，還需要透過程序來保證。恰當的民主程序、相關安排等約束性規範能夠保證利用理性解決多元分歧與衝突。這些程序，例如可能包括有投票程序等，它們能夠合理地區別對待權利，以充分重視少數的意見。只有超越既有的限制，公共理性（public reason）才能成為解決多元民主中原則衝突的有用規範。

綜上所述，作為20世紀後期興起的審議式民主，其前提在於承認並接受多元社會的現實，以及不同利益主體之間存在的差異和分歧。其核心要素是審議與共識，即強調在多元社會現實的背景下，公民透過討論、審議、對話和交流等方式的參與，就決策和立法達成共識。換句話說，「審議式民主核心的關懷，乃試圖以審議式民主，取代必須經過激烈衝突的價值追求過程；審議式民主也關切其實踐於日常生活中的問題，諸如更多的審議是否會產生更多元的差異，以及在更多元差異之下，能實現具有審議式民主價值的各種制度。」[24]審議式民主對民主本質的再思考激發了政治參與和公民自治的理想，一方面深化了我們對於民主理論的討論與認識，另一方面也開啟了人類探索民主真實性的路徑，具有非常現實的意義。

第二節　審議式民主的性質與特徵

審議式民主因其強調民主和正義之間的規範性關聯，強調公共性慎思和明辨，強調論辯參與資格的包容性等，而被普遍視為是對現代西方自由主義代議制民主或利益聚合式民主的反思、矯正和超越。歸納起來，現代代議制民主存在以下一些缺陷和弊端。

首先，民主政治被「窄化」為競爭式民主。按照競爭式民主的理解，民主就是一個透過對公民偏好之聚合來選擇政府官員和公共政策的過程，民主決策的目標是決定哪些官員或哪些政策能最好地回應公民的最廣泛的和最強烈的偏好，運作良好的民主制度應提供暢通的渠道，讓公民的偏好得以表達，並互相競爭。在這樣的民主圖景中，民主就是一個競爭過程，政黨及其候選人透過提出最能滿足人民偏好的政綱來爭取選票，具有相同偏好的公民組成利益集團來影響嚐選的政黨的活動及其決策。這種民主制度的設計缺陷一方面表現為收益與成本之差導致政治冷漠症。代議民主制是以工具理性為基礎而設計的，它忽視了民主的本質是一種價值偏好的表達，由於公民投票的實際效用一般都非常低，所以往往下雪下雨之類的小事都會淋滅公民的投票興趣。另一方面是投票機制易於產生「多數暴政」，計算選票的原則是少數服從多數，在實際運行過程中由於某些人利用公民的非理性狀態或群體心態提出偏離事實的方案或候選人，從而導致一些極端的方案或候選人出現，整個公共政策利益相關者受害。再則，選舉投票沒有包含一種學習機制，由於公民作為一個包含自然屬性和社會屬性的人總是有其缺陷的，在投票時總會將自己的基於自利偏見、無知或情緒衝動的要求與那些基於正義原則的要求不予分開，因此並沒有展現公民精神，沒有提供一種公民互相學習的機會。[25]

其次，政黨精英支配和壟斷公民的政治參與。在代議制下政黨政治的運作中，當政黨精英長期借此獨占人民偏好與需求的發言權，一方面易將民主政治簡化為人民僅能在政黨提供的選項中抉擇，另一方面政黨成為控制或阻絕人民權力的中介機制，也將使人民被排除在決策過程之外。此因政黨「最多系提供人民一個比較合理的方式，來監督所選出來的代表，但真正的政治權力實際上仍掌握在民選政治人物及政黨精英手上，而人民所行使的政治權力受到侷限，也就容易對政治參與產生疏離感」[26]。有學者曾就此現象指出，這樣的代議制民主存在著兩大弊端：「第一項是宰制（dominate）。由於代議制度中，人民主要參政權僅限於投票，在選民選出

代議士後，就不太可能對代議士加以監控，使得代議士在國會擁有較大的自由行使權力，甚至屈從於利益集團的利益，而與公益脫節。再者，大眾傳播媒體的盛行更可能使得候選人主動與媒體掛鉤，利用媒體形象行銷，以左右選民的判斷。」「第二項是疏離。由於在代議民主制下人民在公共事務中無著力點，久而久之，便對政治表現出疏離的感覺，或不參與、不過問，或對政策不投入、不支持。另一方面，政治精英也習慣將公共事務化約為可以量化的現象，人民不過是一張張的選票，決策不過是合縱連橫的結果。公共政策的論辯可能不及民意調查的結果來得重要，也造成政治精英對選民的疏離。」[27]由於選舉機制和社會利益集團的運作，代議制民主無法充分地為普通民眾提供形成和表達政策偏好的機會，因此有必要在代議制民主之外，提供一般公民參與的渠道。

最後，專業官僚因其掌握決策主導權而壓縮公民意見表述空間。代議制度的另一個問題來自於官僚組織的日益膨脹。在現代民主政治中，官僚與民主之間存在著緊張與矛盾。現代官僚體系的專業性，能因應高度分化及快速變動的社會，成為國家賴以運行的重要基礎，但也由於官僚所具有的專業能力與裁量權限，認為對政策的熟悉度及專業知識甚於社會大眾，便易於主導政策走向。代議民主即便也強調政府與民眾的溝通，但在地位、資源、資訊均不對等的情況下，多半流於由上而下的政策宣導，阻絕了民眾由下而上的意見形成與表述空間，就此意義來看，官僚體系形同剝奪了人們的政治自由，因為它剝奪了人民對話與行動的權力。[28]其結果是，號稱代議民主的民主政體不曾重視「公民參與」（civic participation），以致民主流於形式，成為名副其實的「弱民主」（thin democracy）。也就是說，「在自由主義的理念下，代議民主制度若不能體認到公民真正參與公共事務的重要性，那麼所謂的民主不過是虛有其表的弱民主，非但無法發展出更為豐富、完備、可行的民主理論，更可能斲傷了民主制度所保證的公民權利，來自人民的公共意見亦無法獲得重視與落實。」[29]簡言之，官僚體系多以本位主義為出發點，並以其專業性及行政裁量的優勢掌控決策過程，從而忽視了民意需求與公共利益。

總之，審議式民主論者認為現存代議制民主太過重視投票以及派系利益交換，而日益遠離民主政治去鼓勵民眾參與公共事務的動力以及改善政治生活的理想，以至代議失靈的出現。「代議失靈的現象乃泛指，代議機關在欠缺作成知情抉擇的必

要知識下，就輕易或恣意作成攸關多人權益的政策；抑或代議士選擇性地只代表少數人的觀點和利益，而非全局綜合判斷整體社區的總意識就作成極端重大的決策。」換言之，間接民主以代議的干擾性或介入性結構，將公民排除於政策制定及執行的行列之外，乃是一般所謂的代議失靈問題。[30]相對於過去以投票程序所達成的多數決議式民主，審議式民主更強調多數決議的運作過程，乃是建立在理性溝通、理性說服、理性論辯上。也就是說，審議式民主使得自由、平等的公民可以就公共議題發表觀點、闡述理由，並傾聽其他公民的意見和理由，在討論的過程中基於訊息的完備、理性的判斷而修正自己的觀點，轉換偏好，最終達成共識或形成可以共同接受的決定。這就解決了民主公民在缺乏品格與素養下，憲政民主可能產生的多數暴力、不明智的多數決定結果、公民私利主義、理性的無知等問題。一句話，審議式民主所強調的精神是希望能夠讓所有受到決策影響的人，都能有機會對於議題獲得基礎的認識，然後在公平與理性的氣氛下進行知情的（informed）討論，補充代議制民主的不足。

儘管目前學界關於如何界定審議式民主的內涵並沒有形成明確、統一的意見，但一般認為，作為古典民主範式的復興，審議式民主以公民參與決策作為民主的核心價值。「它意味著：在現代多元文化社會中，自由而平等的公民應透過開放、真誠、審慎的對話、交流、辯論、商議來達成對政治決策的理性共識。」[31]古希臘以降，許多重要思想家都把其視為政治生活的本質。但審議式民主並不是對古典民主模式的簡單複製和移植，審議式民主復興的只是古典民主的精神，而不是其具體的形式，所以，更準確地說它應該是對古典民主範式的超越。審議式民主的超越在於它充分地認識到了古代社會與當代社會的巨大差異，它並不強調人天生是政治動物，政治是實現人的唯一方式，而是承認個體自我實現方式的多元化；它不認為公民之間應該每日在公共場所就公共議題進行辯論，而是一種代議制的審議；它更沒有設定公民身分的物質條件，相反它是在平等尊重每位公民的基礎上的審議。它關注的焦點是公民在做出政治選擇前的偏好的形成過程，它為公民間就公共問題發表意見，展開討論提供有利的條件，使公民在尊重多元利益訴求的基礎上做出決定，以提高公民偏好的質量使公民的偏好更理性化，也提高決策的認同度及實施成效。[32]因此，審議式民主實際上就是在當代西方社會發達的代議制民主的基礎之

上，為進一步彌補代議制民主可能存在的疏漏和侷限，將社會公眾持續的、直接參與的討論引入政黨政府的決策過程，以期能夠避免重大的政策失誤。[33]如圖1.1所示。

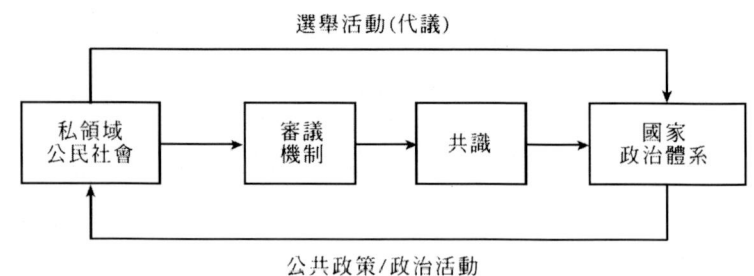

圖1.1　審議式民主示意圖

資料來源：黃浩榮：《公共新聞學：審議式民主的觀點》，第66頁。

承前所述，審議式民主並不是要代替和否定代議式民主，正如古特曼和湯普森所強調的：「審議式民主補充了而非取代了傳統民主理論裡的程序的和憲政的價值。」[34]它是代議式民主的發展和昇華，它提升了人們對民主的認識，為現有的民主格局注入新的活力。概括起來，審議式民主具有如下五個主要的特徵。

第一，公共性。審議式民主的內核是強調公共審議（public deliber-ation），它是政治共同體成員平等參與公共討論和批判性地審視具有集體約束力的公共政策的過程。「所謂平等是指社會經濟條件較差的一般公眾，同樣也有機會與管道來參與公共事務的表達，展現對社會事務的公民責任感，貢獻他們的智慧及經驗，提醒執政的精英以及代議士，時時保持與暢通平等呈現民意的平臺，勿讓特定人士與團體掌握與擁有資源獨霸權與資訊詮釋權。」[35]換言之，審議式民主意味著在多元文化社會中，自由而平等的公民及其代表就共同關心的集體問題，透過理性、開放、審慎的對話、交流、論辯的過程來確保決策之正當性。而所有參與者的意見都能平等地得到對待更是彰顯了民主的真正價值，即公共審議的主要目標不是狹隘地追求個人利益，而是利用公共理性尋求能夠最大限度滿足所有公民願望的政策。透過尋求

確定那些重視所有人需求和利益的政策，審議過程的參與者表達了他們對所有公民政治平等的信念。不存在特殊成員的利益具有超越其他任何公民利益的優先性。「為所有人提供平等的表達機會、消除參與公共審議的制度性障礙、形成所有公民能夠自由參與審議過程的可獲得性論壇，可以保證對所有公民需求和利益的系統考慮。」[36]

第二，公正性。它是指公共審議過程的實質是以理性為基礎，以真理為目標。正是最好觀點的力量而非促進宗派利益的控制、強制和情緒化訴求發揮著重要作用。參與者應該願意在可獲得的最完全、最具說服力訊息的基礎上修改自己的建議，並接受對其建議的批判性審視（critical scrutiny）。他們還應該對其他人應用最有說服力的理由來挑戰其建議的行為做出回應。這種集體的批判性反思過程預先假定參與者將爭取超越自身觀點的侷限而理解別人的觀點、需求和利益。不是透過任何可利用的勸說機制將自己的觀點強加給別人，而是真誠地透過相互理解和妥協的過程達到一致。要言之，公共審議結果的政治合法性不僅建立在廣泛考慮所有人需求和利益的基礎之上，而且還建立在利用公開審視過的理性指導審議這一事實的基礎之上。[37]

第三，公開性。公開性是審議式民主的另一個重要特徵，它能夠使公民審視審議過程。透過使支持政策的各種理由公開化，人們能夠對這些政策的前提和含義提出疑問，並指出可能的矛盾或事實上的疏忽。因此，公開性能夠強化這樣的觀念，即每個人都有權知道和評判具有集體約束力政策的理論根據。透過保證所有公民都能夠參與形成一致的過程，公開性還深化了公共審議的普遍教育功能。透過觀察審議參與者公民的分歧、審議與合作的過程，公民成員能夠在公共利益超越狹隘自我利益的程序中受到教育。公開性還能夠阻止祕密的、幕後的政策協定，因為參與者知道，他們需要公開其理由和動機以尋求公眾支持其建議。[38]審議過程的公開意味著整個程序為公眾知曉，強調所有公民積極參與公共論壇或其他開放式交流和探討，毫無保留的展示個人觀點，力圖透過參與者自由、公開地表達或傾聽各種不同的觀點和理由，經過參與者的理性認真思考，審視各種理由，改變自身偏好，或者說服他人，進而做出合理的選擇。審議結果的公開意味著立法和決策公開，公眾知曉立法和決策的形成過程，國家權力在行使過程中始終處於透明狀態，也就最大限

度地得到了有效控制與監督；不僅如此，基於尊重所有公民自由平等理性地參與彰顯道德和實踐關懷的立法決策討論活動而形成的反思判斷，能夠賦予立法和決策以合法性，從而使立法和決策理由更公正合理。於是在公共社會活動過程中，公民彼此公開地互相說理，以使言談者之間得以互相回應，乃是公開的實質根源。總之，公開性對於審議過程的重要性，在於提供了人們走出私人利益以及固定偏好的窄門。「在公開場合中，發言者會試圖隱藏其自利的意圖，以理由取代利益的主張，使得審議能更趨向訴諸共同利益的理想。」[39]

第四，互惠性。參與審議的民眾與官員可以理性的、互惠的思考，並且共同承認與互相尊重的立場，促使參與者在過程中呈現他們的論證，引領別人有所體認或願意接受，同時於交流中將彼此的差異降至最低程度，且追求彼此重要意見的交集點。亦即「對於得到的好理由，做出相當的響應」(making a proportionate return for good received)，「得到的好理由」是指對方做出「我」能夠接受聲明，而「相當的響應」是指「我」做出的聲明能夠為對方所接受。互惠性的基礎為人民追求社會生活平等合作的方式，由於審議的結論具有相互拘束性，公民因此必須提出得以相互證成的理由，縱然面對歧見，也能夠在平等中繼續尋求公平合作。審議的互惠性有兩個條件：一是當公民在審議過程中作出道德聲明時，他們必須以其他公民共同接受的理由或原則為之。這隱含審議式民主不和那些不願意接受平等合作目標的人交談，也排除不願意將其公共聲明為其他公民知悉、回覆者，因為這些人除了改變其整全性的信念，否則不可能接受任何道德觀點，然而審議式民主的目的並不在改變這些整全性信念。審議式民主在於追求基於共同接受的理由，求取實質性道德原則的同意。二是在作出實證或半實證聲明時，該聲明必須系於相對可信的研究方法。實證聲明是指，道德理由的提出系於其能夠達成某實踐性目的，其所繫的研究方法必須可信，最好能以得受檢證的方式為之，或者縱然道德理由不完全賴於實證，其立論也必須具有一定可信度。例如反對異族通婚的原因是聖經文意中上帝反對，然而審議式民主必然追問如此解讀的依據為何？又為何許多同樣服膺聖經權威者有不同解讀？同樣的，任何權威所提出的強硬結論，也必然受到共同接受之邏輯、研究方法的檢證。[40]簡言之，理想的深思熟慮是理性的，參與的各方應該陳述支持或反對方案的理由，而由這些理由相互激盪的結果，就決定了方案最後的命運，也就是

如哈貝馬斯所說的,除了更好的論證,無其他力量可以影響決定。[41]

第五,責任性。透過審議的過程,參與者可以知道特定政策建議的來源以及其背後的理論依據,所以公民就能夠更好地確定支持特定政策的機構、政黨和組織。此外,公開的審議過程還能夠揭示意識形態傾向與公共政策之間的聯繫,並且可能更充分地理解責任性,即不僅要辨別誰支持了什麼政策,而且還要弄清楚何種意識形態導致特定的方法路徑和社會後果。雖然在傳統政治爭論中只需要識別意識形態立場與政策的一般聯繫,但是,在公共審議中,參與者希望更充分、更詳細地描述政策在認識論方面的特殊正當性及其可能的後果。例如,對個人或組織來說,僅僅求助於對特定政治立場的傳統支持或者為其政治意識形態提供正當性是不夠的。參與者不僅必須表明為什麼某種意識形態使他們受特定政策選擇的制約,而且還要知道,他們為什麼必須接受那種意識形態、其背景假設以及他們支持它的特殊解釋。另外,既然公共審議涉及賦予他人認為具有說服力的理由,那麼,為什麼應該採納特定政策的充分且令人信服的論述必須表明它是怎樣建立在普遍可接受原則基礎之上的,或者它怎樣促進某些基本的共同目標的。總之,審議式民主中的責任性不僅意味著確定政治責任的來源,而且還要提供認識上的責任。[42]

第三節 審議式民主的價值與功能

審議式民主的興起,是人們針對傳統代議制選舉民主的侷限,對民主本質進行深入反思的結果。傳統的代議民主制以工具理性為基礎、以投票為中心,容易被非理性和私利主導。這種傳統體制容易使社會成員產生政治冷漠症,難以真正展示公民精神,保障公民權益。因此,從「以投票為中心」的民主向「以對話為中心」的審議式民主轉型,以彌補民主選舉、多數決定的制度缺陷,便成為時代發展的要求。1999年3月,審議式民主理論的研究者在曼徹斯特大學舉行了一次學術研討會,就審議式民主進行了深入探討。「他們集中討論了公共協商的規範概念、協商民主規範理想所需要的制度機制等內容,並提出了一系列支持協商民主的有力論據。他們認為,對於以普遍的不平等、日益明顯的文化多元主義,以及逐漸增長的

社會複雜性為特徵的社會來說,協商民主是充滿活力的、在制度上可行的政治模式。」[43]歸納起來,作為一種充滿活力的政治模式與治理工具,審議式民主具有如下三個主要的規範與經驗價值。

首先,培養公民精神、提升公民能力與德行。良好的公民精神是民主政治的重要基礎,審議式民主是建構這一基礎的重要途徑。首先,審議式民主能夠培養出健康民主所必需的公民美德,如政治共同體成員之間的相互理解、相互尊重。尊重他人的需求和道德利益,妥協和節制個人需要等。其次,審議式民主能夠形成集體責任感。審議式民主能夠使人們看到,政治共同體的每個人都是更大社會的一部分,承擔責任有利於促進共同體的繁榮。第三,隨著文化多元化的發展,審議式民主能夠促進不同文化間的溝通與理解。透過公開的對話、交流和協商,各種文化團體之間就會維持一種深層的相互理解,從而成為建立參與持續性合作行為所需要的社會信任的基礎。最後,審議過程和程序包容存在差異的種族、文化團體,平等、公正地對待社會的異質性,促進多元文化國家的政治合法性。[44]與此同時,公共討論使參與者接觸、考慮、反省各種不同的觀點與訊息,因而能夠提升公民的知能(civic literacy)。除此之外,理性、共識取向的討論,使公民們超越私人的自利立場,而導向於關注公共利益;公民們從「我」要什麼,轉化為「我們」要什麼;從個別利益的衝突轉化為共同利益的界定。除了形成公益取向和積極行動的公民德行,公共審議也使公民們能夠發展自主判斷的能力與信心。這些,因為公共審議而轉化、養成的公民能力與德行,正是一個蓬勃發展、運作良好的民主政體所需的要件。[45]

其次,促進合法決策、提升決策質量。政治決策只有在獲得廣大政策對象的認同和支持,即獲得合法性的基礎上才能夠有效實施。審議式民主能夠透過討論、審議等過程賦予立法和決策以合法性。審議過程的政治合法性不僅僅出於多數的意願,而且還基於集體的理性反思結果,這種反思是透過在政治上平等參與尊重所有公民道德和實踐關懷的政策確定活動而完成的。首先,所有受決策影響的利益相關者都能夠平等地參與決策過程,政治討論包容所有的人,沒有人具有超越任何其他人的優先性。其次,決策是在公民及其代表的公共討論和爭論過程中形成的,公共利益是他們的共同訴求,理性具有超越個體自我利益與侷限的優勢。最後,形成決策的過程是將說服而非強制看作是政治的核心。[46]簡言之,公民參與是一種民眾參

與政府政策決定的過程,當中牽涉到民眾與政府間對於政策議題與公共服務的互動關係。如果能夠將公民的觀點納入政策制定與討論的過程中,成就有意義的公民參與,不僅能帶來更好的決策品質,使決策更為周延,也有助於社會的穩定,促進民眾對於政府治理過程與決策的信任與尊重。另外,公共審議的過程,也能夠提供更多的訊息,擴大參與者的眼界與知能,減少或克服「局部理性」的認知限制,使參與者能在較為充分的訊息基礎上,理性地判斷政策的優劣,而提升決策的質量。

最後,制約行政權的膨脹、矯正自由民主的不足。20世紀以來,行政機構的權力或者說官僚自由裁量權日益膨脹。怎樣控制行政權力的非民主取向,已經成為各國學者關心的重要問題。官僚自由裁量權的問題是行政機構獲得了制定規則以確定公共政策的內容而無須承擔同等民主責任的問題。審議式民主論者認為,控制官僚自由裁量權的恰當途徑是施行審議式民主,實行審議的民主立法模式,只有審議模式才能規範、建構現代的公共行政。因為真正的公共行政需要在討論和決策中把公開性、平等和包容性最大化,所有政策審議的參與者都有確定問題、爭論證據和形成議程的同等機會,審議過程能夠包容各種不同的利益、立場和價值,審議能夠使討論和決策過程中的社會知識最大化。與此同時,隨著國家角色、政體規模,以及異質性因素的變化,作為自由民主制度形式的代議民主與技術官僚管理開始越來越不適應21世紀人類面臨的各種新問題。代議機制已經無法有效實現民主政治的核心理想:促進公民的積極政治參與;透過對話形成政治共識;設計並實施基於生產經濟和健康社會的公共政策;確保所有公民都得益於國家福利。審議式民主則開始重新強調公民對於公共利益的責任、強調透過共識形成決策的過程,改變了重視自由而忽視平等的傳統。作為審議式民主的核心,審議過程是對當代自由民主中流行的個人主義和自利道德的矯正。審議過程不是政治討價還價或契約性市場交易模式,而是公共利益責任支配的程序。[47]

總之,審議式民主提供了一種超越選舉民主的新的思考方式和理論框架。它以討論為中心,注重培養公民理性討論、審議的能力和水平。「審議是這樣一種承諾:透過向我們的公民提出有理由支持的觀點來找出能顯明利害、解決分歧和平抑衝突的途徑。審議式民主承諾對令人困惑的政治問題給出具有合法性的解決辦法,所謂具有合法性,是指道德上是正當的,邏輯上是合理的。為審議進行辯護的論證

與日俱增，這股支持審議的洪流強化了一種假設，即審議是可以提升民主的。民主理論家們已經將審議看作是民主實踐或民主活動的樣板，並轉而將他們的論證方向轉向了如何實現審議。因此，審議已經變成了衡量民主成就的一個標準：它就是民主理論家的目標、我們的理想和我們的渴望。」[48]也就是說，審議式民主把審議主體從政治精英擴展到廣大的公民，公民不僅擁有平等的投票權，還擁有平等有效的參與集體決策過程的機會，對共同關注事務的審議不再侷限於政黨、利益集團、政治精英等，而是擴展到整個社會。審議式民主能夠培養出健康民主所必需的公民美德，如政治共同體成員之間的相互理解，相互尊重，尊重他人的需要和道德利益，同時還能形成集體責任感。透過審議可以加強公民之間的團結，公民在審議過程中，相互分享彼此的觀點，不斷地修正自己的觀點，分析彼此產生分歧的原因從而產生更大的共識，審議是一個學習過程，在學習中加強了共同的向心力。[49]可以相信，如能將審議式民主貫徹落實到每一項公共事務之中，必將帶來公共決策的民主化，以實現民主治理品質的提升。

儘管審議式民主為處理政治生活中的道德分歧提供了最具正當性的構想，也鼓勵公民本著公共精神來考慮公共問題。但其實踐需要諸多條件，如資訊公開、平等參與的機會等，「其中首要的條件就是相互尊重：從事審議的公民們一定要視彼此為平等的人，承認這一點就意味著，他們在審議時相互之間必須提出合理的而且道德上正當的論證。」[50]換句話說，要有效地縮減道德上的分歧就應提倡相互尊重的價值，這是審議式民主的核心。透過減少他們之間的分歧，公民及其代表能一起努力，在導致分歧的那些決策或其他相關決策中尋找共同點，這樣就能提高達成共識的機會。[51]此外，審議式民主的實踐還必須具備一些條件，包括民眾對於問題的瞭解度、議題相關訊息掌握及獲取、個人情感認知因素、參與者的權力是否平等、審議結果必須具備拘束力等，都可能影響審議式民主的成果。也就是說，如果民眾對於問題無法有深刻全面的瞭解，也不知從何取得或者無法取得完整訊息，以及無法與意見不同者進行理性對話（著眼於長遠、整體而非過度私利、私人情感之考慮），而僅限於個人意見表達，卻不願瞭解、試圖說服對方、適度調整自己主張的話，審議式民主是無法運作的。有臺灣學者根據美國學者艾瑞斯·楊（Iris M.Young）提出的普遍包容、政治平等、理性開放和公開對話等審議式民主四原

則，歸納出一個成功的審議式民主模式必須具備的三個元素即公平的參與機制、理想的溝通情境和有效的操作程序等，如表1.1所示。[52]

表1.1　審議式民主實踐的成功要素

三項成功的元素	成功的條件
公平的參與機制	「每一個人」都有平等參與的機會
理想的溝通情境	這個情境必須符合下列條件： 1.普遍包含：沒有一方一個被排除在討論之外； 2.機會平等：參與者的出席、陳述以及批判機會的平等； 3.同理心：參與者願意且能夠以同理心的理解其他人之意見主張； 4.權力平等：參與者間的權力差異在溝通情境中無法影響輿論塑造； 5.公開透明：參與者們需公開地為其意向作辯護，且其互動必須透明； 6.知情討論：公民具充分且正確的資訊； 7.完全尊重：完全的參與者與選擇皆將受到尊重； 8.基於公利：參與討論式基於公共利益的訴求、而非意圖自利的獨占。
有效的操作程序	為了支持上述情境的成立，審議程序的設計上必須符合下列條件： 1.參與者被允許可以「慎重考慮議題」； 2.參與者被允許可以「權衡選擇判斷」； 3.參與者被允許可以「表達政策偏好」； 4.參與者可以有平等參與審議的機會 5.參與者可使用平等的機制「參與決策」與「制定議程」； 6.參與者可以自由及公開地交換資訊與意見； 7.若需動用權威型塑共識時，需採正當性的特定程序。

資料來源：曾建元、吳康維：《審議式民主在臺灣的創新應用》，（臺灣）《「國會」月刊》2007年第10期，第70頁。

第四節　小結

近年來許多政治學者及文化評論者都已經逐漸意識到，在資本主義消費文化的影響之下，隨著民主參與的缺乏，以及政治階級益發依賴媒體公關與行銷所建構的政治市場來操縱選民，越來越多的公民僅把自己理解成定期投票的選民，甚至進一

步地把選民的身分弱化成「政治消費者」。「也就是說,當民主參與變得只是在X牌政客和Y牌政客間選擇,那就和消費者在超級市場選擇要買X牌牛奶還是Y牌牛奶一樣,只不過是一種政治消費主義而已,完全稱不上是有意識的選民,遑論積極公民了。換言之,當民主參與逐漸被窄化成定期選舉時,公民也就隨著四年一次的定期選舉而把自己的權力一次賣斷給政治人物⋯⋯所謂的制衡只不過就是期待下一次選舉換個其他品牌的代議士來選,至於任期期間所能做到的監督或抵制根本微乎其微。就此,西方晚近出現的『審議民主』轉向,可能可以作為公民政治參與的更好選項。」[53]審議式民主理論在面對代議民主和利益團體的運作體系以及精英或專業支配的治理模式之外,提供一個讓民眾能夠發聲(voice)的公共討論空間,使得專家知識與常民(layperson)經驗,以及不同利益團體和價值立場,能夠進行對話、溝通。

　　審議式民主概念的形成標誌著民主理論發展的新方向,但是,審議式民主的實踐並不是民主範式的創新,在許多理論家看來,民主理論的這種轉向只是審議理念的復興。最初,審議式民主被認為是一種決策機制,即所有受到政策影響的公民或他們的代表,均應該能夠參與集體決策,而集體決策是透過秉持理性和公正態度的討論和審議之方式達成的。其後,審議式民主理論學者將集體決策過程中的審議運用於政治生活和治理活動中,認為審議式民主是一種民主治理的形式,自由和平等的公民在公共利益的指向下,透過對話、討論、審議而達成共識,最終形成具有集體約束力的公共政策的過程。在政治形態中,審議式民主是公民透過廣泛的公共討論,在各種政治決策的場合,各種意見得到互相交流,使各方瞭解彼此的觀點和主張,在追求公共利益的前提下,達成各方均可以接受的決策方案。審議式民主強調公民是政治決策的最重要主體,公民的政治參與並不侷限於間接民主下的投票、請願或社會運動,而應當在充分掌握訊息、機會平等和程序公正的前提下積極參與公共事務,對公共政策進行討論,提出合理的政策方案或意見。[54]如果說代議制民主一般採用選舉的方法來聚合民眾的偏好,它強調公民享有平等的民主權利,強調聚合之後所達成的最終結果,但很少去關注聚合的具體過程。那麼,與之相反,審議式民主關注的正是聚合的具體過程,強調公民在作出選擇過程中的深思熟慮與審慎。這種深思熟慮性正是審議式民主的關鍵所在。

第二章　臺灣的實踐：公民會議 I

作為新的民主治理工具，歐美國家發展了多達20餘種審議式民主操作方式，其共同的特點：並非取代代議民主，而是補強代議民主中一般公民「審議參與」不足之處；更關注公共事務的討論質量，因此對於操作流程有清晰、嚴格的規範，以確保參與者得到充分的訊息以及平等與理性對話的機會。臺灣於2002年由「行政院二代健保公民參與小組」開始引入審議式民主公民參與模式討論公共政策以來，曾經實驗過的公民參與模式包括公民會議、審議式民調、願景工作坊等，而曾經討論過的公共政策包括全臺性議題與區域性議題，如「二代健保」、「稅制改革」、「代理孕母」、「新竹科學園區宜蘭基地」、「臺北市汽機車總量管制」、「北投溫泉博物館何去何從」、「八鬥子生活圈如何與海科館共存共榮」等。第二、三章以五個案例來分析臺灣民眾參與公民會議的狀況。本章首先對公民會議的性質、結構、運作程序及其功用等進行概述，在此基礎上提出本書對公民會議的分析框架，並以2002年「全民健保給付範圍」、2005年「稅制改革」公民會議為例分析臺灣民眾參與全臺性公共議題的情況。

第一節　公民會議

一、什麼是公民會議

公民會議是一種公民參與公共決策的模式。具體而言，公民會議就是針對具有爭議性的政策，邀請不具備專業知識的公民事先閱讀相關的資料且與專家對話；然後公民在一定知識與訊息的基礎上對爭議性的問題進行公開討論；最後將公開討論

基礎上形成的共識寫成報告向社會公佈；並供決策參考。公民會議的目標是試圖在代議民主和利益團體的運作體系以及精英和專家支配的治理模式外，提供一個讓民眾能夠發聲的公共討論空間，使得專家的知識與普通百姓的經驗，不同的利益觀點和價值立場能夠進行對話、審議與溝通，提高一般公民對公共政策的參與，擴大社會公眾對公共政策的瞭解。歐洲、北美的許多國家和亞洲的日本、韓國、中國臺灣等舉辦過公民會議。[55]

首先，從起源來看，公民會議就是要打破「當代民主的瓶頸」，解決公共決策過程中缺乏公民參與的弊端。公民會議源自1977年美國國家健康組織（U.S.National Institution of Health，簡稱NIH）處理乳癌檢查的爭議，彙集各類專家小組對新的醫學技術給予專業評估。[56]而後，丹麥於1980年代，首次將此種共識會議廣納一般公民的參與，針對科技政策予以充分討論。丹麥是個強調公民政治與公民參與的國家，法律規定牽涉到倫理與社會議題的科技政策必須要徵詢公眾的意見並讓公民有機會可以表達他們的意見。因為隨著科技的發展，科技政策越來越牽涉到倫理和社會風險等問題，必須打破科技決策是獨立自主領域、不受公眾影響的觀念，根據「主權在民」的原則，在科技決策方面提供批判和民主參與的渠道。為了落實公民的參與，丹麥於1986年成立了隸屬於國會的科技委員會（The Danish Board of Technology，縮寫為DBT），負責評估科技決策對公民的影響，鼓勵公民對科技議題參與討論，並設計了很多種公民參與形式，公民會議只是其中的一種。到了1990年代，隨著審議式民主的興起，公民會議——這種「丹麥風格」的公民參與形式——被認為與審議式民主的理念相契合，逐漸被引入到審議式民主的實踐中來，並不斷改進和完善，目前已成為落實審議式民主理念最基本的一種制度形式。在成熟的民主制度中，公民是裁判者和參與者，如果只強調公民在選舉中的裁判作用，而忽視公民對公共決策的參與作用，這是有缺陷的。公共決策需要的不僅僅是嚴格意義上的專業知識，還需要道德與價值判斷，而且在有限的資源下，還需要對不同目的之間的衝突進行平衡，這些都不是靠專業知識就能解決的，需要引入公民的參與和討論。在公開的討論中，參與的公民即便不能就議題達成共識，也會以「擴大了的心胸」（the enlarged mind）來對待存在的分歧。審議式民主正是希望借助公民會議這種形式，讓公民自由而平等地對影響到自己的公共政策和議題進行公開且充分的討論，這樣不僅賦予決策以合法性，提升民主治理的品質，也為公民瞭解政策議題、

提高參與能力和培養公共美德提供了機會。[57]

　　其次，公民會議是落實審議式民主理念最基本的一種制度設計。一般具有爭議的政策，往往都以政府官員、民意代表、利益團體的意見為主，一般民眾沒有發言的管道；雖然具有爭議的政策通常複雜難懂，透過民調、公投，也無法真正反映深層的民意。所謂公民會議就是讓一般民眾在有資訊、知情的狀態下，針對這些有爭議的政策進行討論，已成先進國家制定高爭議性公共政策的重要制度。「在平等、公開、透明和尊重的原則下，依照嚴格的程序，公民會議為不同觀點的溝通和辯論提供了一個對話性的公共論壇。透過公民會議的參與，普通公民不但會加深對公共政策的理解和認知，也會提升參與公共事務的願望和能力，並有助於提高決策的合法性。」[58]應用公民會議時，最重要的就是過程的管控，「必須先建立公民代表對相關議題的認知，可以透過可閱讀資料和預備會議，來協助公民代表對相關議題的瞭解，並協助建立個人的疑問和協助尋求解答，最後達成共識並提出重要且可行的一些方案，供主辦單位或研究者參考」[59]。

　　最後，公民會議的目的在於透過意見交流、對話治理的機制以提升政策決定的民主化。它蘊含著的理念突顯一些重要的民主價值。第一個重要的理念是平等參與的權利。它反對專家治理的精英主義，也認識到議會民主體制在回應民眾偏好的侷限，而試圖鼓勵一般公民積極地參與政策討論。正如達爾所指出的，民主的政治過程，應該是要保證所有受到決策所影響的人，能夠具有有效的機會來參與政治過程，而且有平等的權利來選擇議題並控制議程；民主程序同時要求一種「開明的瞭解」（enlightened understanding）：必須讓公民們根據充分訊息和良好理性來對爭議的利益和共同的事務，發展出清晰的理解。第二是對理性、知情的公共討論及其教育效果的重視；第三是對共善目標的強調。哈貝馬斯在《事實與規範之間》一書中也有明確的說明。他說，達爾所說的所謂「開明的瞭解」這個要素，將民主指向於意志形成的訊息和討論性質（information and discursive character of will-forma-tion）；而充分訊息的提供，公民瞭解事務的機會，以及公民的意志形成，則有賴於公共討論。公民會議的目標，按照戴維·古斯特（David H.Gus-ton）的說法是「擴大傳統菁英治理所不及的參與管道與眼界，透過知情的公共辯論而增進公眾（對政策議題）的瞭解，促進公民參與而提升民主的質量」，並且使參與者從會議過程體驗到

裡查德‧斯克羅夫（Richard Sclove）所說「社群感」與「公民意識」，公民會議能夠「革除譏嘲的習癖」並「建立充滿活力的民主文化」。[60]一句話，「少數服從多數」不是公民會議的目的，讓多元意見理性商議與辯論，相互瞭解，才是公民會議核心的民主價值。[61]

　　總之，作為一種公共參與模式，公民會議主要在依循審議式民主的精神，讓一般民眾有機會瞭解及討論政策議題，取得必要的基礎知識，進行理性的討論後，作成結論報告，並成為相關政策制定的參考或依據。「公民會議嘗試建構一個公共討論的場域，讓一般公民們，能夠瞭解政策議題，並在知情的條件下，經由理性溝通而形成共同的意見。公民會議的參與者，必須閱讀相關數據並經由專家授課來瞭解政策議題，然後在公開的論壇中，針對爭議性問題詢問專家和利害當事人的意見，最後，他們在具有知識訊息的基礎上，對爭議性的問題相互辯論並作判斷，並將他們討論後的共識觀點，寫成正式報告，向社會大眾公佈，以供決策參考。」「公民會議的結論雖然不具有法定的約束力，但有重要的政策參考價值。因為在對政策議題有所瞭解的情況下，公民們多元意見的相互溝通所形成的共識意見，往往能夠呈現社會的核心價值。」[62]換言之，公民會議是源自審議式民主理念而演化發展出來的一種公眾審議制度，其中心旨趣在於：「增強公民對擬斷中的政策，有了深度的理解，知悉制定的理由，洞悉制定的目的，曉徹制定的願景，以爭取其對政策的認同及執行的應用、順服及合產；提供意見交流的平臺，實踐對話治理的理想，以減少不當的政策抉擇，杜絕政策失靈浪費有限資源的現象。」[63]

二、公民會議的運作程序

　　公民會議並非僅指會議進行期間而言，它一般包括籌備、預備會議與正式會議三個階段，每個階段及其環節皆須完整，方能使會議具有意義。

　　第一，籌備階段。主要包括議題的挑選、組成執行委員會以及挑選參與者等環節。

首先,議題的挑選。首先是挑選具有重大社會關切,需要政府政策響應,又具有爭議性的議題作為公民會議的題目。議題,由主辦機構挑選。主辦機構可能是官方的,如丹麥的科技委員會,或接受政府委託的民間機構,或由民間團體主動地發起,如美國的Loka Institute。適合作為會議主題的議題,範圍不可太過廣泛,必須要能夠劃定界線。例如,不可能以整個全民健保的改革作為公民會議的主題,這麼大的題目勢必會使討論失焦;但範圍也不能太過單一與狹窄,例如,某項醫療服務項目或藥品是否應該納入全民健保的給付範圍,也不適合作為公民會議的題目。公民會議,通常是挑選「中間範圍」的議題,不太大,也不太小。

其次,組成執行委員會。挑定會議主題後,主辦機構接下來的工作,是挑選適當的人選來組成執行委員會,負責組織與監督公民會議的進行。執行委員會成員的挑選,有平衡性的考慮。公民會議所要討論的議題,既然是社會關切的,又有爭議性的,必然牽涉到不同觀點的衝突,而公民會議,既然是以尋求「共識」為目標,在這過程中,就必須讓相互衝突的不同利益與觀點,能夠呈現。由於負責組織與監督公民會議的執行委員會,對參與公民會議的成員的挑選、會議資料的提供、議程的控制等等,具有舉足輕重的影響,所以組成成員,應該容納不同利益與觀點的代表,以避免造成偏袒,讓特定一方的倫理觀點或知識見解支配了會議的議程。典型的執行委員會的成員組成,從身分來說,通常包括來自學界的專家、產業界、代表公共利益的社會團體,以及來自主辦機構的計劃執行人。

最後,挑選參與者。執行委員會組成後,一個重大的工作是在挑選志願參加公民會議的民眾來組成「公民小組」(citizen panel)。主辦機構透過公開的途徑,在擴及全國的報紙與廣播媒體,或網路上,刊登廣告,說明召開公民會議的目的與討論主題,徵求志願參加者。除了已經具備會議討論主題的專門知識者之外,所有願意瞭解該議題並開闊胸襟來參與討論的民眾。都在歡迎之列。不過,有年齡的限制,通常設定為具有選舉權資格的年齡。願意參加的人,必須在報名信函中簡單介紹自己的背景(性別、年齡、教育程度、職業與居住地),以及想要參加的原因。在丹麥,因為公民會議行之已久,可見度高,再加上政府對公眾參與的強調與鼓勵,要求公開徵求參與者的宣傳必須深入全國各地,因此公民會議報名參加者可能上千人,民眾參與的興趣高昂。

執行委員會從志願參與的名單中，隨機挑選12-18人組成參與會議的公民小組。這公民小組，當然不可能構成全國人口的代表性樣本，但執行委員在挑選小組成員，會希望在年齡、性別、教育程度、職業和居住地等人口特徵的構成上盡量呈現異質多元性。以丹麥1995年的基因治療公民會議為例，成員包括：29歲的土木工程師、41歲的非技術性工人、34歲的農人、26歲的護理學生、65歲的經濟學家、35歲的自營作業者、53歲的技術助理、38歲的金融顧問、62歲的退休者、52歲的銷售經理和18歲的學生。韓國在1999年針對複製議題召開的公民會議，16位公民小組成員中，男女各半，年齡從22歲到55歲，職業則遍及中小學老師、廣告公司主管、藝術家、地方議會議員、家庭主婦和學生等。

第二，預備會議階段。在正式召開公民會議之前，有預備會議的階段，讓公民小組的成員能有所互動，並熟悉他們所要討論的議題。

首先，公民小組提出問題。預備會議通常利用兩次週末的時間來安排課程，由執行委員會選定與討論議題相關的背景知識文獻，供公民小組成員閱讀和討論，這些背景材料，通常要涵蓋對討論議題的不同見解與觀點。透過閱讀與討論，公民小組對該議題有了一定的瞭解之後，形成他們要在公民會議中討論並詢問專家的問題。

其次，挑選專家小組。公民小組的成員自行提出他們想要瞭解的問題，通常涵蓋該政策議題領域的重要面向。針對公民小組所要瞭解的問題，執行委員會協助提出熟悉特定問題的專家小組名單，但公民小組可對專家小組名單作增刪。專家小組名單確定後，主辦單位要求專家針對公民小組的成員所要發問的問題，以一般公眾能懂得語言，準備口頭與書面報告。

第三，正式會議階段。正式會議的召開，通常三到四天，會議的形式，像個公共論壇，開放給媒體採訪，邀請民意代表和有興趣的一般民眾參加。會議的第一天，先由專家針對公民小組事先擬定的問題作說明，並回答公民小組在會場提出的問題。第二天，則由公民小組對專家小組進行交叉詢問，讓個別專家進一步闡述他們的觀點，也讓公民小組成員探究見解差異的爭論議題。交叉詢問完畢之後，公民

小組自行進行討論,並準備撰寫最後的報告,在報告中,公民小組力求對爭議性議題得到一致性的見解,但也指出他們無法達成共識的部分。公民會議的最後一天,公民小組向專家、聽眾和媒體公佈他們的報告。在報告正式公佈之前,專家有機會可以對報告內容澄清誤解和修正事實錯誤的部分,但他們不能影響公民小組所表達的觀點。在丹麥,專家小組的公民會議結論報告,連同專家所貢獻的意見,將送交所有國會議員作為決策的參考;公民會議的結論報告,通常也是舉國注目的焦點。

至於公民會議的結論,對政策並無拘束力,但以丹麥的例子來說,由於公民會議常在相關法案有待審議之前召開,如一位研究者指出的,「它們讓立法者知道選民對重要的問題站在什麼立場」。在某些個案中,丹麥的公民會議結論也的確影響了政策,例如,立法禁止僱主與保險公司利用基因篩檢訊息,即是采自公民會議中公民小組的結論報告。64

總之,公民會議有一套嚴謹的進行程序,其中每位成員必須全程參與2天的預備會議與3天的正式會議。預備會議階段中,公民小組成員必須閱讀相關議題的教材資料,並搭配課程,認識討論主題所涉及的重要爭議,負責授課的專家學者則必須以周延而淺顯的內容進行介紹,而資料與授課專家皆必須先經由執行委員會透過。公民小組成員在閱讀資料與接受課程後,提出問題,作為正式會議的主要討論提綱,同時,也根據公民小組提出的問題建議相關的學者專家參加。公民小組同時也在課程中學習如何開會、討論,在尊重他人前提下,表達反對意見,以及包括撰寫報告等技術性課程。3天的正式會議以公共論壇形式舉行,第一階段是公民小組與專家對談,針對預備會議提出的問題諮詢專家,專家針對指定問題發表20分鐘的演講並答覆問題,而公民小組再就專家的報告進行討論。所有討論告一段落後,公民小組就專家報告與討論結果撰寫結論報告書,並經過全體成員的認可後,召開記者會向媒體宣布,並送交行政機關供決策者參考。65 換言之,公民會議創造一個專家與非專家之間,以及不同的觀點和價值立場,在公共論壇中,相互溝通與辯論的場域,使非專業的公眾,能在與專家的相會中,獲得必要的知識,並在知情的基礎上,對影響重大的但充滿爭議的議題,能夠判斷並盡量調和衝突的觀點。整個公民會議的召開,是個具有資訊溝通與教育效果的公共事件。會議召開期間的公共討論,以及公民會議的結論,向未參與會議的一般大眾溝通,也透過媒體大幅度報導

而公開化。因為這樣的溝通效果,經常舉辦公民會議的丹麥人,根據歐盟的研究,對相關政策(如生物科技)的知識訊息,較之其他歐洲國家更為充分,對他們國家的政策也比較能夠接受。但這樣的資訊溝通,並不是透過專家對公眾的單向傳播,而是創造一個對話性的公共論壇,讓公眾能夠獲得知識,能夠參與複雜科技議題的理知性討論。一句話,「公民會議是個還在實驗中的民主參與模式,這種參與模式也無法取代民主體制的代議政治。它還有很多我們無法在此詳細討論的限制。我們或許不必將這種參與模式過度浪漫化。但對於不據專業知識的公眾如何參與決策的討論,這種民主實驗,確實有啟發的作用。」[66]

一般而言,公民會議實施的步驟與階段如圖2.1所示。

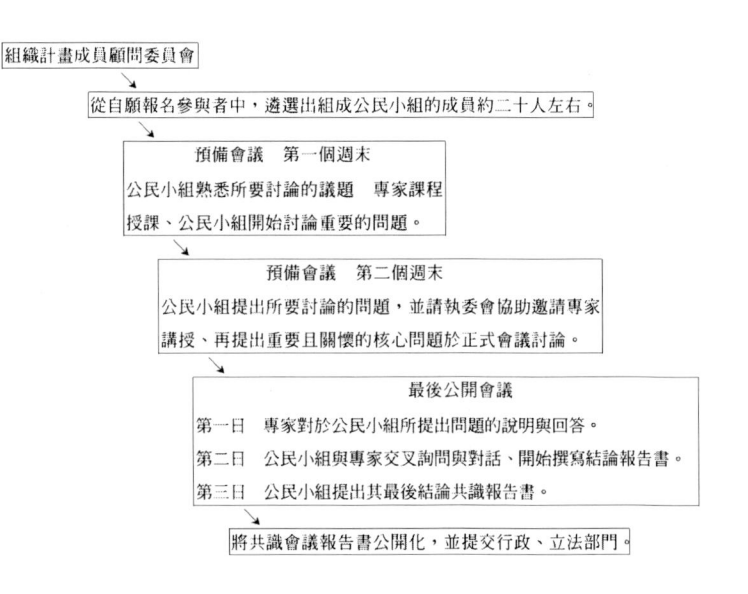

```
組織計畫成員顧問委員會
        ↓
從自願報名參與者中,遴選出組成公民小組的成員約二十人左右。
        ↓
預備會議  第一個週末
公民小組熟悉所要討論的議題 專家課程授課、公民小組開始討論重要的問題。
        ↓
預備會議  第二個週末
公民小組提出所要討論的問題,並請執委會協助邀請專家講授、再提出重要且關懷的核心問題於正式會議討論。
        ↓
最後公開會議
第一日  專家對於公民小組所提出問題的說明與回答。
第二日  公民小組與專家交叉詢問與對話、開始撰寫結論報告書。
第三日  公民小組提出其最後結論共識報告書。
        ↓
將共識會議報告書公開化,並提交行政、立法部門。
```

圖2.1 公民會議實施的步驟與階段

資料來源:Edna F.Einsiedel and Deborah L.Eastlick,「Consensus Conferences as Deliberative De-mocracy:A Communications Perspective,」Science Communication, Vol.21,No.4,June 2000,p.332.

根據本書分析的需要,可把公民會議的運作程序簡化為圖2.2所示。

第二章　臺灣的實踐：公民會議 I

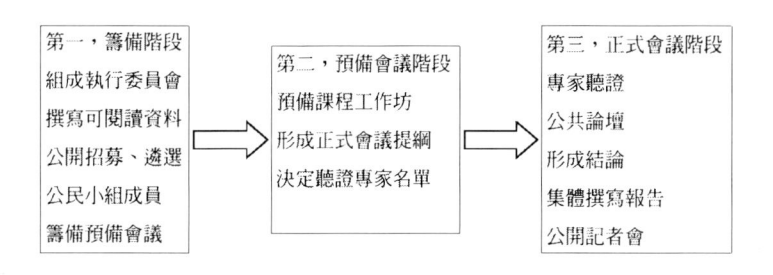

```
第一，籌備階段              第二，預備會議階段          第三，正式會議階段
組成執行委員會              預備課程工作坊              專家聽證
撰寫可閱讀資料     →       形成正式會議提綱     →     公共論壇
公開招募、遴選              決定聽證專家名單            形成結論
公民小組成員                                            集體撰寫報告
籌備預備會議                                            公開記者會
```

圖2.2　公民會議的運作程序

資料來源：作者自制

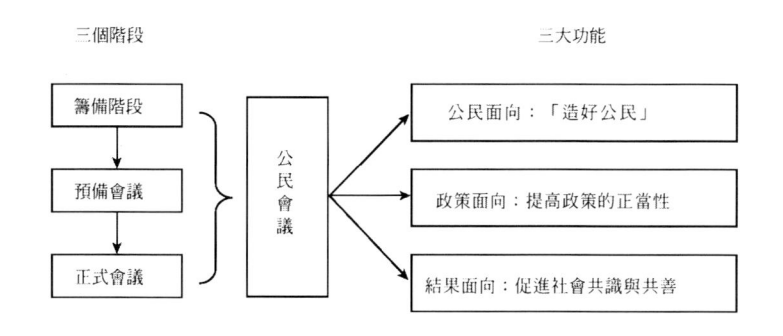

三、公民會議的分析框架

　　承上所述，作為一種創新性的公民參與模式，公民會議的目的在於建構一個公共討論的場域，讓一般公民們能夠瞭解政策議題，並在知情的條件下，經由理性溝通而形成共同的意見。這種公民參與政策討論的模式，相當接近於審議式民主的理念。換言之，公民會議的目的和宗旨是，提高一般公民對公共政策的參與；透過對話的過程，讓一般公眾，能夠具有充分的資訊來進行公共討論；促成社會公眾對政策議題進行廣泛的、理知的瞭解與辯論等。基於此，本書主張可以公民、政策及結果三個面向作為公民會議的分析框架，如圖2.3所示。

```
三個階段                                    三大功能

籌備階段                          公民面向：「造好公民」
   ↓           公
預備會議   →   民    →          政策面向：提高政策的正當性
   ↓           會
正式會議       議                結果面向：促進社會共識與共善
```

41

圖2.3　公民會議的分析框架

資料來源：作者自制

　　首先，公民會議有助於「造就好公民」。這表現在一方面強化一般民眾對公共事務的瞭解，提高民眾參與公共政策的能力與意願；另一方面則透過公民間持續地聆聽、思考與公共討論不同的價值與觀點，檢驗不同的利益或理由，共同尋求集體的公共利益。公共討論的過程，能夠提供充分的資訊和知識，有助於促進公眾對政策議題的瞭解，因而有提升公民知能的教育效果。尤其是透過民主治理的參與，能夠培養公民超越特殊偏狹利益的道德性格。「在公民會議中，公民們展現了瞭解複雜的政策議題的興趣和能力，而且能夠在尋求共善和共識的取向下，理性地討論政策議題；參與公共討論的過程，能夠提升公民的知識與積極性的公民德行。」[67]也就是說，借由公民會議，在共善取向的前提下，讓公民能透過閱讀資料、詢問專家、理性討論，進而轉化其知能、價值偏好之集體共識，以提升公民參與公共事務的能力。簡言之，「參與造就好公民」，許多人正是透過參與重新認識了公民權，並學習如何成為一位好公民。

　　其次，公民會議有助於提高政策的正當性和決策的品質。長期以來，代議制的決策方式不僅造成了民眾對公共資訊學習與參與的弱化，更使得決策權力變相掌握於少數人手中，形成少數統治，亦形成大眾對公共政策的制定充滿疏離、冷漠與無力感。公民會議則「試圖為政策決定模式開啟不同的可能性與想像」[68]。一方面，公共審議的過程，能夠提供更多的訊息，擴大參與者的眼界與知能，使參與者能在較為充分的訊息基礎上，理性地判斷政策的優劣，而提升決策的質量。另一方面，在公共審議的過程中，參與者必須以可向公眾辯解的方式提出自己的關切與論點，也在相互尊重的立場上聆聽、理解他人的關切與論點，由此達成有論理根據的相互同意，使得不同的利益與價值關切，能夠得到平等的考慮，而提高決策的正當性。[69]簡言之，公民會議作為一種闡釋公共決策合法性的形式，它讓公民自由而平等地對影響到自己的公共政策和議題進行公開且充分的討論，這就賦予決策以合法性，進而有助於提升決策的品質。

　　最後，公民會議有助於促進社會共識與共善（common good）。公民會議不預設

任何先驗的實質規範，但要求參與者儘可能超越一己私利下，從公共利益或至少試著從利他的角度反省問題。從公民會議另一個廣泛使用的名稱「共識會議」可以得知，它非常強調從爭議中尋求共識。而共識的達成，則預設著參與者有追求共善的傾向以及偏好轉化的可能。「透過公共討論的轉化過程，參與者調解彼此的差異和衝突，而尋求共同的價值與利益基礎。」[70]換言之，公民會議這樣一種迥異於公聽會、說明會的參與式民主模式，讓一般公民以平等、自主、知性的討論具爭議性的公共議題，過程強調個人意見的平等表達，並有專家學者從旁補強背景知識，幫助公民周延思考與對議題的認識。因此，公民會議是為了讓不具專業知識的公眾，能夠針對社會衝突性的議題或公共政策進行理性、共善的討論，進而達到社會共識。一句話，公民會議這一具理性、結構性的模式，更有機會幫助社會大眾進行理性的對話，進而促進社會共識與共善。

總之，在平等與訊息透明的條件下，參與公共討論對於民眾在政治效能感、公共利益取向的轉變、公共事務參與的意願都有提升的作用。或曰持續的公共討論，能夠提升公民的知能、政治效能感、對於公共事務的參與意願與動機以及對社會公共利益的考慮。這是因為，在平等、公開、透明和相互尊重的基礎上，公民會議為不同利益、觀點和價值的溝通與討論提供了平臺。這樣的溝通和討論並不是官員、專家對公民的單向傳播，而是創造了一個對話性的公共論壇，讓公民、專家和官員在討論中，對充滿爭議的議題獲得認知和理解，並盡量達成共識。「公民會議的目標是擴大傳統精英治理所不及的參與管道與眼界，透過知情的公共辯論而增進公眾（對政策議題）的瞭解，促進公民參與而提升民主的品質。」[71]

第二節 「全民健保給付範圍」公民會議

臺「行政院」在2001年7月成立「二代健保規劃小組」，邀請學者專家針對「全民健保」長期性的結構改革進行研究與規劃。在第一階段的規劃過程中（2001年9月至12月），「全民健保」的體制運作缺乏有效的公民參與，成為關注的焦點之一。於是，「行政院二代健保規劃小組」從2002年1月起，成立「公民參與

組」，由臺灣大學社會學系陳東昇教授負責召集，領導一個由政治、社會、法律、社會福利和醫療領域的學者所組成的研究團隊，著手研究如何提升民眾參與全民健保政策的管道與能力。經過一番準備，2002年7-8月臺灣以「全民健保給付範圍」為議題，首度舉辦公民會議。

一、「全民健保給付範圍」公民會議的起因

在分析「全民健保」公民會議的起因之前，我們有必要先瞭解臺灣所謂的「全民健保」制度及其基本概況。臺灣於1995年3月1日正式實施全民健保制度，它以被保險人口投保率高、投保費率低、給付範圍廣及就醫方便而聞名於世，甚至被譽為醫療制度的「烏托邦」。「臺灣健保堪稱價廉物美，民眾根據薪資多寡，每月只要付少少的錢，即可享受到各樣的醫療服務，不論貧富貴賤，去大醫院或小診所，所受到的醫療服務全都一樣，一視同仁，有錢人縱使想多付錢獲取額外服務，也不被允許；而且就醫便利，醫院、診所到處都是，自己可以選擇要在哪裡就診，無須醫師指定。」諾貝爾經濟學獎得主、美國普林斯頓大學經濟系教授兼《紐約時報》專欄作家克魯曼（Paul Krugman），曾於2005年11月在《紐約時報》專欄大讚臺灣健保制度，要求美國虛心向臺灣學習全民健保的經驗。[72] 讓西方國家驚訝的是，臺灣的「全民健保」覆蓋廣、項目多，但全部費用僅占島內國民生產總值的6.17%。而在同樣實行全民健保的美國，支付的範圍比臺灣要小，但這一數字竟然是15%；在歐洲和日本，這一比例也在7%-10%。[73] 正因世界各國對臺灣的健保制度多所肯定，近年來，來臺灣取經的國家不下50個。

首先，臺灣全民健保採取強制性的社會保險方式，是一種繳費互助、社會統籌、平等就醫的醫療安全保障制度。其特性是根據保險的大數法則，分擔少數患者的高額醫療費用風險，將居民個人收入進行再分配，即個人所得的橫向轉移，高收入者一部分收入向低收入者轉移，健康者一部分收入向多病者轉移，實現社會共濟，以解決居民生病時無錢就醫，甚至陷入因病至貧的困境。[74] 也就是說，「臺灣全民健保的根本目的在於，減少公民健康地位的不平等。其意義，同其他公共疾病

第二章　臺灣的實踐：公民會議 I

保險方案一樣，透過行政強制加入的方式，建立一個和衷共濟與社會風險分擔的共同體」[75]。事實證明，健保制度在臺灣民眾心目中口碑頗佳，從1995年到2005年，在連續的民意調查中，健保的滿意率從65.4%，一直上漲到72.3%，最高峰時達到78.5%。[76]這在意見多元的臺灣，算是很高的比率了。

其次，臺灣全民健保的給付範圍很廣，包括門診、住院、牙醫、中醫、檢驗檢查、居家護理、處方藥品、預防保健等8個方面。在全民健保提供的醫療服務中，涵蓋了住院醫療服務和西醫、中醫及牙醫的門診醫療服務，給付範圍包括醫師診察、檢查、治療處置、護理、康復及住院病房費等項目。預防保健服務則包括計劃免疫在內的兒童預防保健、成人預防保健體格檢查、孕婦產前檢查、婦女子宮頸塗片檢查等。在健康教育方面，透過製作各類宣傳品和紀念品如健康手冊、人員培訓資料及舉辦健康知識報告會等，開展健康促進活動。從2003年12月起，推行「全民健康保險家庭醫師整合性照護制度試辦計劃」，充分發揮基層診所家庭和社區醫師的功能，提供社區居民各種急慢性疾病的照顧和轉診服務，並與合作醫院形成完善的社區照護網絡，培育居民有病先找家庭醫師進行健康諮詢的就醫行為，以促進分級就醫和轉診制度的實現。[77]2009年起，包括胰臟移植等23項重症醫療技術也納入「健保」，讓這些臺灣人戲稱只有董事長太太才能做的昂貴手術，一般人也能輕鬆採用。當然，也有不屬「健保」給付範圍的醫療，比如整形手術、人工生殖等。[78]一言以蔽之，臺灣全民健保向全體居民提供適時、適度的包括疾病預防、診斷治療、健康教育等廣泛性的醫療服務。

最後，臺灣全民健保以「全民參保、強制性投保」為原則，在原公、勞、農保被保險人的基礎上，擴展其眷屬並將其他人口納入保險，即每位臺灣居民甚至包括留學生、移民者、甚至外勞等都必須參加醫療保險。被保險人依其職業類別與所屬單位，分為六個類別，有職業者（包括其無工作的眷屬）透過所屬單位投保，沒有職業者（包括無掛靠親屬的退休人員）可透過鄉（鎮、市、區）公所投保。各個類別的保費各不相同，大多數工薪階層是自付30%，僱主付60%，當地政府付10%。如果自己是老闆，100%自付。低收入戶則100%由地方政府支付。而「對於法律規定的重大病傷、預防保健服務等項目，個人負擔部分可以免除，社會貧困人群也可以免繳醫療保險費。根據規定，農民的健康保險費由政府和農民分攤，分攤比率為政

府70%和農民30%」[79]。為了提升臺灣居民的健保參保率，2003年6月修正了「健保法」，對經濟困難的居民採取了專項優惠辦法，無健保卡的困難居民患有重症、急症時，可先就醫後參保，同時，對長期拖欠保險費而無力參保的困難人員，可獲準在一年內免除或緩繳先前的欠費，以將他們盡快地納入健保的保護傘下。臺灣健保一經推出，效果顯著，民眾參保率直線上升，至今已接近100%，成為名副其實的全民健保。

綜上所述，臺灣在過去幾十年裡用心檢討十幾個國家健保制度的優劣，終於研擬出一套人人皆可獲得醫療服務、高效率的全民健保制度。「全民健保的開辦意味著臺灣社會保險體制的重大改變：一個在給付條件上一律平等制度的建立。全民健保打破了過去公農勞保時代以職業類別作為區分的標準，以全民普及制代替分立制，避免因職業類別與保險體系的不同而產生待遇差異。全民健保前非工資勞動者，如老人、兒童、家庭婦女、身心障礙者等社會弱勢者，被排除在社會保險網之外，以及原先因分立制而形成的政出多門這兩個問題，在全民健保開辦後獲得一定程度的解決。」[80]全民健保對一般臺灣市井小民而言，稱得上是相當實惠的健康保障機制，這項制度使得過去貧病無依、沒錢看病、坐以待斃的情況，不復發生，堪稱窮人生病時的救星。所以，全民健保堪稱是臺灣民眾最受用的福音。「健保」的優越性主要體現在大病上。越是大病，自付的比例越低。前立委沈富雄介紹，他曾做心血管手術，住院4天，裝了一個血管支架，這個要花費100多萬元的手術，他只付了不到2萬元。臺北的邱先生每週須做3次腎臟透析，每次只需掛號費100元。他說，沒有「健保」，他早就看不起了——1998年，「健保」將惡性腫瘤、尿毒症、精神病、先天性畸形等31種疾病納入重大傷病項目，患者不僅醫療費甚至掛號費都可以獲得減免。[81]從這個角度看，臺灣「健保」的確充分體現了社會自助互助、風險共擔的精神。對此制度的設計及其效能，臺灣資深媒體人汪用和評論道，「臺灣的全民健保真的是德政一樁」[82]。

話雖如此，臺灣的全民健保在外界看來籠罩著光環，讓人讚嘆，但其實也危機四伏，如果不能予以有效改良，這個「烏托邦」正面臨崩盤之險。其中財務危機問題始終是最大的困擾。臺灣健保肩負著全民健康的使命，雖然官方宣稱民眾的滿意度高達七成，卻無法擺脫虧損的隱憂，如醫療資源有限、健保支出已超過保費收入

等，不禁令識者憂心臺灣健保究竟還可以撐多久。據瞭解，臺灣「健保」在開辦第四年，開始出現財政缺口，不得不向銀行借款。其後負債越滾越大，以2005年為例，保費收入一共3550億元，而支出卻達到4200億元，留下了將近700億的巨額缺口。截至2009年底「健保局」共積欠銀行1065億元債務。[83]前立委沈富雄指出，健保的隱憂在於「我們收的錢的成長率不如開銷的成長率」，所以每次拉成平衡，三年後就不平衡了。換言之，支出永遠大於收入，因為沒有節制，「沒有自由市場的精神在裡頭。」臺灣人喜歡逛醫院，一個小感冒也要到大醫院；有的媽媽早上帶小孩看內科，如果病情未明顯改善，下午再去看耳鼻喉科。健保開銷之所以居高不下有一個很重要因素是臺灣人有吃藥的習慣。去年一年健保藥費支出達1250億臺幣，較前年成長6.9%，其中臺灣人吃最多的是治療高血壓、高血糖和高血脂的藥物，去年吃掉323億臺幣；十大健保藥物排名第一的是具有降血壓與保護心臟功效的「脈優」，已蟬聯八年冠軍寶座，一年就吃掉44億862萬元。[84]概言之，一方面是健保的財政漏洞越來越大，另一方面則由於「全民健保」的福利，使臺灣民眾看病上癮，長庚醫院桃園分院副院長蔡熒煌將此總結為「愛逛醫院、愛拿藥、愛檢查」[85]。其實，即使沒有管理疏失、「騙保」等問題，人口老化、醫療科技進步及居民就醫需求增加等因素，也會使「健保」費用增加勢不可免。「健保局」數據顯示，臺灣2009年較1995年，65歲以上老年人從7%增加到10%。而近年來，無論公立、私立醫院，為了提高競爭力，都在不斷提升醫療科技及方法，導致醫療費用不斷攀升。[86]

總之，「全民健保」是廣受民眾歡迎的社會制度。這個在社會互助功能上堪稱成功的制度，近年來一面對對入不敷出的財務困境。為了因應財務危機，「行政院衛生署」宣布從2002年9月起調漲「全民健保」的費率和部分負擔金額。「健保雙漲」引發了紛擾不休的政治衝突。許多民間團體，紛紛發聲反對；64個團體串聯組成的「民間推動健保改革聯盟」，前往「監察院」告官，又齊聚「衛生署」抗議；上萬名勞工走上街頭，高喊「健保調漲，勞工不爽」、「變相加稅，懲罰病人」的口號，激烈衝撞「行政院」大門。在野黨立委也對「健保雙漲」進行強力抗爭，要求「行政院」收回成命。在社會團體反對，在野政黨抗爭所捲起的政治衝突中，「行政院」仍然堅持調漲部分負擔與費率。就在「健保雙漲」引發政治衝突期間，

一場民主實驗正悄悄地進行。20位來自不同背景的公民,包括公務員、民營企業的僱主和員工、出租車司機、清潔隊員、家庭主婦、退休的老年人和為精神疾病所苦而休學的大學生,這些平常沒有機會表達他們對全民健保的意見的公民們,聚集在臺北近郊一座會館,利用跨時兩個月,共七天的時間,參加一場「全民健保給付範圍」公民會議。在會議中,他們閱讀數據、詢問專家,經過這些過程,瞭解全民健保的運作狀況,並在瞭解的基礎上,針對全民健保所面臨的問題,進行理性的知情討論(informed discussions),而形成共同的意見。他們主張,為了讓全民健保能夠永續經營,繼續提供給國人廣泛的醫療照護,保費可以適度調漲,但在調漲保費的同時,必須致力於減少醫療浪費、提升醫療質量,並改善財務負擔的公平性。[87]

二、「全民健保給付範圍」公民會議的過程

這次公民會議以「全民健保的給付範圍」作為討論主題,它牽涉到臺灣「全民健保」制度一個根本的集體選擇,即在資源有限的條件下,民眾願意負擔多少保費,來涵蓋哪些公共付費的醫療項目?此次公民會議因是實驗性質,為了降低會議的複雜性,所以不開放給媒體採訪。但「二代健保規劃小組」的學者與「衛生署」健保小組人員在場旁聽、觀察,整個會議過程全程錄像,使得會議仍具有聽眾導向的公開性,而非公民小組成員的閉門對話。從日程安排來看,預備會議的舉辦時間是2002年6月22、23日及7月6、7日共四天;正式會議的舉辦時間則是2002年8月3、4、10日共三天。如圖2.4所示。

第一,「全民健保給付範圍」公民會議的籌備階段。主要包括組成執行委員會以及挑選參與者等環節。

(一)組織執行委員會

至2001年臺灣「全民健保」制度已經實施7年,雖然廣受民眾的肯定,但也面臨財務負擔與各種不同的問題。「衛生署」於是組成了「第二代全民健保規劃團

體」，其中特別設立一個有關增加公眾參與的小組即「公民參與組」。經由「中央研究院」社會學研究所張苙雲教授的推薦，規劃團體總主持人臺灣大學預防醫學研究所賴美淑教授，邀請臺灣大學社會學系陳東昇教授擔任這個小組的負責人。公民參與小組的成員，除了專門研究臺灣「全民健保」制度的林國明之外，還有臺大社會學系的吳嘉苓教授、政治大學社工所的傅立葉教授、政治大學公共行政系的黃東益教授、陽明大學的雷文玫教授、鄧宗業教授、臺北大學社工系林志鴻教師、臺北護理學院張宏哲教授等。這些學有專精的學者參與，使得整個研究藍圖更為清晰。黃東益教授和在美國推動審議式民調的詹姆斯‧菲什金（James Fishkin）教授有師生關係，也引介菲什金到臺灣協助審議式民調的實驗計劃。吳嘉苓教授、傅立葉與鄧宗業教授對於病患團體、社福團體以及專業團體有深入的研究，雷文玫教授則鑽研社會行政法，引介美國行政部門與利益團體、人民團體的協商治理（negotiated regulation）制度等。[88]「公民參與組」的研究成員在反覆討論後，決定以「全民健保的給付範圍」作為公民會議的討論主題：「全民健保保什麼？為什麼？」此外，為推動「全民健保給付範圍」公民會議的進行，「公民參與組」特別成立「先驅性全民健保公民會議規劃小組」作為此次公民會議的最高指導單位。

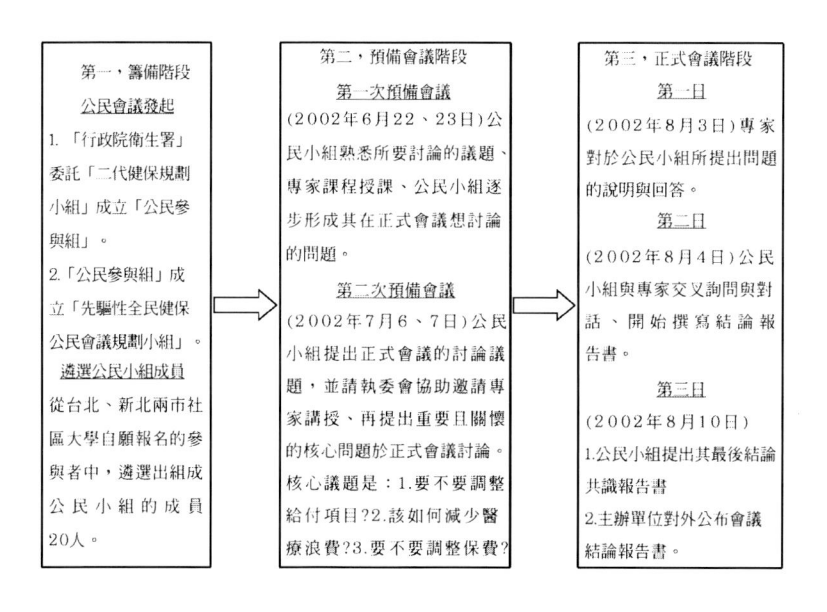

第一、籌備階段
公民會議發起
1.「行政院衛生署」委託「二代健保規劃小組」成立「公民參與組」。
2.「公民參與組」成立「先驅性全民健保公民會議規劃小組」。
遴選公民小組成員
從台北、新北兩市社區大學自願報名的參與者中，遴選出組成公民小組的成員20人。

第二、預備會議階段
第一次預備會議
（2002年6月22、23日）公民小組熟悉所要討論的議題、專家課程授課、公民小組逐步形成其在正式會議想討論的問題。
第二次預備會議
（2002年7月6、7日）公民小組提出正式會議的討論議題，並請執委會協助邀請專家講授、再提出重要且關懷的核心問題於正式會議討論。核心議題是：1.要不要調整給付項目？2.該如何減少醫療浪費？3.要不要調整保費？

第三、正式會議階段
第一日
（2002年8月3日）專家對於公民小組所提出問題的說明與回答。
第二日
（2002年8月4日）公民小組與專家交叉詢問與對話、開始撰寫結論報告書。
第三日
（2002年8月10日）
1.公民小組提出其最後結論共識報告書
2.主辦單位對外公布會議結論報告書。

圖2.4 「全民健保給付範圍」公民會議實施的步驟與階段

資料來源：作者整理

（二）公開招募參與公民

由於這是臺灣首度舉辦公民會議，主辦方並無任何經驗的基礎可以判斷參與會議的公民，是否能夠抱持求知求實的態度來瞭解該政策議題，並能夠從事理性的討論。因此，主辦方決定以臺北、新北兩市的板橋社區大學、南港社區大學、永和社區大學、蘆荻社區大學、三重社區大學以及勞工大學的學員，而非全臺民眾作為公民小組的招募對象，目的在於希望借由求知意願較強的社區大學學員的參與，來提升操作能力。

（三）公民小組的組成背景

經過自2002年4月底至5月底長達一個月的招募之後，有接近70位志願者報名參加。主辦方先將報名者依性別區分為兩組，每組依年齡、教育程度分層排列名單，再依系統抽樣抽出20位參與者，接著檢視這20名參與者的基本資料，審閱他們是否過度集中於某個職業類別。這些被選中的20位公民小組成員，最後有19人全程參與7天的公民會議。具體背景資料如表2.1-2.3所示。

表2.1 「全民健保給付範圍」公民小組基本資料統計表

基本資料		人數	百分比
性別	男	9	45 %
	女	11	55 %
	合計	20	100 %
教育程度	小學	3	15 %
	國中	2	10 %
	高中職	4	20 %
	專科大學及研究所	11	55 %
	合計	20	100 %

資料來源：林國明、陳東昇：《公民會議與審議民主：全民健保的公民參與經驗》，第112頁。

表2.2　公民小組職業背景

職業	人數	統計	占總體百分比
學生	2	2	10%
家庭主婦	2	2	10%
司機	2	2	10%
退休人士	2	2	10%
公司職員	3	3	15%
民營企業	2	2	10%
公務人員	5	5	25%
社團組織	2	2	10%
合計人數	20	20	100%

資料來源：林國明、陳東昇：《公民會議與審議民主：全民健保的公民參與經驗》，第111頁。

表2.3　公民小組醫療服務利用頻率

醫療服務利用頻率(2001年最後使用到的健保卡卡號)	人數	占總體百分比
低度使用者(A、B卡)	13	65%
中度使用者(C、D卡)	5	25%
高度使用者(E卡級以上)	2	10%
合計人數	20	100%

資料來源：林國明、陳東昇：《公民會議與審議民主：全民健保的公民參與經驗》，第112頁。

第二，「全民健保給付範圍」公民會議的預備會議階段。主要包括安排預備會議課程及邀請相關專家進行授課等。

（一）安排預備會議課程及選擇授課專家

進行正式公民會議之前，先舉行相關事宜的研討預備會議，其重點在於讓公民小組獲得「全民健保」的基本知識，並以這些基本知識為基礎，進行理性的討論，

擬定正式會議要討論的議題。因此，授課學者的選擇是十分重要的議題。經過「規劃小組」審慎的討論，兼顧授課學者對於相關領域的熟悉程度、立場的超然客觀以及能引導一般民眾學習熱情後，安排預備會議課程與授課專家如表2.4所示。

表2.4　預備會議課程與授課專家安排

課程名稱	授課專家
什麼是公民會議	台灣大學社會學系　林國明教授
什麼是「全民健保」	「二代健保規劃小組」執行長　賴美淑教授
「全民健保」的錢從哪裡來，花在哪裡	台北商業技術學院　朱澤民教授
「全民健保」的經營管理	「中央健保局」副總經理　巫敏生
「全民健保」的成就與困境	慈濟大學　葉金川教授
「全民健保」給付的變遷與困境	「中央健保局」林金能經理
錢不夠怎麼辦	台中健保管理學院　楊志良教授

資料來源：《「先驅性全民健保公民會議」的籌備過程》，來源：http://sociology.ntu.edu.tw/~tsd/NHICCprocess.pdf。

　　在絕對由這些學者擔任預備會議的授課專家之後，「規劃小組」立刻指派同仁與這些專家聯絡，大致說明此次公民會議的目的和精神，以及他們各自的授課範圍與時間。理論上，授課專家應盡量保持立場的中立，並能熟悉引導學習的技巧，避免學院訓練模式。為滿足授課專家既能充分瞭解政策事務面又能深入淺出地介紹相關知識與訊息的要求，「規劃小組」邀請的專家，除了介紹公民會議的學者之外，全是「健保」行政系統的「局內人」：歷任「健保局」總經理、副總經理、經理、副經理和前「衛生署副署長」等。這份名單可能予人「官方操縱」的印象，其實它反映的問題是：籌備小組對於政府系統之外的專家，是否充分瞭解「健保」實務、是否具有不同於學院訓練式的表達能力，以及更重要的，是否秉持中立的立場，客觀地呈現各種相關的資訊，缺乏信心。[89]

（二）挑選預備會議的主持人

　　擔任預備會議主持人的適當人選，必須熟悉會議主題，具親和力，能夠引導討

論、協助形成結論,但不具強勢立場,主要的任務是維持團體討論、促進成員互動交流、協助公民小組形成問題與回答參與者的問題。經過「規劃小組」數次的討論,決定採用兩個主持人的才形式,其中一人熟悉「健保」事務,另一人則熟悉引導討論。

概言之,在預備會議進行的過程中,為了避免影響公民討論與發問情形,不開放現場採訪,而改以開放同步轉播的觀察室,供相關人士瞭解與知悉進行的情況。此外,為了避免公民小組遭到不必要的干擾,並未詳細公佈背景資料,以維護公民會議後續階段得以順利地進行。

第三,「全民健保給付範圍」公民會議的正式會議階段。這一階段的重頭戲是公民小組與專家之間的對談以及公民小組形成對問題的共識。

(一)公民小組與專家的對談。根據「規劃小組」的討論,這一單元的流程為專家回答公民小組於預備會議提出的問題(時間是30分鐘,依專家人數平分),接著進行公民小組與專家之間的對談(時間是1個小時)。在這個部分,被邀請的專家學者如表2.5所示。每段專家與公民小組的對話結束後,便隨即進行公民小組內部討論,在聽取專家學者的意見後,針對每個階段的主要議題與次要問題討論,彙集公民小組對問題的看法,並嘗試建立他們對於這些問題的共識。[90]

表2.5 正式會議的專家名單與議題

議題	專家名單
我們要不要調整給付項目？ 問題一：在資源有限下，「全民健保」的給付範圍與原則爲何？ 問題二：是否應該刪除某些給付項目？ 問題三：是否應該增加某些給付項目？	李玉春教授 (陽明大學衛生福利研究所) 李世代教授 (台北護理學院長期照護研究所)
我們該如何減少醫療浪費？ 問題四：如何防治醫療所浪費醫療資源？ 問題五：如何防治民眾浪費醫療資源？ 問題六：如何強化「健保局」的行政管理？	張立雲 (「中央研究院」社會學研究所) 郭守仁副院長 (彰化基督教醫院) 戴桂英副召集人 (「行政院衛生署健保小組」)
我們要不要提高保費？ 問題七：提高保費的必要性？ 問題八：保費調整機制如何制度化？ 問題九：保費調整如何兼顧社會公平性？ 問題十：保費調整如何提升醫療品質？	楊志良副校長 (台中健康暨管理學院) 蔡再本副董事長 (台灣消費者文教基金會) 朱澤民副教授 (台北商業技術學院)

資料來源：《「先驅性全民健保公民會議」的正式會議》，來源：http://sociology.ntu.edu.tw/~tsd/NHICCformal%20conference.pdf。

　　（二）綜合討論。待專家學者與公民小組對談結束後，「規劃小組」於2002年8月4日下午，安排綜合討論的時間，主要目的是讓公民小組確實地回答他們在預備會議所提出的問題，由於會議時間已接近尾聲，在最後一天的會議中必須向政府官員與民間團體報告公民小組的結論，所以不能讓公民小組的討論有離題或抓不到重點的情況，因此，主持人如何妥善引導討論的進行，有效地控制時間，是極為重要的。在此次會議中，由於規劃小組欠缺舉辦公民會議的經驗，所以無法有效地掌握討論的過程，時有出現離題或過於冗長的發言，同時也過分注重字句的雕琢，而未將討論核心集中於原則性的問題，以致即便延長了會議時間，也無法將所有問題討論完畢。補救的做法是將前幾天的會議記錄提供給公民小組的主筆人，請他們依照這些記錄撰寫報告，待正式會議的最後一天，再由公民小組修改與認可主筆人的結論報告。因此，當日會議結束之後，三位主筆人與兩位負責記錄的小組成員均主動留下，初步整理既有的資料，並且協調分工內容以及結論報告的撰寫方式。

（三）撰寫結論報告。兩次正式會議相隔一個禮拜，期間三位主筆人再度集會一次，整合他們個別撰寫的部分，並就報告內容與形式交換意見。集會當天即完成結論報告，並讓工作人員帶回規劃小組，為最後一天會議做準備。

（四）對外公佈「全民健保給付範圍」公民會議的結論報告。正式會議的最後一天，上午的工作是由公民小組認可主筆人所撰寫的報告，三位主筆人依序簡單說明他們所負責的部分，並給公民小組充分的時間，詳細閱讀本份報告，檢視是否有遺漏、不足或意思扭曲的情況，接著，便進入修正報告的時間，由小組成員提出修改意見，先由主筆人初步響應，如果發問成員滿意主筆人的解釋，便不對該部分進行修正，如果不滿意，再由公民小組討論應如何修正。當天下午首先由專家學者指出結論報告的事實性錯誤，規劃小組請林國明教授、雷文玫教授以及「衛生署健保小組」戴桂英副召集人發表他們對結論報告的看法，由於專家學者只能指出事實性的錯誤，不能影響結論報告的內容，因此，這三位專家學者只就結論報告內的術語、專門用語甚至是錯別字與公民小組討論。除此之外，三位專家學者也針對結論報告的形式與公民小組討論，說明主筆人或公民小組在撰寫報告時所犯的錯誤。

在專家學者指出結論報告事實性錯誤的同時，主辦單位也在另一個場地，向前來聽取結論報告的政府官員與民間人士，簡單說明公民會議的性質，以及此次會議安排。

1.發表結論報告

簡報結束後，便請公民小組向與會來賓報告此次公民會議的結論，並請公民小組簡單地做自我介紹，並由主持人簡介與會來賓。會議結束後，有部分公民小組成員因為聽了下午專家學者的建議，便提議再挑選一日，另行召開一次會議，讓結論報告更為盡善盡美，更為簡明易讀，以及更能反映公民小組的意見，經過公民小組全體同意之後，主辦單位便將第八天的會議安排在八月十八日，於臺大社會學系館召開。為節省時間，在徵得公民小組的同意之後，由主辦單位根據最終的結論報告修改，再於八月十八日當天，由公民小組認可與修改。

2.修飾結論報告。主辦單位在第八天會議之前即在不更動公民會議結論的前提下，適當地修改文句與表達方式。會議當天，主辦單位向公民小組言明，由於公民會議的結論報告已向政府官員與民間團體公佈，故在內容上無任何的修改空間，只能就文字部分進行修正。當天會議進行方式與第七日上午類似，由主辦單位說明修改後的報告內容，並讓小組成員詳細閱讀內容，接著由公民小組提出意見，再行決定是否修改，以及如何修改。會議進行十分順利，眾人也能認同經過主辦單位修改的報告，認為報告的原意並無扭曲或遺漏，而文句也變得更為通順，更符合結論報告應簡明易讀的原則。

下列兩點原因致使此次會議存在「多出的一天」的現象。首先，此次公民會議之所以需要這「多出的一天」，是缺乏舉辦公民會議的經驗所致，由於主辦單位在主持討論與報告撰寫的安排上，仍不夠熟練，才導致需要「多出的一天」，未來若能更有效率地引導公民小組討論，以及與公民小組事先言明結論報告的形式，應可避免這「多出的一天」；其次，主辦單位原先希望公民小組能一肩扛起撰寫報告的工作，但是在操作中發現有其困難，一則公民小組不瞭解結論報告的性質，二是要求一般民眾進行長篇幅的寫作實屬不易。最後則折衷為公民小組提出結論報告的初稿，由工作小組在文句上進行修飾，再請公民小組認可。在會後訪談中，公民小組皆同意這樣的做法是在時間不夠的情況下，最適當的解決方式，或許未來在規劃結論報告的撰寫時，能採取此次的做法，當然，所有的安排與理由都必須事先和公民小組說明清楚。

當日會議結束後，也宣告「先驅性全民健保公民會議」正式落幕，主辦單位請公民小組在同意書上簽名，聲明他們同意此份報告的效力，也請他們協助最後一次的訪談。

3.公民小組的結論報告摘要。整體而言，公民小組對全民健保目前的給付範圍相當滿意，並不主張大幅增刪給付項目。為了在財務困境下維持目前的給付範圍，公民小組同意保費可以適度調整，但在保費調漲的同時，必須致力於解決醫療浪費、提升醫療質量，並改善財務負擔的公平性。

第一,針對是否調整給付範圍,公民小組成員認為,給付範圍的增刪,應該根據幾個原則。最重要的社會互助的原則,「給付範圍的增減,絕不能破壞健保全民互助的原意,不然將失去興辦健保的意義」。其次是「權責相符」的公平性,「勿讓民眾抱著僥倖心態只享權利,而缺乏健保資源有限的體認」;再者,給付項目應該具有成本效益,避免浪費;最後,是健康促進與預防的原則。在這些原則下,公民小組反對「保大不保小」的方案,建議適度增加健康檢查的範圍以及老人的假牙給付,並建議政府加速推行長期照護的規劃;對於個人故意行為造成的傷害,是否不予給付,則無法達成共識。

第二,在減少醫療浪費方面,就醫療診所部分,公民小組認為:藥品價格必須公開;門診人數應設限(專科醫師不足之重大傷病除外);適當分配醫療儀器的採購權,免除醫療院所間進行儀器採買的競賽;檢討目前「醫藥分業」之成效。在如何防治民眾浪費醫療資源,公民小組建議:建立民眾家庭醫師概念;落實轉診制度。對於是否增加部分負擔以抑制就醫浮濫,公民小組則無共識。對於如何強化健保局的行政管理,公民小組強調,健保經營狀況和醫療訊息的透明化,最為重要。

第三,有關是否提高保費,多數公民小組成員同意保費調漲的措施,但認為「『衛生署』只強調健保財務入不敷出之困境,而未透過有效管道,對民眾詳細充分說明健保財務狀況,以及提出健保局近年在開源節流努力之績效」。因此,建議未來調整保費時,「應透過多重管道讓民眾知道、注重民意」。公民小組也認為,將來保費費率的調整,可以經濟成長率、物價指數作為主要參酌指標,予以制度化,長期而言,更需改變費基,促進保費負擔的社會公平。公民小組建議取消目前職業分類的保費負擔方式,而完全以經濟能力和所得高低為保費計算方式。[91]

三、「全民健保給付範圍」公民會議的分析

首先,「全民健保給付範圍」公民會議有助於「造就好公民」。公民會議對參與者的影響上,通常在公民會議結束後,會以深度訪談或問卷調查的方式進行調

查。據「先驅性全民健保公民會議」的會後調查顯示，參與者對於議題的相關知能明顯提高（即對於相關政策更為知情），對於健保相關態度（如表2.6所示）、價值、政策偏好也隨之轉變（如表2.7所示）、關心討論與參與公共事務意願提升即社會連帶感（如表2.8所示）。總之，許多參與者認為，公民會議的最大作用在於知能提升的教育效果。這些公民們，多數人在參加公民會議之前，對什麼是全民健保，並無太多瞭解，「健保只是繳費看病而已」；參加會議之後，「才知道全民健保在作什麼」。以前，「以為政策只是打打鬧鬧」，現在卻發現，「政策可以用說理的方式理性地討論」。說理的公共討論，使許多公民會議的參與者，對全民健保，甚至更廣泛的公共議題，所抱持的態度、價值和立場，都發生了改變。許多人都說，參加公民會議之後，他們更加關心，也更願意參與「跟我有切身關係」的公共事務，因為「知道了才會關心」、「有許多事情都是自己的權利，不能漠視」。參與者也從公共討論的過程體認到，「合作的精神真的很重要」，「一個人的力量有限，要像健保一樣，集合大眾的力量」，才能成事。共善與合作的取向下所做的知情討論，使大多數公民會議的參與者，從先前反對保費調漲的立場，轉而支持調漲，許多人所持的理由是：「現在比較有深入的瞭解，所以調漲部份我們比較會支持」、「要永續經營，就要調高保費啊，倒掉是全民的損失啊！」[92]

表2.6 對「全民健保」的一般態度之變遷

整體而言，您對「全民健保」感到滿意嗎？

態度	前測 次數	前測 百分比	後測 次數	後測 百分比	前後測百分比變化
非常滿意	1	6	3	17	＋11
滿意	6	33	9	50	＋17
尚可	10	55	4	22	－33
不滿意	1	6	2	11	＋5
總合	18	100	18	100	

資料來源：林國明、陳東升：《公民會議與審議民主：全民健保的公民參與經驗》，第113頁。

表2.7 特定政策偏好之變遷

目前「全民健保」的保險費用不夠應付醫療費用,您認為應如何解決?

政策偏好	前測 次數	前測 百分比	後測 次數	後測 百分比	前後測百分比變化
提高保險費	1	6	7	39	＋33
提高部份負擔	5	28	2	11	－17
由政府彌補不足費用	4	22	2	11	－11
減少給付項目及內容	0	0	0	0	0
只要不調保費、什麼方法都可以	0	0	1	6	＋6
無意見/不知道	1	6	1	0	－6
其他	7	39	6	33	－6
總合	18	100	19	100	

資料來源:林國明、陳東昇:《公民會議與審議民主:全民健保的公民參與經驗》,第113頁。

表2.8 公民會議的價值(社會連帶感)之變遷:總體層次之百分比(N=18)

態度	同意/非常同意 前測	同意/非常同意 後測	同意/非常同意 變化	不同意也不反對 前測	不同意也不反對 後測	不同意也不反對 變化	不同意/非常不同意 前測	不同意/非常不同意 後測	不同意/非常不同意 變化
健康的人應該協助生病的人負擔醫療費用?	83	100	＋17	11	0	－11	6	0	－6
有錢的人應該協助貧窮的人負擔醫療費用?	78	83	＋5	16	0	－16	6	17	＋11
看病越多人,看病時應需付較多的部分負擔?	61	33	－28	22	0	－22	17	67	＋50

資料來源:林國明、陳東昇:《公民會議與審議民主:全民健保的公民參與經驗》,第114頁。

其次,「全民健保給付範圍」公民會議有助於提高政策的正當性和決策的品質。雖然公民會議最終達成的共識報告不具有法律拘束力,但是由於公民會議的組成通常能夠反映多元意見,而且代表一般民眾經過充分資訊與思辨後採取的立場,

頗能印證審議式民主的理念，因此有助於提高政策的正當性和決策的品質，對於決策者也具有相當高的參考作用。「先驅性全民健保公民會議」實驗的結果，初步印證了公民會議的這種成效。「健保行政的公民參與越是公開透明、並且容許廣泛周延的民眾參與，越有助於行政決策的周延與民眾對健保決策的接受度。」[93]從中可知，在臺灣政策制定過程中有關公民參與的部分，引進審議式民主的精神，也就是強調對話、反省的深思熟慮過程，經由決策過程審議因素的強化，有助於提升決策的品質與正當性。

最後，「全民健保給付範圍」公民會議有助於促進社會共識與共善。一般認為，理性、共識取向的討論，能使公民們超越私人的自利立場，而導向於關注公共利益。從以往的經驗來看，在激烈的政治衝突中，媒體充斥著相互對立的聲明，這些聲明只宣示立場，但不去論證支持與反對政策的理由，也不去聆聽對方的觀點。立場的爭辯只是「語言的競賽」，目的是把「觀眾」爭取到自己的立場，而不是反省性接納各種證據，理性地評估可行的方案，以達成有論理根據的同意。在這種只有立場宣示而缺乏公共討論的政策衝突過程中，一般民眾自是難以理解「健保雙漲」到底在爭什麼、漲與不漲對自己、相關他人和社會集體利益可能造成什麼後果。[94]透過「全民健保給付範圍」公民會議會場的觀察，以及會後的深度訪談，可以發現公民小組的成員，的確能夠抱持著公益與共善的取向來參與討論，如一位參與者所言：「有些意見不見得是我們大家可以接受的，但是不同的意見，應該是要經過協商，達成共識，找出最好的一個結論出來，我想所有的討論的結果應該是以全民的利益為優先考慮，去討論，去考慮。」與此同時，公民小組的成員一再重複強調類似這樣的觀點：「討論的問題是針對我們大家的利益」，「在那裡討論，涵蓋的範圍不會只有我，你會有大體」，「我的原則還是以大體為主」；因為「以大體為主」，參與者會去思考「怎麼解決是最公平，或對整個公眾利益比較好」。[95]如此等等，不一而足。簡言之，深度訪談的資料顯示，公民會議的參與者的確有著尋求共識的動機，而這有助於促進社會共識與共善。

總之，「全民健保給付範圍」公民會議是臺灣首次公民會議，它有助於強化公民知能，讓公民們能在一定的知識與資訊基礎上理性、知情地討論政策議題，從而在一定程度上有效地解決了民眾參與不足的問題。但「因舉辦時機是在健保雙漲政

策確立之後，故其討論結果不僅不具實質效力，且有橡皮圖章、為政策背書之議」[96]。然而，作為臺灣審議式民主實踐的先驅，「全民健保給付範圍」公民會議仍造成了拋磚引玉的作用。

第三節　「稅制改革」公民會議

　　稅制（稅收制度或賦稅制度的簡稱）是一個國家或地區在一定的歷史時期，根據自己的社會經濟、政治等具體情況以法律形式確定下來的稅收體系，它主要解決「開徵哪些稅、向誰徵稅、如何徵稅及如何保證國家稅收的實現」等問題。稅制具體可以從兩個方面來理解：從法律的角度來看，稅制是國家各種稅收法律法規、徵稅辦法的總稱；從結構角度看，稅制也可以理解為各個稅種所構成的有機體系，即法律開徵的所有稅種的名稱。廣義的稅制還包括稅收管理體制和稅收徵收管理制度。[97]

一、「稅制改革」公民會議的起因

　　在具體分析「稅制改革」公民會議之前，我們先瞭解一下臺灣稅制的現況。

　　首先，臺灣稅收政策比較強調「公平優先、兼顧效率」。稅收政策的取向，一般來說，主要是指對於公平和效率問題的把握和側重。以公平為主，還是更加強調效率，會導致不同的稅制設計和模式，更會帶來不同的經濟、社會效果。一般來說，經濟發達的國家或地區多是強調公平優先，因為公平與社會正義、法治程度、文明狀況息息相關，強調公平實質上是在強調分配的正義和社會結構性的平衡；經濟欠發達的國家或地區則多強調效率優先，因為欠發達的國家或地區首先需要解決擺脫落後的貧窮的問題，這是一個創造財富的過程，是創造價值的過程，而鮮少涉及分配的公正和結果的平等。臺灣市場經濟制度比較健全，經濟比較發達。因此，其稅收政策比較強調「公平優先、兼顧效率」。

其次，臺灣強調稅收政策的產業導向。臺灣稅收政策在1950年代主要扶持進口替代產業，60-80年代主要發展出口加工工業，90年代以來為促進企業更新改造，不但採用加速折舊，還可由納稅人選擇最有利的免稅期，對科學研究和開發費用實行專項扣除和實行進口設備免稅。為扭轉經濟增長持續放慢的局面，臺灣當局採取了許多措施，並以1991年頒布實施「促進產業升級條例」為標誌再次大規模地運用稅收優惠手段來促進經濟發展。正是因為臺灣堅持稅收政策產業導向，從而加快了臺灣產業結構的優化升級，增強了抵禦經濟危機的能力。[98]

最後，臺灣現行稅制功能異化。主要表現在三個方面，一是稅收基本功能弱化使得收入持續下降。1990年代以來，臺灣稅收負擔總體呈下降趨勢。1995年以前，臺灣的稅收收入占GNP的比重一直維持在18%以上，但此後快速下降，如2006年僅為14.3%。二是稅收調控功能被破壞致使稅負不公。一般來說，只有稅法才能規定稅收的減免措施，而臺灣的稅收減免規定不僅見於各項稅法，在其他的產業法律和條例中也屢見不鮮。據統計，現階段臺灣的法律法規中涉及稅收優惠的條款就多達130餘項。這種「政出多頭」的現象不但破壞了稅法的完整性，而且也造成稅負不公。臺灣按職業、產業、所得來源、地區等標準設置了各種稅收優惠政策，如稅法對高科技產業所得、資本利得、海外所得以及軍人、中小學教員的薪資所得等都有減免稅規定。這樣的稅收負擔分配格局，使得臺灣居民的不公平感日益加劇。三是稅收結構扭曲導致效率低下。稅收優惠所造成的勞動、儲蓄和投資等不同要素間承受的稅負存在著較大的差異，這不可避免地會扭曲資源配置，從而極大地降低了臺灣經濟運行的效率。[99]

透過上述分析可知，臺灣「高稅率、窄稅基」的稅制已經與該地區經濟發展的狀況不相適應，出現了稅收收入減少、結構扭曲、稅負不公等問題。其結果是，從1990年代開始，臺灣的財政狀況不斷惡化，到2006年底，臺當局累計負債高達3.4萬億元新臺幣，約占其當年GDP的33.3%。由於稅收收入連續下降導致的財政失衡以及公眾日益增多的對稅制公平和效率的質疑，迫使臺灣於2003年開始推行一系列的「稅制改革」。

臺灣「稅制改革」之前，政策主轄機關為了慎重起見，以及強化政策變遷的民

意基礎,於是在先前成功的公民會議之鼓勵下,推動政策變遷的前奏,委託學界舉辦公民會議,藉以測試民眾的政策取向。至於具體的原因,可由三個層面加以剖析。[100]

首先,推動取消軍教免稅及最低稅賦制等稅改方案。政府相關部門為了推動其政策更新,有時需要終結相關的現行政策,但若要將其終結則必須面臨時境正當性的挑戰。於是,基於潮流及時勢的對應要求,主辦單位亦可透過稅改公民會議,藉以引起民眾正視與思考這些議題,如是否取消軍教免稅以及訂定最低稅負制,希望使相關人士的聲音能夠透過稅改公民會議的舉行,充分地反映出來,以供相關人士持續進行思索、考慮與對話,最終能使較佳稅改方案的勝出。

其次,讓民眾充分知情相關稅改議題。由於稅改與民眾的權利義務息息相關,因此,「財政部賦稅署」基於創新的講究,乃規劃舉辦「稅制改革」公民會議的方式,讓民眾對稅改議題能夠有充分的瞭解。換言之,對於政府將要推動的「稅改」,提供瞭解的機會與管道,乃借由稅改公民會議的進行,將政府有關稅改的資訊,透明地呈現在公共討論的場域中,讓民眾可以自由獲取相關稅改資訊,以此充實其稅改知識與形塑提供稅改建言的能力,展現身為知情公民應有的作為。

最後,作為財政部推行規劃稅改的參考。「稅改改革」的議題不能只限於專家談論,因其可能有先入為主和理論所束縛的盲點,再加上所討論內容未必反映人民需求,而且民眾的日常生活意見也可以成為政策推動者的重要參考。然而,以往政府的政策制定十分仰賴專家與學者,一般民眾並沒有實質參與政策形成討論的機會。因此,如能透過稅改公民會議的舉行,提供一般民眾與專家進行觀念與意見的交流與互惠,將對「稅改」議題產生有意義的對話語審議,使得對話與審議的結果,能產生具體與實用性的結論,從而有意於將來稅改政策的形成。

二、「稅制改革」公民會議的過程

「稅制改革」公民會議乃是財政部委託世新大學公共管理顧問中心來辦理，透過辦理公民共識會議的方式，讓民眾先行獲得「稅制改革」議題的基礎知識，並於會議進行中進行知情而理性的意見交換，致使參與的一般公民，在歷經五天公民會議的參與後，能夠對「稅制改革」爭議點形成共識，並據以撰寫一份公民小組的結案報告，表達民眾理解「稅制改革」爭議之所在，和不同立場的差異，歷經互動而形成的見解。透過此次公民會議的舉行，除可激發一般公民參與「稅制改革」的相關政策，也使之透過對話的過程，掌握充分的資訊來進行公共討論，並在尋求共識的過程中，展露社會的核心價值。此外，從政策行銷的觀點來看，召開公民會議亦可促成公眾對於「稅制改革」進行廣泛、理性的瞭解與辯論，有效提升公民對稅務的知能，政府決策單位與相關學術人士，更能因此正確獲取民意歸趨與研究素材。[101]就日程安排來看，「稅制改革」公民會議籌備階段歷經三個月，期間在組成執行委員會之後，亦開過數次籌備會議，針對之後要進行公民會議的資料撰寫與專家邀請，有過多次討論。會議議程一共五天，分別在2005年7月9日、10日、23日、24日和31日（均為週末）舉行。大致過程如圖2.5所示。

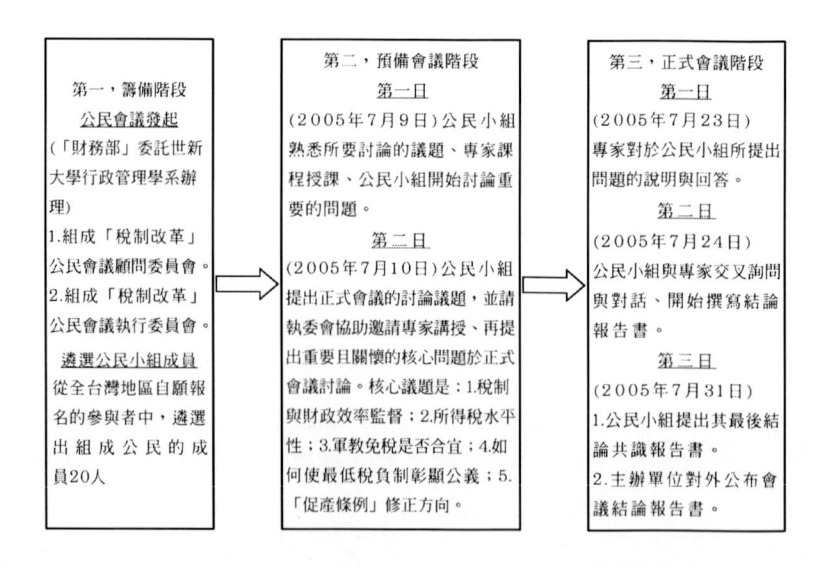

圖2.5 「稅制改革」公民會議實施的步驟與階段

資料來源：作者整理，來源自林水波、邱靖鈜著：《公民投票vs.公民會議》，第217頁。

第一,「稅制改革」公民會議的籌備階段。這個階段必須完成以下任務以奠定會議舉辦的堅實基礎。

(一) 組織執行委員會

主事者舉辦「稅制改革」公民會議時,首先必須組成執行委員會,以運營所要進行的一切事務,包括公民小組的招募、遴選,專家的邀請與遴選,會議進行流程的安排。而執行委員會成員的產生與組成,則需要靠主辦單位進行中立與客觀的考慮,進而加以推薦產生。而此次主辦單位乃委託學術單位——世新大學公共管理中心來進行,其所擁有的專業人員,對於會議的進行雖具有促進者的作用,但並無法主導會議討論的進行,以及引導結論的產生。透過受委託團體,根據各方的推薦與客觀的遴選,產生九位人士組成執行委員會,用以協助與輔助「稅制改革」公民會議以使其順利運作。而執行委員會成員皆為各界代表,如臺灣政治大學財政系教授曾巨威、「工業總會」副祕書長蔡宏明等人。財政部這次單純只是委託者,雙方都瞭解公民會議將獨立進行,並將結果提供給財政部作為政策改革的參考。而且,就算執委會認為選出的三大討論議題,目前應是民眾最為關切的「稅改」議題,但公民小組在預備會議之後,還是有權決定未來討論方向,甚至要邀請哪些人到公民會議說明,都可獨立決定。

(二) 公開招募參與公民,對之說明「稅制改革」公民會議的目的

主辦單位透過公開記者會的方式,說明舉辦「稅制改革」公民會議的目的,並且將相關招募訊息透過網站、報紙平面媒體等管道發佈消息,以利於進行對外公民小組的招募。主事者將辦理「稅制改革」公民會議的性質定位為:公共政策的審議討論,藉以發揮公民影響力為其號召力,以吸引全臺灣的民眾報名參加。

(三) 公民小組的組成背景

臺灣首度正式針對「稅制改革」舉辦的公民會議於2005年7月9日登場,全臺報名參加的449人當中,以被抽樣選中的20名「公民小組」為代表。這些人中有的家庭主婦、有的是學生、有的是退休人員。雖然他們都不具備「稅改」專業知識,但

至少都希望能夠多瞭解,並對臺灣的「稅制」盡一份心力。這20名由主辦單位透過全臺灣人口與報名者特質分佈層層選出的代表,性別是男女各10人。教育背景方面則是高中職以下6人,大專學歷11人,研究所以上3人(如表2.9所示)。職業方面,共有學生5名,家庭主婦3名,教師3名,退休人士2名,保險業者2名,機電業1人,傳銷業1名,工廠工人1名,在政府機關工作1名以及公司負責人1名(如表2.10所示)。居住地分佈上,北部地區11人,中部地區4人,南部地區4人,東部地區1人(如表2.11所示)。

表2.9 「稅制改革」公民小組基本資料統計表

	基本資料	人數	百分比
性別	男	10	50%
	女	10	50%
	合計	20	100%
教育程度	高中職以下	6	30%
	大專	11	55%
	研究所以上	3	15%
	合計	20	100%

資料來源:林水波、邱靖鈜著:《公民投票vs.公民會議》,第219、220頁。

表2.10 公民小組職業背景

職業	人數	統計	占總體百分比
學生	5	5	25%
家庭主婦	3	3	15%
教師	3	3	15%
退休人士	2	2	10%
保險業	2	2	10%
電機	1	1	5%
傳銷	1	1	5%
工廠工人	1	1	5%
公職人員	1	1	5%
企業主管	1	1	5%
合計人數	20	20	100%

資料來源：林水波、邱靖鈜著：《公民投票vs.公民會議》，第221頁。

表2.11　公民小組居住區域

居住區域	人數	占總體百分比
北部	11	55 %
中部	4	20 %
南部	4	20 %
東部	1	5 %
合計人數	20	100%

資料來源：林水波、邱靖鈜著：《公民投票vs.公民會議》，第221頁。

第二，「稅制改革」公民會議的預備會議階段，主要包括專家就各議題課程授課等環節。

進行正式公民會議之前，先舉行相關事宜的研討預備會議。此目的在於建立公民小組對於現行「稅制」與財政應有的認識，以使公民能在之後的正式會議，可較為順利地進行政策審議的討論與對話。另外，並安排相關的課程內容如「何謂公民會議」、「臺灣賦稅面面觀」、「認識最低稅負制」、「解析軍教免稅」等。專家授課就其專業知識對公民作說明，而專家在這個階段只對「稅制」相關知識作深度解析，主要任務是增進公民對這些方面的知能，過程中專家以客觀為原則，跳脫個人本位主義、專業主義與其他價值判斷，完全針對公民進行稅改知識的對話交流與互動。此外，預備會議還設計一些特殊的課程如「角色扮演」（role play），希望參與者除了從自身的角度，也能嘗試從他人的角度，如「財政部長」或企業主的角度，來思考同樣的問題，同樣都是為了力求客觀。[102]

概言之，在預備會議進行的過程中，全程均公開透明，開放記者媒體與一般民眾探知，只是為了避免影響公民討論與發問情形，才不開放現場採訪，而改以開放同步轉播的觀察室，供相關人士瞭解與知悉進行的情況。此外，為了避免公民小組遭到不必要的干擾，並未詳細公佈背景資料，以使後續的正式會議得以順利地進行。

第三,「稅制改革」公民會議的正式會議。這一階段所要完成的任務有專家諮詢、各類議題討論的頻率和狀況及公民共識逐步性形成與持續性討論。

(一) 專家諮詢。在正式會議的第一天,會議安排的是專家接受公民小組的諮詢。專家的安排乃是根據核心議題,邀請對問題熟悉的專家與會接受諮詢。首先就第一個議題:財政支出的效率與監督,進行專家與公民的互動。其中專家包括官方、民意代表與學者,接受公民小組的提問,相互進行觀念與視框的交流,並解答公民對此議題的關心與疑問。再就第二個稅改核心議題:「促進產業升級條例」的修正方向,作必要的諮詢,參與的專家乃邀請各方——第三部門、官方、產業,針對其對該議題關懷的部分,接受公民小組的諮詢與對話。第三個稅改核心議題:軍教免稅是否合宜合時,亦邀請官方、學術界、民間團體的各方專家,對本議題與公民小組進行諮詢互動。第四個稅改核心議題:所得稅的公平性與最低稅負制的問題,邀請專家與會,進行諮詢與詢問等相關問題。至於在這個專家諮詢的過程中,專家可以適當陳述自己的觀點說明問題,試圖以合理的論據取得公民的認同。例如在「是否取消軍教免稅」的稅改問題上,在他們與專家諮詢對話後,公民原有的知識,在諮詢過後對該議題所形成的見解與看法就會有些改變。何況,在與其他公民進行意見與觀點的交換後,透過相互交流瞭解彼此對於四項議題的差異與共同點。從差異處探知參與者相互之間立論理由的合理性,相互論辯的攻防,以理性與平和的態度與論據,使得雙方的意見與看法達到較為一致的境界。甚至促使相互意見與建議趨於中間,取得相當的共識,以為後續的再討論與交流基礎,這是公民會議甚為重要的一部分。此外,各界對於「稅制改革」議題的專家,平時恐無機會聚集在一起,唯有透過公民會議的大眾政策審議機制,將產、民意、官、學術以及民間團體串聯起來,形成一個審議治理的平臺,共同提供對「稅制」議題的資訊與看法,可較為全面地形塑「稅制」議題的改革藍圖,以使之後的公民能夠收到各方觀點與想法,詳細檢視其理由,形成自主性的主張,以為後續形成共識的基礎。

(二) 各類議題討論的頻率與狀況。在針對「財政支出面的效率與監督」,公民小組討論較無較太大的爭議,所以討論後的共識度還算高,包括強化政府財政監督統與透明化財政運用,以及強烈監督「立法委員」相互職責。而在探討「所得稅的公平性與最低稅負制」,有關於重新開徵證券交易所得稅與強化監督財團法人的

機制,更存有極大的共識。對於「軍教免稅是否合宜」議題,被討論的頻率最多也最為熱烈,參與者雖對於軍教免稅不合時宜具有很大的共識。不過對於「國中」以下的教職員取消免稅後,稅收應該如何使用,是否該專款專用於改善教育環境等,與財政部在提出最低稅負時,同時提供信賴保護條款是否合乎公平正義等議題,公民小組在經過激烈討論後,最後仍無法達成共識。

(三)公民共識逐步性與持續性討論。共識形成必須透過持續且有意義的對話。而公民會議強調在專家講述相關稅改資訊後,公民間經過對話與觀念的交流,將逐步形成對於稅改議題的想法,進而相互分享與討論,從中形塑彼此持續對稅改議題的討論基礎,維持繼續審議的動機。公民在「稅制」議題共識形成過程中,可能會受到一些資訊感化的影響,以致在認知、情感與評價取向上各有不同,再加上每位公民的人格特質有異,聯想與推論方向有別,對於「稅制改革」議題的見解、方案的選擇,抑或是行動取向就會有所偏好。因此,與會者必須進行誠摯的傾聽,找到對方論述的內涵與旨趣的所在,作為之後共識形成的調適與修正的基礎。再者,共識的形成須仰賴相互對話的公共場域,從中探究出彼此對於「稅制改革」的共同立場(良善稅改政策),採取一致的行動(積極審議、公益思考),進而能成就對「稅制」方案的共識。

會中公民對於政府支出有幾點共識,如政府對於財政問題抱持公正與透明原則,對於預算支出與分配提供民眾監督機制、「立法委員」應該善盡其責看緊人民荷包,對於行政機關應該嚴格監督。至於未達成共識的部分,就呈現在軍教免稅是否合宜、現行租稅減免的法規修正上等。

(四)對外公佈「稅制改革」公民會議的結論報告。在公民會議的最後一天,公民小組根據他們所接受的資訊,加上自我理性的判斷,秉持公平正義的原則,兼顧各方觀點與論述後,對於「稅制改革」的核心議題,提出公民自主的意見與共識,提供給社會大眾與有關單位作為重要的參考,以及作為後續繼續討論的依據。主辦單位當日便以公開記者會的方式,邀請各界人士參與公民會議共識報告的提出,且透過公開的方式,引發相關人士對於稅改議題提出積極的回應,促使公民會議的效益更展現出來。

公民小組在其共識會議報告書中,首先將報告書地位,認為此共識報告書乃是人民真正理性與真實的聲音,不會為任何政府施政作為背書與卸責的依據。共識結論報告書內容呈現的是:對於政府進行稅改真正應該要落實其關切的部分,需要主事者正式與回應,且肯認「稅制改革」對於人民權益的重要性,相關單位應該積極對此議題進行持續的審議與討論,並認真思考與檢討現行「稅制改革」的方向與政策。此次會議在稅改議題的共識上主要包括以下幾點:

1.夫妻共同申報扣除額應調高到八萬八千元,扣除額、免稅額、薪資扣除額總額應調高至二十四萬;

2.在嚴格評估下,應開徵證券交易所得稅;

3.全面稽查財團法人是否成為節稅管道;

4.最低稅負制應擴大稅基,並將個人稅率調高;

5.海外所得訂出日出條款,納入最低稅負制;

6.落實「促進產業升級條例」的日落條款,設定優惠年限,避免優惠無期限,若績效不佳可隨時終止;

7.取消軍教免稅。

從稅改公民會議的結論報告書中,可以觀察到幾個現象:第一,共識報告書將討論與審議的部分詳細列於報告書中,標示審議稅改議題具有共識的部分及其背後支撐的論點與理由,以提供相關人士作進一步的討論與檢視。第二,對於審議過後,仍未趨於共識的稅改議題亦開列出來,並說明主要因素為何,點出重點何在。第三,公民會議對於議題的討論,均是具體且是大眾所關切的核心議題,並不打高空與放言空論,真實與具體的聚焦於討論。因此,現今稅改所面臨的困境與問題,經過瞭解稅改的相關資訊及與各界專家諮商詢問之後,融入公民本身的生活經驗(對於稅改議題的體驗)與參與公共事務的智慧,對於稅改議題政策提出具有建設

性的建言。這項建言,在將來相關政策形成之後,或有參酌的重要性及價值性。

三、「稅制改革」公民會議的分析

首先,「稅制改革」公民會議有助於「造就好公民」。「稅制改革」公民會議過程中針對參與成員的調查顯示,「公民本身吸取新知、積極投入公民會議的熱情令人感佩,確實也有人有備而來,除了主辦單位提供的材料,還收集了稅改議題的相關剪報、各種相關法律條文,以進一步請教專家學者。另外,公民認知此次稅改公民會議的目的:審議良善的稅改政策,所以其既不願意被主事者所導引,也仍然秉著身為公民的身分,對於現行稅改問題提出自主的看法與建議,自主地拋出相關議題,以供整體大眾的思量與討論。」[103]由此可見,「稅制改革」公共討論的過程產生了教育的效果,它有助於提高公民的知能,養成公民們重視公益與合作的精神,並擴大公民參與公共事務的興趣與能力。

其次,「稅制改革」公民會議有助於提高政策的正當性和決策的品質。此次會議之作用顯得重要,在於讓稅改的方向聽到了民間普羅大眾的聲音,並成為臺當局進行「稅制」改革的重要參考依據。比如,公民會議中的結論報告書中提出了非常有參考價值、非常有創意的提案。「稅改公民會議中,針對海外所得形成的共識是,個人所得稅制最終須改為屬人兼屬地主義,但考慮到這牽涉到相當複雜的問題,不是短期間可以達成的。因此,認為政府應訂定日出條款,在一定期間內將海外所得納入最低稅負制,並且修改所得稅法,完善個人所得稅制。」[104]由是觀之,「稅制改革」公民會議從參與民主的基礎,加入理性審議、公共溝通的過程,透過結合一般民眾與理性知識,使得決策過程更為完備。亦即經由公民理性、平等的審議,達到了提高公共政策正當性與決策質量的結果。

最後,「稅制改革」公民會議有助於促進社會共識與共善。公民會議的價值在於建構出一個理性討論的溝通平臺,促成公眾對議題的深度認識,進行知情理性的討論,形成集體意見。「稅制改革」公民會議過程中強調調和彼此的差異與衝突來

評估政策議題所涉及的利益價值衝突,強調參與者必須抱持開放的心胸,接受對方的論點,否則也無法期望對方能尊重自身的論點等做法,促使與會民眾的思維必須超越個人利益的思考,轉向以公共利益為導向,在這過程中所形成的共識基礎,比起一般的參與管道,是更具有「共善」的價值。

綜上所述,在「稅制改革」公民會議的過程中透過公民之間的溝通來加深彼此相互瞭解,並且可以這種方式來提高民眾對於公共事務的瞭解,也讓大眾可以參與到公共政策的討論之中,使得政府在決策時常被詬病的「黑箱」(black box)問題可讓民眾有了更開放的認識和理解,從而增加政策的正當性及適當性。與此同時,這一公共審議的過程也讓大眾主動、積極地參與到政策制定的過程之中,不再如以往一般被視為被動的政策接受者,這也是個教育的過程,借此來提高公民參與的意願。

第四節　小結

為了打破「當代民主的瓶頸」,讓不具專業知識的公眾,能夠具有充分的資訊來進行公共討論,以提高一般公民對公共政策的參與,西方國家發展出許多民主參與機制的實驗,其中,「公民會議」的實踐經驗,尤其值得重視。這個由丹麥發展出來,逐漸推行到其他國家的民主參與模式,主要的目的在於促成社會公眾對政策議題進行廣泛的、理知的辯論,並將他們討論後的共識觀點,寫成正式報告,向社會大眾公佈,並供決策參考。「在公民會議中,非專家的公眾(lay public),被提升到顯著的地位,是他們,而非專家,來界定什麼是重要議題;借由專家提供的知識協助,他們在有訊息根據的基礎上,來評估政策議題所涉及的利益與價值衝突,並在爭議中試圖達成共識性的見解。」[105]簡言之,公民會議有一個基本理念,不管是支持或反對立場,都要以「公共利益」為最大考慮,然後提出理由說服對方,以相互瞭解、溝通方式,為爭議性問題找出最佳解決辦法。「公民會議是由人民參與討論的,其主要功能是讓公民可以在充分的資訊下理性討論,因此公民會議所得到的結論是更具深度的資料,對於行政首長而言,不僅是一項民意調查而已。因為它

第二章　臺灣的實踐：公民會議 I

是來自選民的意見,而這意見不是數據上的變異而已,同時具有不同選項背後的理由。此外,公民會議的結論不僅可以確認施政的規劃與方向是否符合民意的需求,有時也有可能形成新的政策方向、新的政策規劃或執行方法等。」[106]

本章的案例充分說明公民會議具有造就「好公民」、提升決策品質以及促進社會共善等作用,但它也有其侷限,主要表現為代表性、創新不足以及不具約束力等問題。

首先,代表性不足的問題。公民參與的模式或者是民意調查的資料,欲作為政策的參考或根據,為了取信於民眾與各方的利害關係人,除了在法律的規範以外,在統計上的代表性更是其正當性的參考依據之一。然而公民會議由於參與人數僅有二十位左右,因此許多受訪者皆擔心,使用公民會議的結論是否會造成更多的爭議。公民會議因為是要讓參與公民都能呈現多元意見,並指出其支持或反對理由,為了深入討論,除了以相對於其他會議較多的時間進行討論外,參與的人數也不宜太多,否則將限制公民發言次數與時間,無法有效地進行溝通與深入的對話,因此將人數設在20人左右。其目的與一般的民調不同,並非要找到一個具有科學代表性的大樣本,基於這樣的思考所規劃的審議機制,成為其常受詬病的理由,使得舉辦公民會議的機關在參考結論報告時會有疑慮,缺乏代表性便缺乏公信力,容易使結論報告淪為供參的局面。除此之外,公民會議的召開缺乏法源的基礎,會議的結論缺乏強制性,也是其正當性受到質疑的原因。

其次,創新不足的問題。公民的參與與民意的調查,除了是行政體系欲諮詢民意的趨勢外,更是要解決更多行政單位在規劃政策過程中思維的盲點,提供更多元的意見,一方面要符合民意,另一方面更是要尋找創新的規劃、執行等方法。公民會議在某種程度上的確為行政機關開了一個新視聽,讓許多不同的聲音出來,來平衡決策過程中許多不同的觀點。除了擴展更多的意見外,也有部分的創意是被激發出來的,而行政機關也可能依據這樣的一個創意延伸擬成另一個政策計劃。但在大部分的公民會議中似乎沒有看到所謂創新的討論,絕大部分的內容都是機關單位內早已思考過的面向。「這部分有幾種可能性:其一,部分受訪者認為議題過於龐大,導致討論過程無法集中,大多題目僅能草草帶過,無法做更深入的探討。其

二,部分受訪者認為,參與者並非是相關的專業,對議題的熟悉度與掌握度並不深,因此無法做出超越專家可以思考的範圍。」[107]

最後,公民會議結論不具約束力的問題。公民會議的結論不具有法律上之拘束力,主要基於兩個原因:其一,公民會議參與者仍為小眾,因此即便參與者在抽選上反映多元背景,但沒有辦法從公民會議裡面反映出社會整體對一個議題贊成和反對的比例。其二,公民會議無法對政策的具體細節做出太過技術性的判斷,且結論具開放性質,仍須轉化為具體的法案或政策方得實行,而難以直接產生法律效力。[108]一言以蔽之,缺乏標準的程序化和制度化導致「整體來說,公民會議對行政部門政策影響不顯著」。[109]

綜上所述,公民會議的實踐仍然存在許多需要加以改進的地方,如在「代理孕母」公民會議中出現的參與者獲得資料的不周延、會議趕時間以及達成共識的暗示等[110]。事實上,「即便在多數民主國家,公民審議也不易在體制內擁有一定的法定程序或位階,所謂的『審議』仍需面對公民素質不一、利益分殊,不同位階的公民享有不同發言權的困境。」[111]儘管如此,公民會議的過程和討論越審慎周延,以及社會議題與討論結果的關注越高時,其所產生的事實上的拘束力,仍為決策機關所無法忽視,其積極的意義「在於讓決策者明白,在取得充分資訊之後的公共討論所呈現的民意為何」[112]。

自2003年臺灣大學社會學系的「科技、社會與民主」團隊(TSD)將公民會議的運作模式引進臺灣之後,許多高校相關院系、社區大學和社團等紛紛加入公民會議的實踐熱潮,並先後針對「全民健保」、「代理孕母」、「高雄過港纜車」等政策議題舉辦公民共識會議,期望從爭議中尋求最大共識。從審議式民主的特質來看,臺灣公民會議的實踐具有以下四項特質:其一,從選人、開會至產生結論整體過程,都遵守公民會議基本的運作機制規範;其二,激發公民對民主的想像,並且深化參與者議題論述能力,進而發展出與外來優勢論述抗衡對話的實力;其三,在過程中具備理性溝通的情境,不同立場的成員不僅為自己立場辯護,也傾聽對方的論點,最終嘗試相互說服;其四,在運作過程中,促使專家與公民進行相互反思與理解。[113]此外在臺灣,目前公民會議的結論對政府政策尚未具有強制力,但能匯聚

眾議、向有關單位提出建議和申訴,具有輿論力量。儘管如此,仍然面臨諸如代表性不足、是否需要具備共善的取向以及如何避免利益團體的議題操作等問題。「除了代表性的爭議之外,團體內部與團體間是否進行公共審議式的溝通,以及團體或個人能否跳脫原本立場與利益,跳脫出『對抗性的政治』來衡量政策主張,是這種共識成敗的重要因素。」[114]以「稅制改革」公民會議為例,因為報名人數不多,而且多集中於都會地區,導致公民小組的產生有其先天上的限制,無法擴大公民參與層面,直接使得參與審議的成員組成與結果受到相關人士的質疑與批評。政府相關部門在會議期間,透過各種公眾媒體發表對「稅改」議題的政策觀點,試圖影響公民會議的共識決定。由最後的共識結論來看,其似乎仍難逃脫政治力的影響等。[115]這些均是在推動公民會議過程中必須加以面對與省思的地方。

第三章　臺灣的實踐：公民會議 II

　　本章以2004年「高雄第一港口跨港觀光纜車」、2005年「新竹科學園區宜蘭基地」、2006年「淡水捷運周邊環境改造」公民會議為例分析臺灣民眾參與地方性（「直轄市」、縣、社區層級）公共政策議題的情況。其中，「高雄第一港口跨港觀光纜車公民會議」是臺灣第一次由地方政府發動公民會議來討論公共政策議題或曰第一次就市政議題進行公民共識會議。「新竹科學園區宜蘭基地」公民會議，則與臺灣大多數由公部門委託學術機構所舉辦之公民會議相當不同。此場公民會議由代表社會進步力量的民間團體積極串聯引進，鼓勵民眾參與科學園區設置議題的討論，使其第一次有機會對高科技產業與地方發展的關係進行公共審議。「淡水捷運周邊環境改造」公民會議以淡水社區公民會議為觀察個案，從中可以發現社區型的審議式公民參與，更能引發民眾參與討論的動機，更能貼近公眾的關懷、凝聚社區意識，落實審議式民主的理念。

第一節　「高雄跨港觀光纜車」公民會議

　　跨港纜車是否興建，涉及高雄市的觀光發展、都市人文景觀、生態環境和財務收益等諸多議題，一直爭議不斷，許多社會團體紛紛針對這個議題表達意見。關於高雄跨港觀光纜車的爭議可以扼要區分如下：首先是安全性。反對者對於自然環境地形之改變——旗津海岸公園侵蝕問題、南柴山崩塌與破碎的環境潛在危機、哈瑪星地質鬆軟存有疑慮，並對跨港觀光纜車之興建是否需要辦理環境影響評估存有異見。其次是對文化資產保存之破壞。反對者認為纜車經過旗津區旗後炮臺、旗後燈塔與鼓山區的雄鎮北門、打狗英國領事館等四個古蹟地的上空，景觀環境地景完整性將被破壞。第三是對自然生態之破壞。反對者認為柴山地區有豐富的動植物生

態,甚至有保育類之臺灣獼猴,正反意見對於本案規劃開發麵積對柴山生態之影響存有爭議。第四是對城市景觀帶來之改變。反對者認為纜車興建帶來城市美學地貌之變,旗後山、打狗隙、柴山、海港,海天一色的城市意象將被電纜線切割。最後是興建的效益問題。反對者質疑觀光纜車人潮逐年遞減,跨港纜車還本期是十年後,然而纜車的高峰不超過十年,高雄市政府將如何面對回本問題?[116]但一般民眾對跨港纜車所涉及的相關爭議,究竟抱持何種態度卻一直隱晦不明。有鑒於此,高雄市政府決定採用「公民會議」這種公民參與模式來瞭解民眾的態度。一般民眾無法有效地參與政策討論,也缺乏充分的資訊來瞭解政策議題,這是當前民主體制的運作常被詬病的問題。公民會議的舉辦,不但希望讓一般公民有機會能夠參與政策的公共討論,而且希望這樣的討論是在有充分且公開的訊息基礎上進行的。公民會議的舉辦可以讓立法者和決策者知道,知情的公共討論所呈現的「民意」究竟是什麼,這種形式的公民參與,對實現決策民主化具有重大意義。

一、「高雄跨港觀光纜車」公民會議的起因

在行政院「觀光客倍增計劃」中,有「恆春半島旅遊線」、「高屏山麓旅遊線」及「雲嘉南濱河旅遊線」等三條陸路旅遊線之規劃,各旅遊線並交集於高雄市。於是高雄市政府擬新增一條「高雄國際觀光港旅遊線計劃」,結合南臺灣三條陸路旅遊線,充分發揮觀光旅遊總體經濟之加乘效益。謝長廷就任高雄市市長之後便以「海洋首都」作為施政主軸,欲充分發揮高雄的區域優勢,除利用高雄市長達百餘公里的水岸線、東西臨港線及港區土地資源,配合發展跨港纜車、輕軌、捷運、環港觀光船、愛河觀光船及游輪,並結合國際及城際之交通網,建構完整的海、陸、空「三D」運輸系統城市。於是在2003年將跨港纜車納入「高雄國際觀光港旅遊線計劃」八大軸線之一題報行政院。[117]

旗津地區有相當的觀光價值,多年以來,高雄市區與旗津地區的交通聯繫主要是靠渡船以及過港隧道。據統計,67%以上的人開車進入旗津地區,造成空氣污染的問題。同時隨著港區貨櫃量增長及旗津地區觀光的發展,唯一陸路「過港海底隧

道」每逢假日及上下班時段便會塞車。另外，因為全程免收費用，旗津末端因為欠缺經費及人力，顯得環境髒亂。高雄市都市發展局曾於1985年開始進行旗後山與柴山間興建跨港大橋可行性評估，1995年因環境影響評估無法過關而結案，但與此同時也產生了興建跨港纜車的替代案構想。2001年高雄市政府工務局辦理「旗津廟前路改善風貌、提振商機規劃報告」，其中就現有資料規劃研究跨港纜車之可行性，初步評估為可行。根據委託高雄中山大學進行的民意調查顯示，贊成興建纜車的比例高達73%。2002年高雄市政府所提出的「高雄國際智慧自由港計劃」，以「觀光纜車」帶頭為旗艦計劃，獲「中央」全力支持，預期規劃設計在2004年4月完成，並預定於2005年開工，2006年完工營運。[118]

雖然民調結果顯示有七成以上的高雄市民支持興建跨港纜車，同時市議會多數議員也表態支持興建，但是反對者的聲浪持續高漲。在幾次由市議會及民間團體舉辦的公聽會及研討會中，與會者並未擴及當地居民、一般民眾，仍然以專家學者與團體代表為主，而這些會議也未能有效排除反對者的疑慮與協商出任何的共識。換言之，由於跨港觀光纜車議題涉及歷史人文景觀、城市美學、生態環境、產業收益、工程安全等諸多複雜的層面，始終是充滿爭議的議題。以往跨港觀光纜車議題的討論多以行政官員、專家與團體代表為主體，而缺乏讓一般民眾參與的渠道，有鑒於此，高雄市政府公開採取公民會議的形式，提供公民發聲的機會。對此，臺灣大學社會學系林國明教授表示：「高雄的『第一港口跨港觀光纜車公民共識會議』，是臺灣第一次由地方政府發動公民共識會議來討論公共政策議題，希望這次會議的經驗能為臺灣民眾參與地方公共事務的政策討論，建立可供參考的模式。」[119]

二、「高雄跨港觀光纜車」公民會議的過程

與全臺性公共議題的公民會議一樣，「高雄跨港觀光纜車」公民會議分籌備、預備會議與正式會議三個階段。其中，預備會議利用兩天的時間聽取專家演講，瞭解跨港觀光纜車對高雄歷史人文景觀、城市美學和自然生態的影響，以及跨港纜車

第三章　臺灣的實踐：公民會議Ⅱ

的工程安全和財務收益等問題；正式會議於2004年11月舉行，討論跨港纜車的環境影響、跨港纜車的工程安全、纜車的興建以及其觀光與經濟效益等等，最後形成「有條件興建」的共識結論。

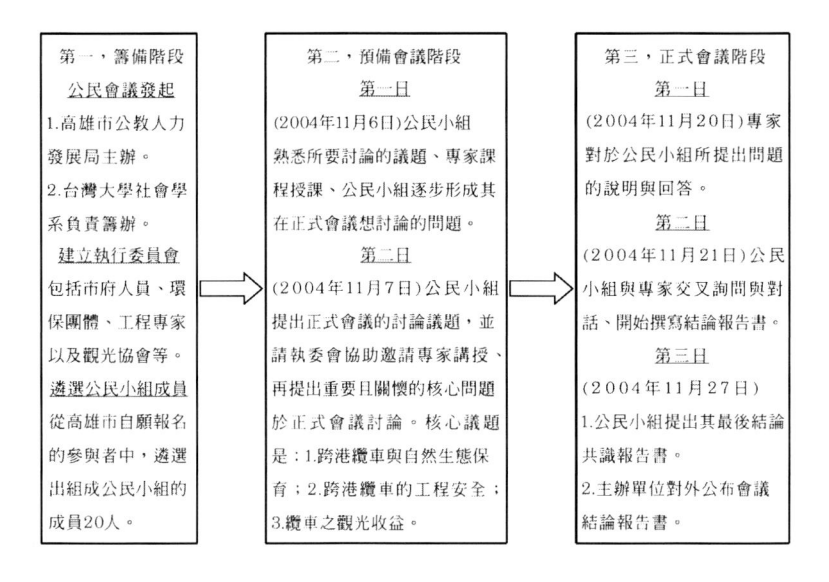

第一，籌備階段	第二，預備會議階段	第三，正式會議階段
公民會議發起 1.高雄市公教人力發展局主辦。 2.台灣大學社會學系負責籌辦。 建立執行委員會 包括市府人員、環保團體、工程專家以及觀光協會等。 遴選公民小組成員 從高雄市自願報名的參與者中，遴選出組成公民小組的成員20人。	第一日 (2004年11月6日)公民小組熟悉所要討論的議題、專家課程授課、公民小組逐步形成其在正式會議想討論的問題。 第二日 (2004年11月7日)公民小組提出正式會議的討論議題，並請執委會協助邀請專家講授、再提出重要且關懷的核心問題於正式會議討論。核心議題是：1.跨港纜車與自然生態保育；2.跨港纜車的工程安全；3.纜車之觀光收益。	第一日 (2004年11月20日)專家對於公民小組所提出問題的說明與回答。 第二日 (2004年11月21日)公民小組與專家交叉詢問與對話、開始撰寫結論報告書。 第三日 (2004年11月27日) 1.公民小組提出其最後結論共識報告書。 2.主辦單位對外公布會議結論報告書。

圖3.1　「高雄跨港觀光纜車」公民會議實施的步驟與階段

資料：作者整理

第一，「高雄跨港觀光纜車」公民會議的籌備階段。主要包括組成執行委員會以及挑選參與者等環節。

（一）組織執行委員會

為求平等、公開地呈現各種爭議中的觀點，主辦單位依照會議程序，必須先準備可閱讀資料，以便在預備會議階段中，讓公民小組成員閱讀、熟悉各種必要的知識，而為了確保可閱讀資料能夠平等、公開地呈現各方面的觀點，就必須組織一個執行委員會，將各種觀點的代表人物都儘可能地囊括進來，以監督包括可閱讀資料在內的各種會議準備工作是維持其平等與客觀的立場。為了組織這樣的執行委員

會，主辦單位計劃邀請各方面的代表，包括市府人員、環保團體、工程專家以及觀光協會等。在種種爭議中，觀光協會基本上贊成興建纜車，但質疑路線規範所牽涉的商業利益問題。工程專家基本上則習慣於將問題化約為技術問題，也就是要工程技術與安全係數之間的關係，對興建與否也沒有強烈的好惡。因此在這個議題上，主要是以在地生態團體與高雄市政府之間的爭議較大。[120]執委會成員名單如表3.1所示。

表3.1 跨港纜車公民會議執委會成員名單

姓名	單位、職稱/職務
林國明	台灣大學社會學系副教授 計劃主持人
陳東升	台灣大學社會學系主任 「二代健保」公民參與組召集人
李忠潘	中山大學海洋科技研究中心主任
郭獻彰	揚雪法律事務所律師
陳文源	高雄市工業監事會召集人

資料來源：林國明、黃東益、杜文苓著：《行政民主之實踐：縣市型議題審議民主公民參與操作手冊》，第11頁。

（二）公開招募參與公民

「跨港纜車公民共識會議」經過將近一個月的招募，總共有145位民眾報名參加。有89位男性，占六成，56位女性，占四成。以年齡結構來說，50到59歲的最多，有44位，占三成，其次是40到49歲，有40位，占二成七。以教育程度來說，89人的學歷為或專科以上，占六成八，高中職及以下的，有46人，占三成二。報名者之中，有八位是里長。跨港纜車公民共識會議的執行委員會認為，里長是民選的基層公務員，平常已有表達意見管道，因此將里長從抽選名單中剔除。[121]主辦單位從主動報名者之中抽取20人參加公民會議。由於主動報名者的人口特質與高雄市民的人口結構有所差異，為了使參與公民會議的民眾，在人口特質上具有異質性，同時也顧及報名者參與機會的公平，主辦單位在抽取公民小組時，採用分層抽樣的技術來抽選參與者：先將報名者依教育程度、年齡和性別分層排列名單，然後分層抽取特定的人數。每一分層的抽選人數，同時考量該分層的「占高雄市人口比率」和

「占報名者人口比率」兩項因素來計算（各占一半）。[122]

（三）公民小組的組成背景

最後確定的20位公民小組成員中，就性別來說有11位男性、9位女性。與高雄市的人口特質比較，公民小組成員的組成，年齡結構和教育程度方面稍微偏高，但差距不大。以年齡來說，20-29歲有2位，30-39歲5位，40-49歲5位，50-59歲有6位，60歲以上有2位。從教育程度來看，有2人在研究所以上，大學及專科者有8位，高中職有5位，「國中」和小學程度者5位。以地區來說，纜車預定經過的旗津、鼓山和鹽埕區有6位，占三成。職業的分佈非常廣泛，包括家庭主婦、教師、電腦工程師、書店經理、補習班負責人和廣告公司員工等。[123]如表3.2所示。

表3.2 「高雄跨港觀光纜車」公民小組基本資料統計表

基本資料		人數	百分比
性別	男	11	55 %
	女	9	45 %
	合計	20	100%
年齡	20~29歲	2	10 %
	30~39歲	5	25 %
	40~49歲	5	25 %
	50~59歲	6	30 %
	60歲以上	2	10 %
	合計	20	100%
教育程度	「國中」及以下	5	25 %
	高中職	5	25 %
	大專	8	40 %
	研究所以上	2	10 %
	合計	20	100%

資料來源：作者整理

第二，「高雄跨港觀光纜車」公民會議的預備會議階段。這20位成員，將在預備會議中經由專家授課來汲取跨港纜車議題相關資訊。除專家授課之外，主辦單位也準備閱讀資料，介紹跨港纜車所涉及都市人文景觀、生態環境等議題。

（一）安排預備會議課程及選擇授課專家

進行正式公民會議之前，先舉行相關事宜的研討預備會議，其重點在於讓公民小組獲得「跨港纜車」的基本知識包含「都市規劃與城市美學」、「自然環境與生態保育」、「纜車之觀光收益」以及「纜車之工程安全考量」等，並以這些基本知識為基礎，進行理性的討論包括與專家的對談，並擬定出正式會議要討論的議題。[124]

（二）預備會議的波折

「高雄跨港纜車」公民會議中，地方環境保護團體和主張興建的高雄市政府的立場不同，經過充分溝通後，環保團體同意派代表參與執行委員會，但是公民會議預備會議結束後，部分環保團體發現參與者可能形成的結論是傾向有條件的開放興建，再加上與高雄市政府、辦理的臺大團隊缺乏信任，於是地方環保高雄市團體綠色協會邀請地方民意代表，召開記者會強烈批評辦理單位挑選參與民眾的程序有瑕疵，刻意操弄公民會議的結論，要求重新抽取參與公民會議代表，但是遭到主辦單位負責人拒絕，高雄市政府也尊重主辦單位的意見，因此綠協代表以退出執行委員會以示抗議，並不再為公民會議背書。[125]

對此，主辦單位負責人在發佈的新聞稿中強調說，「公民會議在西方已經行之有年，從來沒有任何介紹公民會議的文獻指出說公民小組的抽取必須由執行委員會來進行，但都強調公民會議的執行過程必須『透明，留下記錄』，他們抽取公民小組成員的過程，由於全程錄音，且做成會議記錄，完全符合『透明，留下記錄』的原則，程序上毫無瑕疵可議之處」。因此，「他相信絕大多數的生態團體應該能夠信任他們辦理公民會議所秉持的『獨立、中立、公開、透明』的精神，少數一兩個人的質疑和單一社團的行動，不能代表高雄生態文化團體，也不能折損關切民主深化的人們透過公民會議來討論公共議題的努力。」據親身參與此次公民會議的研究者觀察，除了技術上如「分層抽樣」值得商榷之外，主辦單位的確對結論報告的立場抱持開放的態度，而且在一開始討論是否舉辦公民會議時，便一再對高雄市官員強調「共識」是沒有任何預設立場的。對於公民小組的抽選，主辦單位也的確沒有

任何偏好。因此，整個會議過程是「公開、透明的」。[126]

第三，「高雄跨港觀光纜車」公民會議的正式會議階段。這一階段的重頭戲是公民小組與專家之間的對談以及公民小組形成對問題的共識。

（一）公民小組與專家的對談。在2004年11月20-21日的正式會議中，公民小組與專家的對談主要包括三個議題：一是跨港纜車的環境影響；二是跨港纜車的工程安全；三是纜車的興建與觀光、經濟效益。針對第一、二個議題，公民小組於2004年11月20日下午進行綜合性討論並形成初步的共識。針對第三個議題，公民小組於21日下午進行綜合性討論並形成初步的共識。

（二）形成整體意見。待專家學者與公民小組對談結束後，「高雄跨港觀光纜車」公民會議規劃小組於2004年11月21日下午，安排綜合討論的時間，主要目的是讓公民小組確實地回答他們在預備會議所提出的問題，形成整體的意見。

（三）撰寫結論報告。兩次正式會議相隔一個禮拜，公民小組於期間的主要任務是撰寫結論報告，並為最後一天會議做準備。[127]

（四）對外公佈結論報告。正式會議的最後一天，上午的工作是由公民小組認可主筆人所撰寫的報告，幾位主筆人依序簡單說明他們所負責的部分，並給公民小組充分的時間，詳細閱讀本份報告，檢視是否有遺漏、不足或意思扭曲的情況，接著，便進入修正報告的時間，由小組成員提出修改意見，先由主筆人初步響應，如果發問成員滿意主筆人的解釋，便不對該部分進行修正，如果不滿意，再由公民小組討論應如何修正。當日上午另一項重要任務是邀請林國明教授、林傳賢教授以及葉張基律師等專家發表他們對結論報告的看法，由於專家學者只能指出事實性的錯誤，不能影響結論報告的內容，因此，這三位專家學者只就結論報告內的術語、專門用語甚至是錯別字與公民小組討論。當日下午的公民會議的任務主要有兩個方面：一是最後確認結論報告；二是對外公佈結論報告。[128]

綜上所述，高雄市第一次以市民共識參與市政建設的「高雄第一港口跨港觀光

纜車」公民會議，經過3個月籌備、討論後，全程參與會議的18位市民代表，終於在11月27日向市府遞上結論報告，達成「有條件興建跨港纜車」的共識；所謂有條件興建的前提為「避開具有生態爭議性的路線」，即為上柴山與跨港的路段。[129]結論報告公佈之後，高雄市政府積極回應，高雄市長於2004年11月30日在市政會議上宣示，市政府將在12月針對「高雄第一港口跨港觀光纜車」公民會議結論作出政策性的決定，以確定是否興建，或興建時需避開哪些路線。最後重新規劃的纜車路線改從旗津到新光碼頭，總投資額約新臺幣13億元，采民間投資方式，全數由民間出資，特許經營權年限為23年。[130]

三、「高雄跨港觀光纜車」公民會議的分析

首先，「高雄跨港觀光纜車」公民會議有助於「造就好公民」。公共討論的過程本身也將產生教育的效果，提高公民的知能，養成公民們重視公益與合作的精神，並擴大公民參與公共事務的興趣與能力。從此次高雄市政府公教人力發展局辦理公民會議的經驗中，可以發現有提供充分與適當的資訊為基礎，輔以專家學者授課，對公民小組成員的提問，儘可能以客觀中立立場予以回應，相對之下公民逐漸具備公共議題常識能力後，也有意願去理性地討論複雜的政策議題。此外，公民共識會議的參與經驗也讓某些成員轉化了本身的政策偏好、提升其知能，並讓成員更具有意願參與和討論公共事務。許多參與者認為，公民會議的最大作用，在於知能提升的教育效果。「參加公民會議，可以增加很多知識。知道很多事情」、「公民會議的作用，對我講起來。這個知識方面我都有得到。」[131]

透過「結構式問卷」詢問有關跨港纜車知識的客觀指標顯示，公民小組的知能的確因為參與會議而有所提升。以正確率來說，五題測驗題都有顯著的成長，當問及「請問下列臺灣哪一個地區已經搭建纜車等相關措施」時，參加完會議後答題正確率提高九倍；當問及「目前規劃的跨港纜車第一期路線當中，預計架設幾個場站」時，參加完會議後答題正確率提高近十一倍；當問及「請問目前規劃的跨港觀光纜車第一期路線中，下列哪個地方並未設站」時，參加完會議後答題正確率為原

來的三倍;當問及「請問跨港纜車所經過的柴山地區,地質主要是由哪種岩石所組成」時,參加完會議後答題正確率為原來的兩倍;當問及「請問跨港纜車工程的規劃與設計不需要考慮哪個部分」時,參加完會議後答題正確率為原來的1.3倍(如表3.3所示)。此外深度訪談的結果顯示,無論是參加前一無所悉的成員,或是對此議題較能掌握的參與者,都因為提供的資訊或專家的授課而更深入瞭解相關的議題。從中可以發現,公民小組成員學習從其他人或其他團體的角度來看待問題,學習的過程也擴大個人的視野,知識增長一方面來自於討論過程的自我反省,及之間異質性的經驗相互不斷激盪,另一方面是來自會議中多方面的資訊,如會員資料、專家演講、對專家的交叉質詢,這正是公共討論的預期效果。[132]

其次,「高雄跨港觀光纜車」公民會議有助於提高政策的正當性和決策的品質。當民眾對政策議題缺乏瞭解,他們很可能對政策採取漠然的態度,認為「吵吵鬧鬧」的政策爭議事不關己。當他們有機會可以參與政策討論而成為「知情的公民」,對政策有了開明的瞭解和意見判斷的能力,也就有表3.3公民小組參與公民會議後知能提升的情況了認知的基礎,因而能夠主動關心政策訊息,並與他人討論。由此可見,公民會議讓一般民眾有機會瞭解議題、深入探討、相互說理,並作出對於政策的建議,自然有助於提高政策的正當性和決策的品質。正如「高雄跨港觀光纜車」公民小組成員所言:「我會覺得公民會議是有它的價值的,因為臺灣的公共議題很少被拿來這樣討論的,大部分第一個就是政府提出來、民間反對,輿論上有一些交鋒,雙方就開開記者會,民眾似乎都是隔岸觀火……就公民而言,他們無法客觀直接就政府的資訊來做評量,這個是政府資訊公開的問題、不是你們的問題,而是政府本來就應該提供更多的資訊給公民來參考、來瞭解整個開發案。但是第一種情況是他們可能有公開,但只公佈在他們自己的公佈欄,或者是相關的鄉鎮區公所公佈欄公告一下,就號稱公佈了……第二個是在沒有資訊公開的情況下,要宣稱你的決策是很完美、很棒的、應該得到民眾的支持,是站不住腳的,因為民眾只是聽你喊喊口號,覺得應該支持。」[133]簡言之,公民會議作為一種公民參與方式,其目的在於提高一般公民對於公共政策的參與,讓一般公民能夠在具備充分資訊的情況下進行審議討論,並促成社會公眾對於議題進行廣泛與理性的辯論。這一公民參與的過程越是廣泛周延、公開透明,政府相關機構作成決策的正當性就越充分,也就越有助於提升決策的品質。

測試問題	前測正確率(%)	後測正確率(%)
請問下列台灣哪一個地區已經搭建纜車等相關措施？	5.6	55.6
目前規劃的跨港纜車第一期路線當中，預計架設幾個場站？	5.6	66.1
請問目前規劃的跨港觀纜車第一期路線中，下列哪個地方並未設站？	27.8	83.3
請問跨港纜車所經過的柴山地區，地質主要是由哪種岩石所組成？	44.4	88.9
請問跨港纜車工程的規劃與設計不需要考慮哪個部分？	72.2	94.4

資料來源：蕭元哲、鄭國泰等，《高雄市第一港口跨港觀光纜車之公民會議研究》，第254頁。

最後，「高雄跨港觀光纜車」公民會議有助於促進社會共識與共善。此次公民會議透過「結構式問卷」的調查，有78.8%（14位）成員表示自身的立場再參與會議之後產生不同程度的改變，僅有21.2%（4位）的成員並未因為參加會議而改變或更堅定之前的立場，如表3.4所示。另外，對於會議過程的整體觀察也顯示，全體成員雖然僅有18人，在共善精神引領下，能夠充分考量到高雄市觀光經濟發展之整體利益，也就是以公利為出發點來進行意見交流。更重要的是，這次討論的議題是興建跨港纜車，實際上因興建而直接受到影響的人有限，但由公民小組的結論報告中，證明民眾的確能夠兼顧社會整體及少數人的利益，找到一條實質的政策出路。[134] 總之，公民透過開放且公平的管道表達其對公共利益的認定與要求，這將有助於降低社會的激進衝突，進而學習互相尊重與包容，其結果是必將促進社會的共識與共善。

表3.4　公民小組成員參與公民會議後立場轉變的情況

第三章　臺灣的實踐：公民會議 II

立場轉變情況	次數	百分比(%)
參加會議後立場還是沒有改變，與未參加前相同	2	11.1
參加會議後立場只改變了一小部分	7	38.9
參加會議後大部分立場均已改變	5	27.8
參加會議後立場已完全改變	2	11.1
參加會議後更加堅定之前的立場	2	11.1
總計	18	100

資料來源：蕭元哲、鄭國泰等：《高雄市第一港口跨港觀光纜車之公民會議研究》，第256頁。

　　總之，雖然臺灣地方政府首度舉辦的公民會議並未設定影響政策的目的，但參與者還是認為這種參與模式能夠使基層民眾的意見表達出來：「我覺得公民會議一定要嘗試啊，第一次嘛，第一次很難馬上看出決策的效果，但我覺得起碼是要聽聽民眾的看法，即使沒有立即可見的政策效果。」「但你做的話可能還有機會讓決策者參考，你不做連那個機會都沒有。」換言之，高雄市公民參與興建跨港觀光纜車政策，透過審議過程，進而產生參與公共事務的動機，並經由參與瞭解自己具有自主性與選擇權，從而透過參與而表達對政府政策的看法，不但可促使個人參與政策意識的覺醒，並獲致知識與心理上的滿足感。與此同時，公民因參與公共事務，無形中培養出對政府部門的認同感與參與治理公共事務的能力，可彌補政策資訊的不足，並避免行政精英壟斷，透過整合社會各界資源，更進一步地建立人民與政府的依存關係。因而，公民參與可以形塑公民對生活環境的歸屬感。高雄市政府也相信公民會議的討論形式，可以用來彌補過去跨港觀光纜車議題討論的不足，也期望能夠招募關心跨港觀光纜車的一般大眾來進行充分的討論，讓他們在理解跨港觀光纜車議題的基礎資訊和發展背景後，能夠在會議期間進行充分的理性溝通，提供參與公民小組各方的立場與論點，讓公民成員自行思索與判斷，並在會議的互動過程中，試圖尋求對此議題的共識。[135]

第二節　「新竹科學園區宜蘭基地」公民會議

　　位於臺灣東北部的宜蘭縣長久以來一直側重文化觀光產業，當地人對家鄉生活

環境的干淨不受汙染相當自豪，但相對而言經濟發展遲緩也是不爭的事實。為平衡島內東西發展，臺當局在其實施的「綠色矽島」計劃中決定興建「竹科宜蘭基地」，以三星紅柴林作為第一期生產基地，三星天送埤及員山內城作為第二期生產型基地。然而，「竹科宜蘭基地」的計劃卻遭到三星紅柴林居民激烈的反抗，迫使竹科管理局破天荒地在進入實質計劃的設計前先進行基地設置的可行性評估。與此同時，以宜蘭社區大學為首的民間團體也串聯籌劃宜蘭縣首次的公民會議，希望趕在園區可行性評估完成之前得出會議結論，送給政府相關行政機關參考。[136]這場由民間團體舉辦的公民會議同樣可分成籌備、預備與正式會議三個階段。在預備會議中，透過分層隨機抽樣選出的20人公民小組先在兩天的時間裡閱讀相關資料並參與專家授課，確立正式會議所欲探討問題與希望邀請的專家名單；並在後來三天的正式會議中做出會議結論，於2005年6月12日向媒體記者及社會大眾公佈，並將結論報告遞交竹科管理局與宜蘭縣政府相關單位。[137]

一、「新竹科學園區宜蘭基地」公民會議的起因

宜蘭縣因為地形封閉，與外界聯繫的交通不方便，工商業發展遲緩，歷屆地方政府均以提振區域經濟為主要施政目標。1980年12月成立的新竹科學園區，是臺灣高新科技產業孕育的溫床。根據「新竹科學工業園區管理局」統計，至2003年底，區內共設有370家高科技公司，營業總額達新臺幣8578億元；累計實收資本額達新臺幣9941億元，創造出優秀的經濟成績。由於臺當局實行較為完善的高新科技產業扶植政策，使得高科技產業的發展呈迅猛勢頭，導致廠商對用地的需求也相對地提高。1990年代，臺灣第一個科技園區新竹科學園的用地已經呈現飽和現象，臺當局開始規劃設置新的科學園區。當時，宜蘭縣縣長游錫堃向臺當局正式提交評選科學園區的報告。由於宜蘭縣的交通以及教育等關鍵因素仍不具備充分的競爭條件，所以沒有獲準設置科學園區。

2000年初，臺當局提出建設「綠色矽島」等藍圖，宜蘭縣政府聯合新竹清華大學，遵循新經濟時代的產業發展方向，規劃設置宜蘭知識型產業園區，並向相關部

門提交相關計劃。臺當局經過正式評估之後,確認了在東部設置科學園區的可行性。隨後,「國科會」向行政院建議設置「新竹科學園區宜蘭基地」並獲行政院原則同意,遂於2004年中開始進行基地的遴選作業。[138] 依據宜蘭縣政府的規劃,預期「竹科宜蘭基地」的開發效益可以達到以下幾點:

第一,增加地方就業機會。據新竹科學園統計,新竹科學園在2003年就業人數為10.18萬人,南部科學園區在1999年後就業人數達17.93萬人。平均每一公頃土地,可以創造80.33個就業機會。預計第一期開發至少可以增加宜蘭地區5萬個就業機會。

第二,增加地方稅收。除進駐廠商的直接投資金額之外,第一期的土地徵收費用約為200億、整地及廠房費用約300億,外來資金總計500億臺幣。據統計,2003年新竹科學園的產值為9941億臺幣,1999年以後南部科學園區產值則預計為1兆9000億臺幣,地方營業稅額增加,加之園區刺激不動產交易,連帶增加了土地增值稅收。

第三,提高地方人口素質。據新竹科學園2003年的統計資料顯示,10.18萬名員工中,專科以上人數占67%(大學以上占43%),平均年齡為32歲。

第四,引進重大公共建設投資機會。為促進園區發展,臺當局將積極倡導地方在園區周邊地區興建各項公共設施,如都市計劃更新、區域道路改善、休閒遊憩設施開闢等。

第五,促進區域共榮發展。在科學園區規劃中,設置事業專用區、住宅區、商業區、學校、管理服務園區及其他公設用地等,效益如同新設市鎮,將促進社區發展。[139]

依據「行政院經建委」審查意見,「竹科宜蘭基地」第一期開發基地中,屬於生產型的「紅柴林基地」將於2005年6月下旬開始辦理可行性評估,包括民眾意願、廠商投資意願、環境適宜性及民間參與公共建設可行性等調查及評估,「通訊知識服務園區」則預計於2005年7月進行開發計劃及環評等作業,預定2006年6月之

前完成用地變更,並辦理後續土地徵收作業。然而據報導,2005年1月10日,宜蘭縣紅柴林地區地主及家屬約三百餘人向「監察院」陳情指出,宜蘭縣政府2003年7-8月提報臺當局設置科學園區,經評審委員會確定後,地主才陸續獲知,地方人士質疑整個規範過程草率。地主組成的「反紅柴林基地自救會」指出,三星鄉是溪南水源頭、唯一的灌溉水源,負責灌溉大羅東地區,包括羅東、五結、冬山鄉等農業用水及若干民生用水;科學園區也是高用水需求產業,一旦設置科學園區後,水源將可能被園區所排放廢水所汙染,未來勢必無人願意將受到汙染的水源作為灌溉與民生用水。除此之外,在宜蘭社區大學多次主辦的會議討論及田野訪談中,均對科學園區進駐之後可能對宜蘭現有的「政治」、「經濟」、「交通」、「文化」、「產業」等產生的影響存有諸多的疑慮。[140]蘭博家族協會理事長林奠鴻說,宜蘭吸引人之處,就在好山好水,若引進科學園區導致汙染,他不知宜蘭縣還有什麼足以傲人。「竹科進駐宜蘭固能帶動發展,但希望科技新貴在前來宜蘭的同時,也能拋棄知識的傲慢和優越感,並融入宜蘭縣,而非把宜蘭當成竹科的一部分,變成竹科的附庸。」[141]

維護蘭陽平原的青山綠水,營造美麗的家園,是宜蘭縣民長久以來積極追求的目標。而「安寧的居家生活,順暢的交通,美麗的景觀,便利且配套完整的公共設施,合理的人口密度,優質的生活空間,均衡的產業發展,永續的生態環境」則是未來之目標。在此目標的指引之下,宜蘭社區大學結合臺灣大學社會學系與北投社區大學共同合作,針對宜蘭縣即將設置的宜蘭科學園區的發展及其對當地環境與人文的可能衝擊,舉辦公民會議邀請一般民眾(lay people)參與討論。[142]此次公民會議的目標在於,首先以「新竹科學園區宜蘭基地公民會議」為題,引入「公民會議」的操作模式,邀請關心宜蘭發展的居民一同參與,為宜蘭在地高衝突性的公共議題結合一套高民主的討論程序,以尋求「共識」及「共善」的可能性。其次是透過公民會議,尋求民眾對「新竹科學園區宜蘭基地」設立的共識,將未來衝擊影響減到最低。最後則是將操作公民會議的技術與知識轉移給宜蘭縣公眾,讓更多團體能具備獨自辦理公民會議的能力,而有助於未來公民會議在宜蘭的長期發展。同時,經由公民會議網站架設的管道,讓過程透明化,使更多民眾認識審議式民主的意義以及公民會議的理念等。[143]

二、「新竹科學園區宜蘭基地」公民會議的過程

　　與其他議題的公民會議大體一致,「新竹科學園區宜蘭基地」公民會議的過程也可分為三個階段。第一是籌備階段。主要任務包括單位組織分工、議題的挑選、執行委員會的成員組成、先期宣導與公民小組成員的招募、公民會議種籽培訓工作坊的辦理、公民小組組員的挑選和閱讀資料的撰寫等。第二是預備會議階段。主要任務包括專家授課例如公民會議的介紹、與議題相關知識的講授等,公民小組形成要討論的主要議題,挑選專家諮詢人選的名單、組成正式會議專家小組。第三是正式會議階段。正式會議的第一天,公民與專家對談,對部分議題進行綜合討論從而達成初步共識。專家有針對性地對普通民眾事先提出的問題進行答辯。這是一個非常激烈的過程,在這個過程中,專家們對有關涉及「環保」、「政治」、「經濟」、「交通」、「文化」、「產業」等方面的議題做出詳細的闡述。正式會議的第二天,完成最後部分議題的綜合討論達成初步共識。會議的第三天,也是最後一天,公民小組向專家、聽眾和媒體公佈他們的報告,在報告正式公佈之前,專家可以對報告內容有疑問的地方進行澄清和修正,但是他們不能對公民小組所達成的共識產生影響。

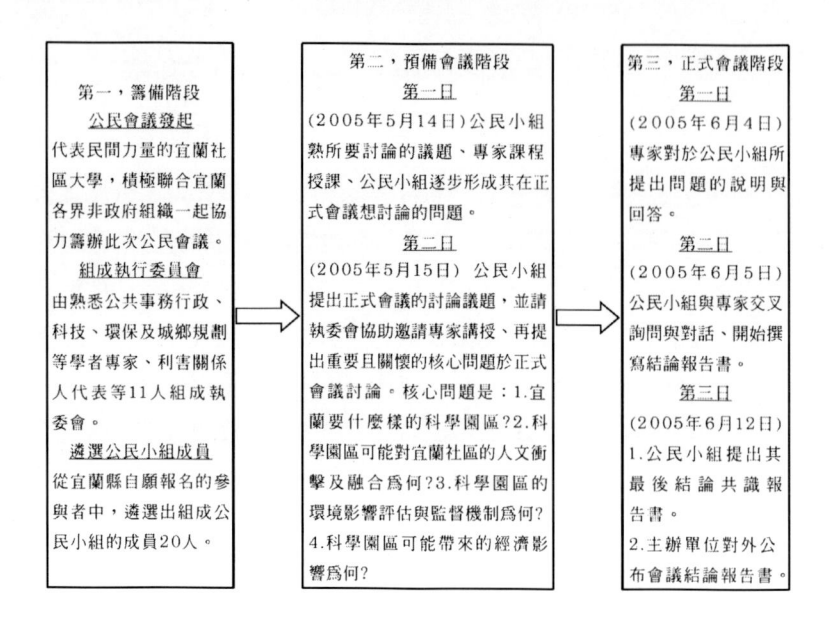

第一，籌備階段	第二，預備會議階段	第三，正式會議階段
公民會議發起 代表民間力量的宜蘭社區大學，積極聯合宜蘭各界非政府組織一起協力籌辦此次公民會議。 **組成執行委員會** 由熟悉公共事務行政、科技、環保及城鄉規劃等學者專家、利害關係人代表等11人組成執委會。 **遴選公民小組成員** 從宜蘭縣自願報名的參與者中，遴選出組成公民小組的成員20人。	**第一日** (2005年5月14日)公民小組熟悉所要討論的議題、專家課程授課、公民小組逐步形成其在正式會議想討論的問題。 **第二日** (2005年5月15日) 公民小組提出正式會議的討論議題，並請執委會協助邀請專家講授、再提出重要且關懷的核心問題於正式會議討論。核心問題是：1.宜蘭要什麼樣的科學園區？2.科學園區可能對宜蘭社區的人文衝擊及融合為何？3.科學園區的環境影響評估與監督機制為何？4.科學園區可能帶來的經濟影響為何？	**第一日** (2005年6月4日)專家對於公民小組所提出問題的說明與回答。 **第二日** (2005年6月5日)公民小組與專家交叉詢問與對話、開始撰寫結論報告書。 **第三日** (2005年6月12日) 1.公民小組提出其最後結論共識報告書。 2.主辦單位對外公布會議結論報告書。

圖3.2 「新竹科學園區宜蘭基地」公民會議實施的步驟與階段

資料：作者整理

　　第一，「新竹科學園區宜蘭基地」公民會議的籌備階段。主要包括組成執行委員會以及挑選參與者等環節。

　　（一）組織分工

　　「新竹科學園區宜蘭基地」公民會議是審議式民主在宜蘭的第一次實踐，為了確保舉辦的過程能夠公平和客觀，此次公民會議的組織分工包含指導單位、主辦單位、補助單位及協辦單位。指導單位的分工負責公民會議的培訓課程、培訓資料的編寫、召開執行委員會會議、參與可閱讀資料的審核；指導主辦單位如何召開公民會議、問卷如何調查與研究。主辦單位負責籌備會議需要的經費，組成工作小組，對公民會議的展開進行籌備規劃。工作小組負責議事程序及其規則的制定、會議場地的佈置、安裝設備以及撰寫會議討論的記錄等，使議程得以順利進行。協辦單位則可以提供臨時性的議事支援，並參加公民會議種籽培訓工作坊的培訓以及對會議

的過程進行監督,為公民會議培訓學員較有良好的素質奠定了基礎,而且協助主辦單位對公民會議各項工作提出意見,如表3.5所示。[144]

表3.5 「新竹科學園區宜蘭基地」公民會議實施計劃:單位組織分工

指導單位	世新大學	1.策劃辦理「公民會議種籽培訓工作坊」課程; 2.專責培訓教案之編寫; 3.全程參與執行委員會會議及五天公民會議; 4.參與可閱讀資料撰寫及編審; 5.指導主、承辦單位進行公正客觀之會議程序; 6.問卷調查與研究。
主辦單位	陳錫南基金會 台灣智庫	1.負責提供本計畫所需經費; 2.與承辦單位溝通組成籌備小組。
承辦單位	宜蘭社區大學	1.組成工作小組進行規劃及辦理公民會議; 2.負責各項行政事務辦理; 3.負責各項會議場地、設備、議事程序及規劃等工作; 4.可閱讀資料撰寫、宣導及招募公民小組。

續表

協辦單位	仰山文教基金會	1.擔任計畫協同主持人,並出席籌備會議及執委會議; 2.派員參加「公民會議種籽培訓工作坊」培訓及觀察各項會議,作為往後獨立辦理地方公民會議種籽養成; 3.提供五天公民會議議事支援人力; 4.預備會議及正式會議結束後一週,完成撰寫逐字記錄稿。
	佛光公共事務學院	1.擔任計畫協同主持人,並出席籌備會議及執委會議; 2.派員參加「公民會議種籽培訓工作坊」培訓及觀察各項會議,作為往後獨立辦理地方公民會議種籽養成; 3.協助問卷調查研究。

資料來源:《「新竹科學園區宜蘭基地公民會議」的由來》,第7頁。

從組織分工的基本情況來看,「新竹科學園區宜蘭基地」公民會議包含了指導單位、主辦單位、補助單位及協辦單位。其中最值得關注的是,各單位分工合理,

權責明晰,而且參與的機構都是大學與基金會這樣一些在社會有名望有地位的單位。學校是提供理論的舞臺,基金會是促進社會公益發展的平臺。從此次人力配置的一覽表(表3.6)來看,專家學者的職稱以及現職的狀況,他們都是閱歷豐富、知識淵博的人物,如張捷隆校長、盧俊偉研究員、許文杰教授等,從人力資源的配置的情況可以看出宜蘭公民共識會議是具有一定的實力的。

表3.6　公民會議人力配置情況

職稱	姓名	任職
計畫主持人	張捷隆	財團法人宜蘭社區大學教育基金會執行長　宜蘭社區大學校長
協同主持人	盧俊偉	財團法人台灣智庫財經部研究專員
協同職場人	許文杰	佛光人文社會學院公共事務所教授
協同主持人	簡楊同	財團法人仰山文教基金會秘書長
專案秘書	湯譜生	宜蘭社區大學專任秘書
專案秘書	許鼎鈞	宜蘭社區大學專案人員
助理專案秘書	江瓊如	財團法人仰山文教基金會專任秘書

資料來源:《新竹科學園區宜蘭基地公民會議:單位組織分工》,來源:http://icul.ilc.edu.tw/consensu/First Yilan/index10-1.htm。

(二)組成執行委員會

執行委員會成員的挑選,主要基於平衡性的考慮。公民會議所要討論的議題,不僅是社會關切的,而且是具有爭議性的。議題必然會牽涉到不同群體的利益,而這些利益群體在大會上很可能會從自身的利益出發據理力爭,各執一詞,以致出現衝突。而公民會議的召開,是以尋求「共識」為目標,在這個過程中,不僅應該讓相互衝突的利益與觀點能夠呈現,更重要的是在這些衝突中尋找共同諒解並達成共識。由於負責組織與監督公民會議的執行委員會,對參與公民共識會議的成員的挑選、會議資料的提供、議程的控制等等都具有舉足輕重的影響,因此成員的組成結構,可以容納不同利益觀點的代表,以避免造成偏袒,不讓特定一方的倫理觀點或知識見解支配了會議的議程。典型的執行委員會的成員組成,從身分上來說,通常是邀請不同立場的代表來共同組成執行委員會。其成員包括來自學界的專家、產業

界的實業家、代表公共利益的社會團體以及來自主辦機構的計劃執行人。此外，有時候還利用社區大學的教學資源或財團法人基金會的相關聯絡網，針對不同議題向適合擔任執行委員的人士進行邀請。執行委員會負責監督整個公民會議的舉辦過程，確保會議舉辦過程的獨立與完整。此次會議成員多元化的背景結構，體現了平衡與客觀的原則，即涵蓋著不同的觀點、秉持著開放的立場，以保護會議的公信力。此次公民會議執行委員會組成委員的背景及代表人數如表3.7所示。

表3.7　執行委員會建議組成委員之背景及代表人數

委員會組成領域	委員專長條件	代表人數
公民會議專業人士	公共事務行政	2人
了解本議題之學術專業人士	科技	1人
	環保	1人
	城鄉規劃	1人
社會公正人士	學術團體代表	1人
	NGO團體代表	1人
利害關係人代表	支持科學園區設立	2人
	反對科學園區設立	2人

資料來源：《「新竹科學園區宜蘭基地公民會議」的由來》，第4頁。

（三）宣傳、招募小組成員以及辦理「公民會議種籽培訓工作坊」

公民會議召開之前，主要透過新聞媒體、製作海報、傳單、網路等方式，進行先期宣傳，說明召開會議的目的與討論主題，並徵求民眾加入公民小組。[145]民眾透過瞭解會議的要求、性質、內容與限制，使得會議的精神在民眾中得以廣泛地流傳，這些無疑會使民主精神在宜蘭縣生根、發芽並茁壯成長。

此外，學術指導單位世新大學會指派專人協助辦理為期四周共24小時的「公民會議種籽培訓工作坊」，以培訓公民會議的主持人、參與會議的行政團隊、儲備下屆公民會議種籽的成員等，使上述成員瞭解公民會議的執行方法，以利於往後進一步向全縣各鄉鎮推廣公民會議的精神與具體的操作流程。會後由主辦單位頒發給所

有參與成員研習的證明,並為「公民會議種籽培訓工作坊」制定相關的課程,如介紹公民會議的含義、主持技巧與活動等相關問題。[146]

(四)挑選參與者組成公民小組

執行委員會組成後,首先重大的工作就是在挑選志願者參加公民會議,並以15-20人的人數組成公民小組。公民小組成員的挑選應反映社經人口的背景差異,如性別、年齡、教育、職業、居住地區等代表性。[147]依上述要求從報名者中隨機抽選具有代表性的參與者,主辦機構透過公開的途徑,如在報紙、廣播、媒體或網路上發放徵告,在說明召開公民共識會議的目的與討論的主題的基礎上,徵求志願參加者。除了已經具備會議討論主題的專門參與者之外,所有願意瞭解該議題並願意來參與討論的民眾都在歡迎之列。不過,也有年齡的限制,通常限製為具有選舉權資格的年齡。願意參加的人,必須在報名信函中簡單介紹自己的背景(性別、年齡、教育程度、職業與居住地),以及想要參加的原因。按照宜蘭縣的人口結構,將年齡、性別、教育程度、居住地區等因素依序考量,經過歷時兩小時的分層隨機抽樣及三次的缺額補抽選過程,終於選定20位公民代表出席「新竹科學園區宜蘭基地」公民會議。這20位代表依性別條件,包含了12位男性及8位女性代表;年齡層在60歲以上有三位、50-59歲有四位、40-49歲有四位、30-39歲有四位、30歲以下有五位;教育程度分別是「國中小」4位、高中職4位、大專8位、研究所以上有4位。為了讓20位公民小組成員能在會議期間不受干擾,能公正、公開、獨立地進行討論,主辦單位將暫時不公佈20位成員的名單與背景,直至正式會議結束。[148]

第二,「新竹科學園區宜蘭基地」公民會議的預備會議階段。主要包括安排預備會議課程及邀請相關專家進行授課等。

(一)安排預備會議課程及選擇授課專家

結合可閱讀資料,主辦單位安排課程來介紹和討論「新竹科學園區宜蘭基地」主題所涉及的各個方面例如「基地引進產業類型」、「園區工業汙染防治」、「縣內水資源配置」、「土地徵收」、「賦稅公平原則」「就業人口及人口政策」、

「傳統產業衝擊」、「休閒產業策略」、「公共設施需求」、「交通網絡因應計劃」等。這些相關的議題在預備會議期間必須邀請相關的專家擔任講師進行解答，挑選講師的人選必須符合以下條件，如表3.8所示。此外，公民小組對自己要討論的議題有很大的決定權，但執行委員會也可以根據會議的目的指定公民小組必須要討論的議題。最後由公民小組確定他們想要在正式會議討論的議題。[149]

表3.8　預備會議邀請專家擔任講師人選之資格

預備會議邀請專家擔任講師人選之資格
1.中立同時對於議題嫻熟的學者專家；
2.提供簡單的書面數據
3.對於議題作廣泛的介紹；
4.說明各種不同的觀點；
5.事先與專家充分溝通、避免引導公民小組的內容。

資料來源：《新竹科學園區宜蘭基地公民會議：預備會議（2天）》，來源：http：//icul.ilc.edu.tw/consensu/First_Yilan/index10-7.htm。

(二) 公民小組提出問題與挑選正式會議專家小組

1.公民小組問題的提出

預備會議的第一天，主辦單位首先邀請專家致辭，闡述主辦的目的、講述公民參與的重要性，並鼓勵公民小組在會議中能夠充分討論並達成共識；接著公民進行自我介紹（三分鐘）並說明參與動機以及對此次會議的期望，並在此過程中相互認識，主持人或是工作人員做好參與者的背景資料記錄，瞭解他們的參與目的並促進公民小組之間的互動。有時候，會議也會出現料想不到的窘境：其一是由於場地設施過於簡陋，無法邀請到有一定知名度的嘉賓進行開幕致辭，致使開幕儀式過於粗糙，這就會削弱會議的隆重性，影響公民參與的積極性。其二，如果討論的議題範圍與爭議性太大，公民對主辦單位提出的議題進行質疑，並要求主辦單位對此進行具體的解釋，那麼在既定的時間內，公民自我介紹的時間將會被挪用，小組成員之間就難以有充分的瞭解與良好的互動，公民就很可能在含糊的議題上產生消極的心

理。而宜蘭這次的公民會議沒有遇到以上兩種準備不足的開幕情況，這為第二天的預備會議打下了良好的基礎。到了預備會議的第二天，公民會議中的每位成員都已經做好了小組討論的充分準備。首先是小組成員根據各小組的情況，把組內的各種觀點進行整合。一般情況下，先由每位小組成員把三到五個大問題寫在紙上，然後在組員之間進行討論，最後整理出本組所要討論的問題。

2.確定討論的議題與專家的挑選

（1）每個小組派出代表作報告，反映存在的問題。小組代表作報告的時間只有十分鐘。在規定的時間內，組內成員可以作簡單的補充。每個代表就本組共同商討得出的結論，向在場所有的會議成員、專家、觀眾，反映存在的主要問題。然後，全體會議成員就問題展開進一步的討論與補充，並確定最後的議題以供正式會議階段討論。例如第一組報告提出來的問題包括地價和周邊的問題、廠商跟周邊的關係，地方監督問題等。同理，第二小組、第三小組根據上述程序做出本組的報告。如果代表作報告的時間將要結束，主持人會進行特別提醒。這樣的過程能使在場的會議成員、專家、觀眾都能瞭解到各小組在經過充分的討論後得出的急需解決的問題。這樣做既能推進地方的民主政治和社會公平，又為推進宜蘭的改革發展收集了寶貴的參考意見。這些做法對於維護地方的社會穩定，滿足需要的多樣性，反映弱勢群體和困難群體的需求，促進地方政府的機制創新和提升政績等都起了舉足輕重的作用。

（2）主要問題的歸納。對上述三組報告的內容可歸納為：第一組有利潤提成的訴求、園區進來之後和宜蘭發展的關係、企業回饋的機制如何建立的問題；第一、二組都提到徵收的保障，以人或以地為主，地價徵收補償；第一組、第二組、第三組都很關注宜蘭的交通、周邊環境的發展以及開放把握程度的問題。第三組提到相關的配套機制、研發的知識機制怎麼樣連接起來的問題，以及為了促進宜蘭社會的發展，需要哪些措施，例如外來流動人口進入宜蘭後，當地的雙語學校跟在地的關係如何處理，新的教育系統的建立跟原有的教育系統的關係以及對其造成的衝突程度如何都需要一定的措施去評估。又如就業機會與經濟發展的關係以及就業的多樣性和不同層級的社會保障的設定等。有水、土、廢棄物、各種環境保護問題。

最嚴重的問題就是溶解物的規範問題，甚至各組都提到監督機制等。宜蘭縣政府或主辦單位是不是有一個完全透明的資訊網絡？大家談到宜蘭基地的問題，都是從利潤、徵收的保障、交通、配套機制、教育、就業、環保、政府的透明度等問題出發考慮，這些問題讓大家意識到要建立一個什麼樣的基地。

（3）挑選專家的意見。經過兩天的討論，後面的這些結果，將會成為未來三天的議程。委員們也很關心他們的討論，已經在觀察室裡整整地收看了兩天的討論過程。現場有三位執委，包括校長和兩位老師，他們還會跟大家一起討論公民共識會議未來的邀請對象。執委們都非常清楚公民共識會議的精神，三位執委每人有三分鐘的時間，就民眾剛剛討論的結果進行相應的補充說明。對將要討論的議程，他們會做一些意見上的補充。這些意見的補充不能超出可閱讀資料的範圍之內，或者是這兩天的預備課程裡曾經提及過的，只是對大家忽略的部分再作提醒。由此可見，預備會議對執委們的發言也規定了明確的範圍。這就有助於在正式的會議中，公民們和在場的專家進行更精確更簡潔更全面的交流，以促進正式會議的順利開展及精英與民眾互動。會議邀請了高級技術人員、縣和局的幹部人員、法律界人士、大學教授、非營利組織團體等來參加會議。從執委對其他意見進行講話補充，表達了真實的想法。這些講話的內容涉及產、官、學、民的代表，即每個代表反映了行業各界的意見，因此可以從這個角度去斟酌，盡量去邀請不同方向的專家人選。[150]

第三，「新竹科學園區宜蘭基地」公民會議的正式會議階段。這一階段的重頭戲是公民小組與專家之間的對談以及公民小組形成對問題的共識。

（一）公民小組與專家的對談。在這個部分，專家圍繞預備會議形成的主題和子題對選定的議題做個人報告。每個小組針對主題與子題邀請的專家數目為3-5個不等。每位專家作報告的限定時間只有10分鐘，接近8分鐘時，主持人會以鈴聲作提醒。專家做報告完畢後，即進入公民小組成員的提問。各位成員根據自己的想法與需要提問，問題一般都具有緊急性、普遍性。專家根據自己的經驗與知識回答公民的問題。

（二）總結討論且形成共識

小組共識報告是由各公民小組寫的一些結論性報告,以供大家參考。在沒有脈絡之下都會存在一些不同結論的報告。各小組應該思考:用怎樣的方式來展現問題?要一個什麼樣的園區?公民小組共同決議出來的,要不要?為什麼?這些都是大家最關心的問題。由此根據以上會議的內容可以從三個方面作出總結:一個是對於人文社會方面的影響;一個是環境影響以及它的監督機制;一個是經濟面的影響。除了這三個大的方面外,還有兩個非常重要的也是經過所有成員共同討論出來的:一個是決策程序,即要透過什麼方法來討論一些重要的問題,用什麼方法來確保要解決的問題得到落實。在幾場共識討論之後,他們需要的已不僅僅是一個單一的園區,而是建立什麼樣的配套措施去解決將產生的一系列問題。在這樣的思路下,會議成員很好地在利用這珍貴的幾個小時,大家都在認真的思考:什麼可以讓大家形成共識?所有的公民成員的出發點都是為了把家鄉建設好。因此還有什麼是他們之間尚存在分歧的,還沒有真正達成共識的?這些都要在這短短的時間內解決。因為最後形成的共識結論需要用集體的名義發表,需要大家共同簽署同意書,表明大家對此已無異議。

(三)指出無法達成共識的問題與審核最終報告

「新竹科學園區宜蘭基地」公民會議小組成員經過三天的會議,主辦單位提供行政與編輯協助,由公民小組成員撰寫報告,公民小組完全掌握報告的內容。他們分別對宜蘭園區的生產特性:園區進駐宜蘭之後,對於當地的環境、人文、社會、經濟的衝擊;以及整體規劃之下應有的配套措施等都進行了詳細的討論。最後,還對宜蘭需要什麼樣的高科技產業,迎接高科技產業的同時還需要做好什麼樣的準備等問題做出了審慎的共識。沒有達成共識之處,也盡量清楚地說明了不同意見的理由。這份報告嚴謹地傳達了他們艱辛討論的成果,並提交給了宜蘭政府以及相關部門作為決策的參考,以及作為廣大宜蘭民眾思考制定竹科宜蘭基地發展政策的參考。其報告如下:

議題一:宜蘭要什麼樣的科學園區

我們歡迎低汙染、具前瞻性的通訊知識服務園區以及數位創意園區進駐宜蘭園區城

南基地與五結中興基地：

1.通訊知識服務園區：……能提供一般階層就業機會。

2.數字創意園區：……關聯產業的聚集效果及與觀光旅遊服務業的結合，帶動更多的就業機會。但是……所導致的汙染程度與風險相對提高，因此經過激烈的討論，公民小組成員對於生產型基地應否進駐紅柴林，仍未能達成共識。持正反意見的成員人數相當接近，我們不採用表決數人頭的方式來顯示不同意見的強弱，但共同努力，將正反意見所主張的理由清楚述明如下：

反對設置生產型科學園區之意見如下：

1.由於生產型高科技園區具備大量生產的特性……以及高科技產業汙染不可逆的憂慮。

2.由於宜蘭有條件與能力選擇其他可發展之願景……也認為生產型基地不適宜進入宜蘭。

贊成設置生產型科學園區之意見如下：

1.鑒於生產型基地帶動的經濟效益大……接受生產型園區。

2.因為三星鄉紅柴林為宜蘭精緻農業園區，應優先保存……由縣政府進行全縣土地利用評估，重新考量其位址適宜性。

3.如果限於諸多因素，生產型園區不得不設於紅柴林基地……議題各方面都涉及宜蘭的發展走向，地方的命運發展掌握在公民自身手裡。

　　這份結論報告蘊涵的是公民小組認真而熱烈的討論之後的心血。報告從當地的實際情況出發，考慮到發展的利弊如效益、汙染、破壞、人文等各方面。經過討論後宜蘭民眾對宜蘭的現狀與未來的發展更加清楚，思考路線更加清晰。讓宜蘭民眾

有足夠的智慧，避免再次陷入經濟發展與環境破壞之間的二極論的局面。然而，有太多的經驗告訴人們，面對發展，人類必須要有足夠的準備。於是，當一方面歡欣鼓舞於園區設立將帶來新契機的同時，也不得不戒慎恐懼地思索。議題一的最終答案包含宜蘭公民正反相方的意見，由於他們正反意見的人數相當，並沒有採取投票的方式去決定最終決議，雖然結果是這樣，但這是讓政府思索未來的好方式，因為政府不能偏頗正反任何一方。對於包含正反兩面觀點的報告，政府更能從中尋求出一條更符合當地發展以及民生意願的規劃道路。報告的內容還能讓宜蘭民眾做好發展宜蘭的準備。園區設立後會出現返鄉效應也將帶來無限商機。外出打工的當地民眾終於在家鄉父母的殷殷期盼之下，有了回流的機會。報告內容的確滿足了許多宜蘭當地居民以長久之計對待發展和進步的設想。而這份訴求的建立，正對外界清楚而具體地勾勒出：對於地方政府下的人民，到底什麼才是他們真正的需要。每一項呼喚、激烈討論的表情背後，都顯現了他們有真正意義上的權利去訴求意願。而會議中每一道嚴格的把關，都是對可持續發展的堅持，都是人民將來要監督地方政府的有效證據。最後報告由全體公民小組簽署認同，對宜蘭社會公佈，並送至宜蘭縣政府、縣議會和相關部門及團體。以此讓政府能夠關注民眾的意願，保護群眾利益，從而影響其決策。[151]

總之，「新竹科學園區宜蘭基地」公民會議整個規劃籌設記錄顯示，從舉辦「種籽工作坊」、召開「執行委員會」，其組成涵蓋地方、非地方之專業人士與相關團體代表，到公民小組的招募抽選、預備、正式會議的推動，以及後續訪談追蹤等，強調民間自主籌辦，力求公正客觀的「竹科宜蘭基地」公民會議，雖然缺乏公部門資源的挹注，但籌辦過程細膩的組織分工，動員相關社會網絡的廣度，其踏實地完成了公民會議的每一步驟，與公部門主辦之公民會議相較毫不遜色。[152]

三、「新竹科學園區宜蘭基地」公民會議的分析

2005年2月24日，由宜蘭社區大學主辦的「新竹科學園區宜蘭基地」公民會議召開第一次工作協調籌備會，展開了為期5個月的公民會議籌備與執行，針對宜蘭

縣即將設置的科學園區,其所可能帶來的發展與衝擊進行公共審議。經過預備、正式會議共五天的討論,與會人員對於科學園區的高科技廠商進駐城南基地及中興基地,表示歡迎,而對於製造生產型廠商是否應該進駐紅柴林基地的看法兩極,無法達成共識。贊成把紅柴林基地納入園區的小組委員認為,生產型基地帶來的經濟效益及就業機會明顯,可以「有條件」接受。但反對進駐者認為,汙染水源的風險大,紅柴林基地不適合納入科學園區。[153]針對爭議多時的竹科宜蘭工業園區三星鄉紅柴林基地,「行政院國科會」於2007年1月12日決定放棄開發。[154]不論爭議及其結果如何,宜蘭的公民會議操作經驗,驗證著強調雙向溝通、開放互重的審議程序設計,可以促進包容與共善利益的追求,增進實質參與內涵等。[155]

首先,「新竹科學園區宜蘭基地」公民會議有助於「造就好公民」。透過公共審議的過程,能對參與者產生轉化作用,帶來教育的效果,促使公民們對政策議題的瞭解,促進公民關心公共事務與公共利益的道德品質與公民德行。這一點在「竹科宜蘭基地」公民會議上表現得尤為明顯。公民會議嚴謹的操作程序,使宜蘭民間團體看到提升公共討論素質能力的機會,將公民會議視為提升公民社會民主知能的制度工具,也使籌辦單位重視審議民主操作過程中的公信力與自主性,認真地掌握公民會議精神,盡其所能的執行所有的細節工作。「這樣的認知與態度,使這場宜蘭公民會議呈現與公部門委辦主導會議不同的面貌,即在一股深具感染力的集體學習動能,鼓舞著每一位籌辦者與參與者主動積極地投入。」[156]換句話說,在參與公共討論的過程所獲得的公民知能,包括特定的政策知識、廣泛的政策訊息,以及實踐公民權利的心智慧力,能夠進一步養成積極關心、參與公共事務的公民德行。據會後的訪談顯示,此次宜蘭公民會議在「造就好公民」方面的確發揮了很大的作用,它「擴大在地居民對宜蘭城鄉生活環境與科學園區開發政策的關懷,思考在未來宜蘭縣城鄉永續發展審議制度中可以扮演的角色」[157]。

其次,「新竹科學園區宜蘭基地」公民會議有助於提高政策的正當性和決策的品質。公民會議的倡導者不但強調受到決策所影響的公民應有影響集體決策的機會,同時也認為,知情、理性的討論所達成的集體決定,可以提供更為充分的訊息判斷,也使得不同利益、價值和偏好能夠受到平等的考量,而提升決策的品質與正當性。在「新竹科學園區宜蘭基地」公民會議中,「透過這樣的公民會議模式,可

以讓現代政府施政除對不同團體、公民提供參與機會外,對不同的意見尊重採納,且能貫徹執行,將有助於政府公信力的累積。」[158]事實上,對於政策直接影響有明顯證據的為2005年6月舉辦的「新竹科學園區宜蘭基地」公民會議,在2007年「行政院國科會」有關新竹科學園區宜蘭基地選址的決定,排除原先規劃而具爭議的三星紅柴林基地,並引述公民會議的結論作為其選址理由之一。[159]由此可見,借由擴大參與者的眼界與知能,減少、克服「局部理性」的認知限制,此次宜蘭公民會議可使參與者能在較為充分的資訊基礎上進行深入的討論與交流,理性地判斷「竹科宜蘭基地」政策的優劣,進而提升決策的品質。

最後,「新竹科學園區宜蘭基地」公民會議有助於促進社會共識與共善。審議民主理論認為,在公共審議中,參與者能夠擺脫自利的思考方式,而以集體利益為考慮,最終達成符合社會共善的決定。進一步而言,公民會議強調公民參與乃基於開放平等的原則,並且在辯論或對話的過程中,秉持理性與公共利益取向,期望能在有爭議的公共議題中獲得共識。「新竹科學園區宜蘭基地」公民會議的進行,提升民眾參與公共議題論述的質量,「讓宜蘭縣民更熟悉公民會議,更加領會如何以審議式民主的精神來解決公共政策不同立場、價值、利益關係的爭議,讓多元的意見理性辯論,並相互瞭解,以達成相當的共識。」[160]據會後的訪談顯示,多元而充足的訊息提供進一步促進民眾思考問題的不同的面向,一位成員提到,「立場(正反)兩邊很balance,瞭解越多,你會思考的面向就更多……」,而對問題多元的思考,可能使參與者拋棄原本既定立場,朝更大的公共利益思索,一位參與者就提到,公民會議激發與會成員,以「盡到應盡的責任作為思考的邏輯,所以就把自己的利益擺在第二」。[161]由此可知,公共討論能使參與者接觸、思考、反省各種不同的觀點與訊息,在討論中學習;理性、共識取向的討論,能使公民超越私人的個體立場,而轉向關注公共利益,從個人利益的衝突轉向共同利益的界定,趨向一致和共善。

總之,公民會議強調在政策制定的過程中,應減少專家知識的霸權,而採取論述的、審議的決策過程,畢竟這些所謂的「專家」可能對自己專業以外的領域一無所知。同時,公民會議亦希望強化政策制定過程中公民的參與角色,透過彼此的對話、討論、傾聽來自各方不同的意見,以培養公民知能,形成「擴大了的心胸」、

「設身處地」的思考,進而在共善取向下,達成共識。「新竹科學園區宜蘭基地」公民會議充分說明了,公共審議的過程不只有助於最終的公共政策獲得最好的品質,而且也幫助了每個人完成自我轉化,從堅持己見的私我變成尊重理性意見的公民,從坐井觀天的視角變成面面俱到的思慮,以促進社會整體的公共利益。「宜蘭公民會議的結論報告中明白的陳述,公民小組歡迎竹科宜蘭基地的到來,也期盼著科學園區的到來能帶動宜蘭商機發展與解決人口外移的現象,但其後續規劃與發展必須嚴守著宜蘭過去傲人的環保經驗,重視任何可能造成汙染的影響,並需審慎評估生產型基地的選址與設立。此外,公民們也展現將持續監督的決心,要求公部門與廠商必須重視科學園區設置後可能產生的種種問題。」這份報告顯示透過知情理性的討論,公民可以聚焦於公共利益,在當今環境保護與經濟發展論述的衝突中,找到一條屬於地方永續的出路。[162]

第三節 「淡水捷運周邊環境改造」公民會議

「淡水捷運周邊環境改造」公民會議是基於新北市淡水地區在捷運通車之後,成為臺灣最熱門的觀光景點之一,在捷運帶來龐大遊客帶起積極發展的同時,也對淡水市區及淡水捷運站周邊帶來了環境的衝擊。在這樣的情形之下,未來淡水的空間如何經營?淡水人對淡水的未來的想像為何?這些均須透過審慎思辨的民主精神,經過社區居民理性的公開討論,以尋求未來對於經營淡水市鎮空間的共識。

一、「淡水捷運周邊環境改造」公民會議的起因

新北市淡水地區原為傳統文化小鎮,1997年捷運通車之後逐漸轉變為臺灣第一大的風景區。不斷湧進的觀光人潮及隨之而來的商業行為,逐漸將淡水地區由傳統的小鎮推向現代化、商業化,因而對淡水市區與外圍地區的環境、空間與文化產生相當的衝擊。再加上新北市政府為強化淡水地區之發展,針對淡水地區推動淡海新

市鎮開發計劃，未來更針對淡水之區域發展預估規劃了許多開發計劃，這些都市化、現代化的過程和政府由上而下的施政行為，慢慢地激起淡水地區居民與社區民間團體的反抗意識。面對這樣的多元挑戰，淡水社區大學、淡水文化基金會、世新大學行政管理學系及淡江大學建築系等學術團體共同發起召開公民會議，以期透過審慎思辨的民主精神，提供社區居民公開理性的討論，從整體發展的角度來思考淡水捷運外圍地區的發展圖像。

關於公共議題的經營，淡水社區大學與在地文史工作者已經累積相當豐富的經驗，十多年來進行過不同型態的社區營造工作，從搶救老街及古蹟、淡水河環境保育、重建街改造等，都發展出一套經營文化空間的在地經驗。2000年推動「淡水文化會議」以整合淡水的文史教育即空間營造的經驗，之後催化成立了「淡水社區大學」以延伸此一論壇的目標。此次公民會議的召開即是以上述在地經驗與淡水社區大學既有之課程為根基，透過居民的參與討論，規劃淡水捷運周邊環境的配套設施，提出屬於民間的共識及解決方案，並與公部門進行對話。[163]

二、「淡水捷運周邊環境改造」公民會議的過程

由淡水社區大學等發起的「淡水捷運周邊環境改造」公民會議經由執行委員會依據報名人數依淡水鎮人口特質抽出15位公民小組，這15位公民小組成員閱讀過主辦單位準備的議題手冊內容，在初步瞭解議題的情況下參與三個禮拜五天的公民會議過程，首先於2006年10月28日、10月29日預備會議過程，透過主辦單位邀請之專家授課，並經過雙方的互動對談，更進一步瞭解淡水整個都市計劃與發展、交通、環境、觀光的現況與未來的可能性後，由公民小組討論提出自身對於議題更想深入瞭解的部分，於正式會議邀請相關專家及公部門對談；其次在11月11日、11月12日與專家及公部門對談之後，公民小組成員在充分議題瞭解後，針對淡水所面對的問題，相互討論激盪、凝聚共識、提出共同的解決方案；最後於11月18日記者會中，公民小組宣讀他們經過充分討論激盪後所產生的結論報告，邀請在地團體、公部門參與結論報告發表會，針對會議結論提出響應，此次公民會議經過這些過程為

第三章 臺灣的實踐：公民會議 II

淡水的未來願景踏出了第一步。[164]

第一，舉辦「淡水捷運周邊環境改造」公民會議的籌備階段。主要包括組成執行委員會以及挑選參與者等環節。

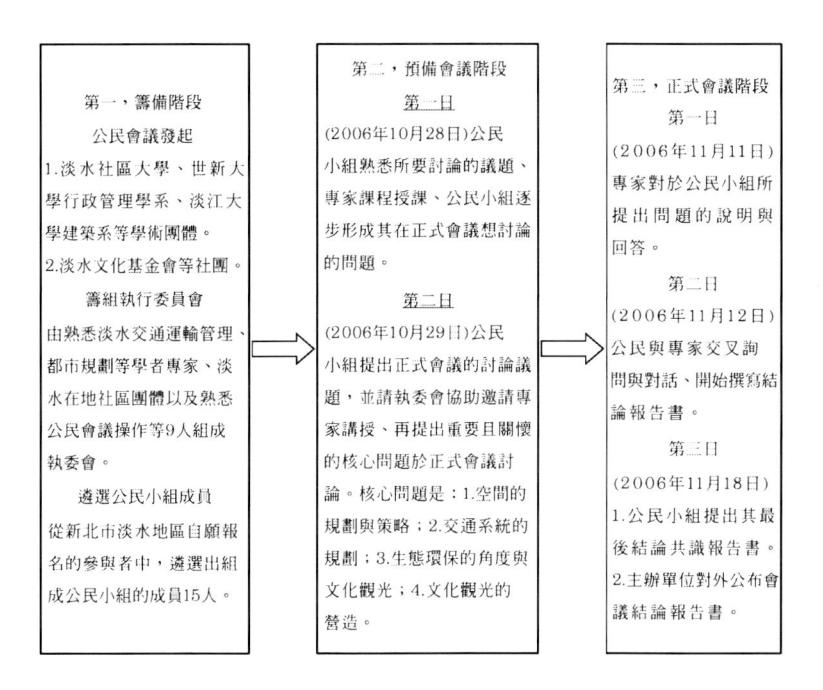

第一，籌備階段
公民會議發起
1. 淡水社區大學、世新大學行政管理學系、淡江大學建築系等學術團體。
2. 淡水文化基金會等社團。
籌組執行委員會
由熟悉淡水交通運輸管理、都市規劃等學者專家、淡水在地社區團體以及熟悉公民會議操作等9人組成執委會。
遴選公民小組成員
從新北市淡水地區自願報名的參與者中，遴選出組成公民小組的成員15人。

第二，預備會議階段
第一日
(2006年10月28日)公民小組熟悉所要討論的議題、專家課程授課、公民小組逐步形成其在正式會議想討論的問題。
第二日
(2006年10月29日)公民小組提出正式會議的討論議題，並請執委會協助邀請專家講授，再提出重要且關懷的核心問題於正式會議討論。核心問題是：1.空間的規劃與策略；2.交通系統的規劃；3.生態環保的角度與文化觀光；4.文化觀光的營造。

第三，正式會議階段
第一日
(2006年11月11日)專家對於公民小組所提出問題的說明與回答。
第二日
(2006年11月12日)公民與專家交叉詢問與對話、開始撰寫結論報告書。
第三日
(2006年11月18日)
1. 公民小組提出其最後結論共識報告書。
2. 主辦單位對外公布會議結論報告書。

圖3.3 「淡水捷運周邊環境改造」公民會議實施的步驟與階段

資料：作者整理

（一）成立執行委員會

為確保公民會議能在公平、公正且訊息充足正確的情況下進行，在會議進行前，主辦單位淡水社區大學邀請針對「捷運淡水站周邊環境經營議題」熟悉的各方面專家組成執行委員會，負責前置作業策劃、會議流程規劃、公民小組的招募與遴選、議題手冊的審查，以及監督會議進行的公正性與客觀性。此次公民會議的執行委員會成員包括淡水社大主任、熟悉審議式民主操作模式的教授、建築及交通運輸

領域之專家學者、淡水文史工作者、捷運局官員、淡水鎮民代表等，共同監督並規劃整體會議之進行。執行委員會還確認邀請兩位會議主持人，全程陪同公民小組，協助會議進行。值得注意的是，主持人必須維持超然立場，不應將自身對於政策議題的意見加諸討論過程。[165]

在公民會議籌備與舉辦的過程之中，執行委員會共召開了四次會議。於2006年8月19日召開第一次的執行委員會議中，針對此次會議計劃時程表、可閱讀數據的大綱架構、招募方式與管道、會議議程安排及進行方式做初步的意見交換；第二次的執行委員會會議確認招募宣傳的細節，以及議題手冊的內容；第三次的執行委員會則進行公民小組抽樣與議題手冊的定稿，第四次執行委員會於預備會議結束後召開，針對預備會議中公民小組所提出之對於「捷運淡水站周邊環境經營」議題進一步所欲瞭解的問題架構與專家名單進行邀請方向確認。

（二）公開招募參與公民

1.公民小組的招募

在確立主題為「觀光與在地生活共享的淡水小鎮——捷運淡水站周邊環境經營」公民會議後，主辦單位公開招募年滿20歲並居住或在淡水地區工作的民眾，希望所有對此議題有興趣或是為了淡水未來發展及生活質量提升的淡水居民能夠踴躍報名參加。主辦單位於2006年8月20日在別具歷史意義殼牌倉庫召開公開招募記者會將此消息透過媒體散佈出去，也獲得了《聯合報》地方版及文化淡水小區報的報導，並透過多元管道進行為期一個月的宣傳招募，於第四臺跑馬燈、淡水社大網站及部落格、社造聯盟電子報、TWCU、地方性免費網站及BBS張貼此次會議訊息、在捷運車站及透過紅毛城古蹟導覽學員發放招募傳單。同時運用淡水社大網路資源，於社區大學各班進行宣傳與初步解說。

2.公民小組的遴選

招募時間從2006年8月21日召開招募記者會起至10月7日，共計一個月的時間，期間共計25位的民眾報名參加，執行委員會依照淡水鎮的人口特質，依「年

齡」、「性別」、「教育程度」進行分層抽樣,抽選出15位民眾參與此次會議,並再次詢問其是否能全程參與此次會議,將無法參與者剔除,另挑選背景相近的報名者遞補,以期公民小組的成員能符合淡水鎮民的人口特性,最終形成的公民小組名單詳見表3.9。

表3.9 「淡水捷運周邊環境改造」公民小組名單

編號	性別	年齡	教育程度	經過捷運站的頻率	經過原因	經過方式
1	男	50	大專	經常	購物	機車
2	男	48	高中職	偶爾	休閒運動	汽車
3	男	63	大專	每天	運動	機車、公車
4	女	50	國中	經常	休閒運動	公車
5	男	55	小學以下	每天	休閒運動	步行、腳踏車、機車
6	女	52	國中	每天	做生意	汽車
7	男	34	大專	每天	通勤	捷運、機車
8	男	49	大專	每天	通勤	捷運
9	女	75	大專	每天	通勤	公車
10	女	22	大專	每天	上課	捷運
11	男	29	碩士	經常	通勤	機車
12	女	23	碩士	經常	通勤	機車
13	女	25	大專	每天	通勤	公車
14	男	30	碩士	每天	通勤	機車
15	男	50	大專	經常	運動、購物	腳踏車

資料來源:陳致中:《社區治理與審議式民主:以淡水社區公民會議為例》,第60頁。

(三)公民小組的組成背景

此會議經由執委依據報名人數依淡水鎮人口特質抽出15位公民小組成員,由表3.10可以看出這些來至淡水鎮公民小組成員背景的異質性,這15位公民小組成員於閱讀過主辦單位準備的議題手冊內容,在初步瞭解議題的情況下參與五天的公民會議過程。

第二,「淡水捷運周邊環境改造」公民會議的預備會議階段。預備會議主要是透過課程與活動的設計,使公民小組對於「捷運淡水站周邊環境經營議題」建立基本的認識,經全體成員相互討論後,提出針對捷運淡水站周邊環境經營議題現在所面臨的具體問題與現況,於正式會議審議所欲提出的重要問題並進行整理與面向歸類,並提出想要邀請的專家名單。

表3.10 「淡水捷運周邊環境改造」公民小組基本資料統計表

基本資料		人數	百分比	基本資料		人數	百分比
性別	男	9	60%	年齡	20~29歲	4	26.6%
					30~39歲	2	13.4%
	女	6	40%		40~49歲	2	13.4%
					50~59歲	5	33.3%
	合計	15	100%		60歲以上	2	13.4%
					合計	15	100%
教育程度	小學以下	1	6.7%	職業	工	1	6.7%
	國中	2	13.4%		商	4	26.6%
	高中職	1	6.7%		學生	2	13.4%
	大專	8	53.6%		公司職員	5	33.3%
	研究所以上	3	20%		退休	3	20%
	合計	15	100%		合計	15	100%

資料來源:陳致中,《社區治理與審議式民主:以淡水社區公民會議為例》,第61頁。

(一)預備會議準備工作

預備會議在2006年10月28日、10月29日分為兩天於淡水社區大學舉行,會場地規劃分為主要會議場地以及會議旁聽區,主要會議場地安排全程錄像,並利用攝影設備同步轉播,將主要會場討論的情形傳送至旁聽區,讓旁聽民眾以及相關單位人員可以同步觀察瞭解主場地的討論狀況,主要會議場地除了主持人、公民小組以及現場工作人員外,開會時間禁止其他人員進出,以保障會議的質量。

(二)會議議程安排

2006年10月28日、10月29日預備會議過程中,透過主辦單位邀請之專家授課,經過雙方對談,更進一步瞭解淡水整個都市計劃與發展、交通、環境、觀光的現況與未來的可能性之後,接下來為預備會議最重要的部分,與會的公民小組經過說明與意見表達,透過小組及全體討論提出在正式會議中所將討論的重大議題,過程中對每人提出的問題加以審視,此時由主持人協助議題的彙整與歸類,最後提出議題方向之重要討論問題,分別為「空間的規劃與策略」、「交通系統的規劃」、「生態環保的角度與文化觀光」及「文化觀光的營造」等四大議題並羅列所屬問題,於正式會議邀請相關專家及公部門對談。

(三)邀請會議主持人

研究團隊在會議期間邀請兩位主持人,一位是淡水文化基金會執行長,其過去對淡水地區有著豐富的社造經驗與對淡水小區的充分理解;另一位為專業都市改革組織副祕書長,曾協助辦理「臺北市願景十三談——學習圈」及公共論壇等審議式民主操作模式經驗。唯兩位主持人皆無實際主持審議式民主類會議經驗,經過主持人培訓後協助會議進行。主持人主要工作是全程陪同公民小組,鼓勵每一位公民小組成員皆能踴躍發言,並協助會議進行,釐清並整合公民小組成員之共識意見。

第三,「淡水捷運周邊環境改造」公民會議的正式會議階段。正式會議的設計共三天,這一階段的重頭戲是公民小組與專家之間的對談以及公民小組形成對問題的共識。

(一)專家諮詢

在正式會議期間,公民小組針對「空間的規劃與策略」、「交通系統的規劃」、「生態環保的角度與文化觀光」及「文化觀光的營造」等四大議題進行廣泛、深入的討論,並與不同領域和立場的專家學者進行對談,凝聚全體成員的共識。每位專家首先簡報自身觀點,之後回應公民小組在預備會議中提出的問題,接下來由公民小組提問,由專家現場回應公民小組的提問。正式會議的設計,是透過不同立場的專家,讓公民小組更完整的瞭解各方的訊息,並經過現場的提問與回

答,能讓各方觀點有更多呈現與比較的機會。與專家回答部分進程相當熱烈,在議程時間結束後,公民小組仍會利用下課時間追問專家,公民小組彼此也會相互討論,利用休息或是用餐時間再次進行意見交流。

(二) 撰寫結論報告

由於此次會議結束前,需撰寫反映全體成員意見的結論報告,因此承辦單位協助會議討論記錄整理,並由公民小組針對議題分組撰寫初稿。

此次公民會議所設定的四項討論主題,每個主題又區分數個子題,經過正式會議廣泛且深入的討論,以凝聚全體成員的共識。討論時間結束後,由四組擔任主筆的公民小組成員分別撰寫四大議題結論報告初稿,其餘小組成員亦協助主筆人進行整理。主筆人參酌會議期間的討論內容,撰寫完成結論報告初稿,並在正式會議最後一日(2006年11月18日),由全體成員進行逐字確認。

(三) 結論報告暨記者會

1.確認結論報告及專家勘誤

公民會議最後一日,承辦單位安排專家學者,針對公民小組結論報告初稿中,屬於「事實性」的錯誤提出意見。專家僅對於公民小組結論報告初稿中,如法律條文與數據等事實性的錯誤提出意見,並不涉及更動結論報告的內容。公民小組參考專家勘誤的意見後,由全體成員「逐字」認可主筆人所撰寫的結論報告初稿。

2.結論報告記者會

公民小組完成認可結論報告之後,舉行公民會議記者會,由公民小組對外公佈此次會議的結論報告。其中,公民小組提出淡水鎮處於「交通」、「環境」、「文化」、「觀光」四者相互衝擊與影響的情況之下,以「在地觀點」提出對於淡水鎮在此四面向所存在的問題,並提出可能的解決方案及政策建議供政府部門參考。與此同時,公民小組還提及社區公民參與的重要性,並建議未來應擬定社區民眾的共

同規約如「環境公約」、「社區憲章」等地方自治規約。主辦單位淡水社區大學與淡江大學建築系教授，新北市政府相關官員、淡水鎮公所機要祕書及淡水鎮鎮民代表到場聆聽結論報告並針對結論報告做出回應，會後則將結論報告送交政府各單位參考。

總之，此次公民會議的結論報告，對於淡水鎮與淡水站周邊未來空間營造與控管、交通改善方式與策略、生態永續經營與策略、文化發展願景與觀光經營方式等各方面，提出了諸多共識，包含推動在地的環境公約、發展車站周邊轉乘系統、以漁業文化為在地特色以及強化社區總體營造等，以發展出一種環境改善、文化與商業並存、遊客與居民共享的和諧相處之道。[166]

三、「淡水捷運周邊環境改造」公民會議的分析

首先，「淡水捷運周邊環境改造」公民會議有助於「造就好公民」。此次公民會議增加了民眾對該議題討論的程度與機會，同時提供與會成員體驗溝通模式的公共參與，打破對於公共參與的既有印象，也因此在參與過程中提高參與公共議題的認知與信心。在會後的深度訪談當中，「公民提到自身在會後的確對於相關議題有進一步的瞭解，透過公民會議的進行，能將過去不知道的地方公共計劃、訊息釋放，更理解當中所呈現的問題癥結點，而透過知能的增加，是能夠更具體地去與其他人互動，闡述理念並釐清問題。」[167] 與此同時，就前測和後測的政治效能感分佈情形與變化量而言，如表3.11所示，參加會議後公民政治效能感呈小幅度的提升，例如，參加會議後，比較同意「您認為您自己的意見值得政府參考嗎？」，比較同意「有人說即使別人不同意我的意見，我也應該勇敢的講出來，請問您同意這種說法嗎？」，而對於中央、地方政府的相信程度亦在會議後呈現提升，另外在問卷「請問您覺得參加此場公民會議的經驗，會不會提高您往後參與公共事務討論的意願興趣？」中，3位表示「提高一些」，而7位表示「提高很多」，如表3.12所示。這顯示參與公民會議的確能夠增加公民的政治效能感，並增強往後參與公共事務的興趣。「自己參與的過程中有認知到其實自己是公民會議的一分子，那其實這部分

其實是對社會有一個道德責任的使命感，我覺得這一部分會加強，對地方事務，慢慢大家會對這一件事會更有關心。」「我覺得像這樣的一個會議它是學習的開始，因為我覺得會議也是一個教育的過程，在會議結束之後再遇到類似議題的東西，會有比較多的敏感度也會更加補充這方面的知識，也就是說如果再參加這樣的會議，會更快進入狀況中，也會對所討論的議題想法更深入一點。」[168]概言之，參與公民會議使得原先對政治冷漠或是缺乏反應管道的公民小組，不但提高了未來對公共事務的參與感，而且也激發了對地方事務的責任感。

表3.11　前測和後測政治效能感變化量

題目	非常同意 前測	非常同意 後測	非常同意 變化	同意 前測	同意 後測	同意 變化	不同意 前測	不同意 後測	不同意 變化	非常不同意 前測	非常不同意 後測	非常不同意 變化	無意見/不知道 前測	無意見/不知道 後測	無意見/不知道 變化
E1	0	0	0	2	2	0	5	6	1	4	2	-2	1	2	1
E2	0	0	0	3	4	1	4	3	-1	3	3	0	2	2	0
E3	3	2	-1	4	4	0	3	3	0	1	2	1	1	1	0
E4	1	1	0	5	4	-1	3	5	2	2	1	-1	1	1	0
E5	2	2	0	8	10	2	0	0	0	0	0	0	2	0	-2
E6	2	4	2	9	8	-1	1	0	-1	0	0	0	0	0	0
E7	1	2	1	2	6	4	4	1	-3	1	0	-1	4	3	-1
E8	1	3	2	4	4	0	3	1	-2	1	0	-1	3	4	-1

E1　有人說「政府官員很關心一般人的想法」，請問您同意這種說法嗎？

E2　有人說「民意代表都關心一般人的想法」，請問您同意這種說法嗎？

E3　有人說「政治太複雜了，一般人是無法瞭解的」，請問您同意這種說法嗎？（反向）

E4　有人說「一般人對政府的政策沒有什麼影響力」，請問您同意這種說法嗎？（反向）

E5　您認為您自己的意見值得政府參考嗎？

E6　有人說「即使別人不同意我的意見，我也應該勇敢地講出來」，請問您同意這種說法嗎？

E7　整體而言，您相不相信我們的「中央政府」？

E8 整體而言,您相不相信我們的地方政府?

資料來源:陳致中:《社區治理與審議式民主:以淡水社區公民會議為例》,第91頁。

表3.12 請問您覺得參加此場公民會議的經驗,會不會提高您往後參與公共事務討論的意願興趣?

答案	人數	百分比(%)
完全沒有提高	0	0
不太有提高	0	0
提高一些	3	25
提高很多	7	83.3
遺漏值	2	16.7
合計	12	100

資料來源:陳致中:《社區治理與審議式民主:以淡水社區公民會議為例》,第92頁。

其次,「淡水捷運周邊環境改造」公民會議有助於提高政策的正當性和決策的品質。審議式民主的倡導者主張,公共審議的質量是衡量民主合法性的一種標準,審議的質量越高,就能表示決策更具正當性、合法性。[169]換句話說,透過審議的過程可以協助那些無法接受最終政策決定的人去接受集體行動的正當性,讓他們相信民主審議下的決策結果並非來自於黨派協商角力下的產物,即使不同意最終的政策產生,至少他們不會認為那是各種不同競爭利益角力下優勝劣敗的結局,而是考量多方衝突立場與意見所獲致的結果。[170]在「淡水捷運周邊環境改造」公民會議過程中,可以發現「這樣的審議過程是與過去一般討論是相當不同的,透過這樣子的彼此討論過程,能夠更清楚問題所在,更具體的討論出細節,更客觀的來看待而非單純的個人觀點」。「因為它跟一般討論最不同的地方在,依我來看,這事情提供的是對話,對話座談意見,對話產生意見也是跟剛剛差很多,就是他才不是你的(主觀認知),簡單來說就是經過思辨的,經過辯證,經過檢查才清楚的,這樣的東西是有很強大的功能。」「是我們大家透過公民會議共同來討論,重要的事討論、不重要的事也討論,討論到最後會有一個結論和成果,然後再來給他們做參考。然

後他們（指相關的政府機關）如果也覺得認同的話，就會照這樣來做，來達成我們的願望，這樣未來也會更好。這是事實啊，講話就是要有這種細節，不能太籠統、太隨便，這樣會辦不成事的。」[171]一言以蔽之，透過公民會議的公民參與方式凝聚社區力量發展對未來願景與政策規劃共識，不但能夠改善公共政策質量，亦可透過這樣的參與方式取得公民社會的信任感，從而提高公共決策的正當性。

最後，「淡水捷運周邊環境改造」公民會議有助於促進社會共識與共善。公民會議的進行透過專家授課與可閱讀數據的提供，深化民眾對議題的瞭解，而與專家答辯的過程中，更提供釐清問題，增進公共判斷的機會；透過角色扮演的設計，小組討論的過程，以及主持人角色的串場協調，參與公民有機會擺脫既定立場，從更大的角度與視野思考整體的公共利益。根據調查可以發現，大部分的小組成員參與完會議後都會改變原先的價值觀與想法。這是因為訊息增加了，使他們更加瞭解現實的情況，而且他代表的是社會全體，必須站在公眾的立場加以考慮，不再只是單純的想到自己而已。有時內心會產生私利與公益間的衝突，雖然明知做出這樣的決定對本身不利，卻對整個社會是最好的時候，兩者只能取其一，由於公民會議強調共善與共識，大家都是秉持自己的良心做出對大家比較有利的決定，面對這種情況，要由本來反對的態度轉而支持可能就需要一個足以支持的理由，才能化解內心的衝突，而這理由就是從參與會議所得到的相關知識。[172]「當中一位公民小組提到原先他認為贊成開發道路的人都是為了謀取利益的，但當這樣的觀點由一樣是公民小組的成員提出時，由於他是一般民眾真實的存在自己身邊，提出的例子都是相當生活化的經驗，原先的思考方式在此就做了改變，願意傾聽理解不同觀念的聲音。」[173]如此等等，不一而足。這樣的轉化過程極大地促進了社會的共識與共善。

總之，面對爭議性的議題，審議式民主並非只是粗略地彙集民意、透過投票或發動體制外的抗議來擁護某種意見，而是經過「施與受」（giving and taking）的對話以及論證過程，讓參與者彼此學習，理解個人與他人之間的重要差異，使每個觀點都能得以彰顯，進而找出合理的、能被接受的政策方案。作為彰顯審議式民主最主要的方式之一，公民會議主張參與是基於開放及平等的原則，「在取得充分且均衡的資訊，秉持相互尊重的態度，以公共利益的取向，進行理性的討論，期望能夠對於具有爭議的問題取得共識。」[174]換言之，審議式的公民參與，可以強化一般民

眾對公共事務的瞭解，提高民眾參與公共政策的能力與意願，並經過公民間持續地理性的聆聽、思考與公開討論不同的價值、觀點、利益，共同尋求集體的公共利益。透過對參與「淡水捷運周邊環境改造」公民會議公民小組的問卷及深度訪談數據，可以發現此次公民會議在程序上「訊息提供的充足度」、「論壇進行的中立性」、「達成結論的技巧性」及「對公民會議的整體評價」都達成了過去舉辦公民會議應有的水平，而在實質的效益上也展現了審議式民主所具有的「知能及論述技巧的提升」、「理性及相互理解的討論」、「政治效能感與公共參與意願的提升」等重要特質。[175]這充分說明了，此場公民會議無論在程序上及實質上均達到了預期效果。

第四節　小結

審議式民主在地方政治、利益集團運作體系以及精英支配的治理模式之外，提供了一個讓民眾能夠發聲的公共討論空間，使得專家知識與常民經驗，以及不同利益團體和價值立場，能夠進行對話與溝通。從本章的案例可見，不論是縣市型公民會議還是社區型公民會議，均促成了公民理性的討論與相互瞭解的溝通，提升了公共討論的知識基礎，增加了公民政治效能感與激發討論公共事務的意願。2005年由宜蘭社區大學舉辦有關「竹科宜蘭基地設置」問題的公民會議中，作為決策主體的公民在知情審議的過程中，充分關照科學園區發展相關問題的各個面向，在不同價值的理解之上尋找共識，在會議進行中充分展現出高質量的討論思辨過程，以及會議結論中對議題細緻深入的闡述與具體的政策建議。[176]尤其是社區型公民會議，它直接探觸地方議題，連接公民、政府官員及社區中的利害相關人，創造了訊息的流通互動與對話，拓展了民眾參與地方公共政策討論的空間。這不僅可改變地方與社區治理的型態，亦可強化地方政府與社區組織的治理能力。「公民在此過程中獲得了機會表達他們的在地關懷，透過討論學習到政策議題相關的知識，瞭解社區居民的想法，並提供政策建議與行動方案，協助地方問題的解決；而政府官員和社區組織也透過此過程有了廣大的公眾支持，更瞭解公民的想法為何，也培養了公民關心公共事務及解決問題的能力。」「值得一提的是，社區大學與社區組織已逐漸具備

獨立辦理公民審議論壇的能力,淡水社區大學於2008年初發表了『淡水的遠見——21世紀地方議程』白皮書,即是2006與2007年三場社區審議論壇,進一步凝聚淡水居民共識的具體成果。」[177]儘管如此,地方性公民會議在實踐上仍存在相當程度的侷限以及困境尚待克服,如對審議式民主概念不熟悉、資源與人力欠缺、在地知識的建構與累積不足、制度性回應機制不健全以及地方政治權力結構複雜等[178]。尤其在社區層次上,公民會議面臨更多的挑戰,如表3.13所示。

表3.13　公民會議在社區的挑戰

面向	內容	發展的挑戰
高成本	心力、人力高度密集;籌備期至少3個月;執行經費13~19萬	不容易普及;如何因地制宜。
社區資源匱乏	經費、在地研究的匱乏造成可閱讀數據以及聽證專家的邀請困難重重。	沒有充足的地方知識,公民會議的意義與其侷限?如果生活經驗、地方知識專家知識的對話不能更為平等,互相說服的過程將更為漫長。
地方利益與社區情感的束縛	形成開放、共善的氛圍難度更高。	當知識不是形成權力差異的主因,公民會議需要怎樣的調整?與地方情感聯繫更為直接緊密時,內在的衝突是很高的,結構性的議程設計,有足夠的時間解消情感的束縛?
地方政府的保守	議題由社區自主發動,主管機構往往不會對公民會議結論明確影響。	如何建立民眾對於公民會議的信心?
社區對於公民會議結論的發展期待高	社大學員與民眾對於公民會議結論的持續關懷。	如何發展並擴大公民會議所凝聚的社區能量?

資料來源:楊志彬:《審議民主的理念與實務》,來源:http://www.docin.com/p-41980961.html。

從第二、三章的實證研究可見,不論是針對全臺性還是地方性議題,公民會議均有助於「造就好公民」、提高政策的正當性和決策的品質以及促進社會共識與共善等。其結果,「過往認為投票即民主的舊觀念正逐步被改善,社會各界也體認到政策不應由少數精英決定,無論是政府或民間均逐漸傾向於以『溝通』達成共識,並以此作為社區發展或政策規劃的依據。」譬如竹科宜蘭基地在計劃之初並未與在

第三章　臺灣的實踐：公民會議 II

地居民溝通，因此竹科宜蘭廠址消息一出，隨即引發農民抗爭，後來經由民間單位舉辦公民會議，並邀請行政單位和農民進行溝通。最後，會議結論歡迎設立竹科宜蘭廠址，只是必須建設完善的汙水處理系統，以免汙染宜蘭當地的土地和水源。[179] 下面則從幾個方面對公民會議在臺灣全臺與地方層級上的實踐困境進行比較分析：

第一，公民會議的品質能否得以保證？公民會議強調知情的討論，豐富的訊息與知識的提供將有助於審議討論的質量與成果。一般而言，針對全臺性議題而舉辦的公民會議基本上能夠確保公共審議的品質，這是因為全臺性議題絕大多數是由政府相關部門委託比較知名的、熟慮公民會議操作的學術團隊如臺大社會學系舉辦的，透過這些學術團隊的精心授課與輔導，參與全臺性議題的公民小組成員能夠有效地將公民會議基本理念與精神貫徹於會議之中。相比之下，地方性議題特別是許多社區型的審議討論議題，由於長期缺乏關注，導致會議的議題手冊編撰、專家經驗與諮詢，大多缺乏多元的在地知識與生活經驗的提供。此外，許多地方性議題由民間社團自主辦理，由於許多政府訊息的不公開，公部門提供的政策相關訊息不僅相對不足，許多訊息已經過消化改寫，以致無法貼近民眾的需求。例如在討論「新竹科學園區設宜蘭基地」議題時，因為政府相關部門不願提供地下水汙染資料，致使討論無法深入，[180] 從而無法保證公民會議的品質。

第二，經費與人力資源能否得以保證？由於在公民會議的操作過程中有許多嚴謹的設計，需要投注相當的資源。全臺性議題的公民會議實踐，其經費資源主要來自政府，一般情況下能夠得到足夠的保障。相比之下，地方性議題的公民會議缺乏資源補助，社區型公民會議所獲得的補助更是相對缺乏，大多仰賴社區民間組織串聯發動或協力合作，因此普遍面臨資源欠缺的問題。此外，在地審議人才的培育也是關鍵之一，例如審議論壇的主持人扮演十分重要的角色，他們必須帶領公民討論，並確保公民能聚焦於議題中並提出有建設性的討論，過程中必須保持中立，並於會議中協助公民小組理解歧異點、尋求共識，並歸納、整併相關的看法等。以社區型公民會議為例，因其獨特的性質需要更多的在地經驗與知識的投入，考慮社區型議題常牽涉在地細節之討論（如街道名稱、在地社團組織、相關公共設施地點），若對在地社區不瞭解，很難進入社區居民之討論氛圍，無法與其充分溝通。因此，相關人才的養成與資源募集相當關鍵，以因應未來審議式民主發展的需

求。[181]

　　第三，是否受到政治權力結構的影響？全臺性議題經常會受相關政府部門和利益集團的影響。例如在「稅制改革」公民會議前，平均每四天在主要報紙就有一則關於政府稅改政策的報導，對於一般民眾會產生相當程度的影響，當然也會對於公民會議參與者的看法產生影響，稅改公民會議的重要結論，是軍公教免稅措施不合時宜應取消，以及依財政部的提案內容來實施最低稅負制，這兩個結論和財政部主要改革內容是有相當高的一致性（稅制改革公民會議並沒有討論到營業稅的問題，但討論促進產業升級條例租稅減免的修正方向，公民會議討論內容和財政部在媒體宣示的改革方向並不是完全相同），分析結果顯示出政府部門透過媒體對公民會議所產生的影響。「政府委託辦理公民會議，有時卻干預討論的進行，影響結論的方向，顯示公民會議是無法擺脫政治力的操弄。」[182]地方性公民會議的舉辦則跳脫不出地方的政治脈絡。以2004年高雄跨港纜車的公民會議為例，「無論是社會運動團體對於公民會議的舉辦或是會議達成共識內容的不滿，而發動強烈抗爭，或者是社會運動團體將公民會議當成是促進社會大眾討論社會改革的相關問題，其實都顯現出審議民主公共討論所具有的政治性格。」[183]此外，社區型議題常常涉及相當多層級的權責範圍，相關社區在這些議題上往往無自主決策之權力。由此可見，不論是全臺性議題還是地方性議題的公民會議，均面臨著政治權力介入的問題。

　　第四，公民會議的結論是否能夠影響相關的政策？從臺灣過去數場公民會議中可以觀察到，行政部門與主辦單位在會議過程中有良好的互動與合作，相關單位不僅對於審議式的公民參與模式感到肯定，對於結論也予以相當的重視。以苗栗「造橋火車站宿舍周邊環境規劃」公民會議為例，造橋火車站主管當局相當肯定此審議論壇的精神與結論，在會議後將其老舊宿舍的營造交由在地文史團體規劃，即是一個良好的範例。在全臺性議題的公民會議中亦有良好的案例，如「全民健保給付範圍」公民會議。不過，也有一些案例中，政府單位對於審議論壇的會議結論，採取選擇性響應或根本不響應，使得與會公民產生相當負面的觀感，反而增加民眾與政府間彼此之不信任，以「稅制改革」公民會議為例，「一項頗為敏感的共識是，公民會議一致主張在嚴格評估下開徵證所稅；但令人大感失望，『財政部長』卻以臺灣股市以散戶居多，一定要有完善的配套才能復徵，並以『財改會』建議將復徵證

第三章　臺灣的實踐：公民會議 II

所稅列為長期稅改目標來回應，似乎迫不及待地想拋開燙手山芋。」[184]不僅如此，有民間社團甚至認為，「『行政院稅改小組』提報『院會』的稅改草案，根本不符七月召開的稅改公民會議共識。」[185]在地方性議題的公民會議中也存在如此不足的案例。如「臺北市汽機車總量管制」公民會議中，「正如多位與會公民表示，不知有何政策是依公民會議結論續行推動。」[186]由此可見，不論是全臺性議題還是地方性議題的公民會議，均面臨著其結論可能不被重視的問題。「由於政府缺乏制度性的響應機制，不僅減損審議論壇之公信力，使得相關議題決策過程中民主化程度大大降低，也將扼殺具有公共參與意願的與會公民之政治效能感。因此，如何將審議民主與現有之決策機制或地方自治制度結合，例如結合公民投票，環境影響評估、或是都市計劃審議機制等制度化流程，將是審議民主制度化的重要課題。」[187]

　　總之，透過第二、三章公民會議的實證研究可以發現，臺灣公民會議的主要發起人與運作單位，基本上可分為兩大類，分別為政府部門委託辦理與民間社團自主辦理。由政府部門委託辦理的公民會議，公民的角色是被動參與的。相比之下，由民間社團自辦的公民會議，民間社團自主籌辦整個公民會議的內容與過程，也展現出積極影響公共政策的意圖。以「新竹科學園區宜蘭基地」公民會議為例，「它以一個非政府組織舉辦的會議，相對於多場政府委託舉辦的公民會議，能夠明顯地影響政策，似乎構成一個特殊的案例，也值得進一步探討其對政策產生影響的因素。」[188]當然，相對於官方所辦理的公民會議，民間自辦的公民會議如「竹科宜蘭基地」公民會議，在過程中面臨許多的侷限性，諸如資源不足、議題訊息取得與在地專業知識的侷限，致使在籌辦過程中造成人力物力耗損，但質量絕不輸公部門委託辦理公民會議的水平；可惜的是，其結論卻不如公部門委辦公民會議受到重視；而從同屬民間主辦性質的「北投社造協會」公民會議之相關結論也未受到相關公部門重視的侷限情形來看，「使得人們必須審慎思考未來審議式民主在臺灣落地生根發展的相關課題，包含如何在現行參與制度中納入民主審議機制，發展協助審議式民主操作的專業機構團隊，以及訊息公開的相關制度立法等。」[189]與此同時，應當注意到，「淡水社區公民會議中公民在一些爭議的討論中，的確顯示了理性言說無法獲致共識的情形，而這些爭議於會議外非正式的互動的確呈現了可能獲致共識的可能性。」[190]這揭示出公民會議的討論方式，除了通常使用的理性論辯之外，還應

有其他的言說方式如「說故事」可作為論述方式,以推動公民會議在更廣泛的公共事務議題上能夠得以應用,第四章的內容即為例證。

第四章　臺灣的實踐：公民會議Ⅲ

　　2004年臺灣促進和平基金會、時報文教基金會、公共電視臺等機構舉辦「面對族群與未來：來自民間的對話」民間對談活動，希望以公民共識會議的方式，讓持不同意見的民眾針對臺灣社會中尖銳的「省籍—族群」議題進行討論。與第二、三章所列舉的「全民健保給付範圍」、「竹科宜蘭基地」等公民會議採用理性論辯方式不同的是，「族群和解與對話」活動引進「開放空間」的會議模式和「說故事」的論述方式，試圖透過民間的渠道，以相互瞭解、溝通與理解的方式去推動「族群和解」之路，治療臺灣社會為「省籍—族群」政治動員所撕裂的傷痛。

第一節　開放空間

一、什麼是開放空間

　　「開放空間」（全稱「開放空間會議技術」，英文open space technology，縮寫OST）是一種動態的會議模式，是1983年由美國人哈里森・歐文（Harrison Owen）在注意到人們在茶休時的有價值的交流而發明的。所謂「開放空間」就是創造出一個可以相互討論的平臺，沒有人知道答案，對未知開放，以隨時準備迎接驚喜（Be prepared to be surprised）的心，勇敢的提出自己的看法，同時也敞開心門，傾聽別人的想法。[191]作為目前國際上較為流行的互動會議模式，「開放空間」通常由一名主持人進行組織和主持，每個參與者提出自己關心的問題並與他人展開討論，最終制定出合理方案並實施。在開放空間方法指南中有這麼一個提示：在討論程序中，主持人是討論的核心與靈魂，他擔負著重要的程序職能，能夠保障討論的順利進行，

確保參與人實現權利。

首先,開放空間的一條定律即「雙腳定律」(the law of two feet)。它要求參與者對自己的體驗全權負責。如歐文所說:「如果任何時候你發現自己既沒有做出貢獻,也沒有學到東西,那麼就拔起兩腳走吧。你成為無聊的囚徒只是因為你自己選擇這樣。除了你自己之外,沒有任何其他人能為你負責。」[192]也就是說,在討論的過程中,開放空間會議鼓勵參加者運用「雙腳定律」,意思是每一個人都要為自己的學習負責,你可以在某一個討論時段,參加這一時段中你有興趣參與的議題,在這個議題上,若你覺得沒有學到東西,或認為自己在這項議題上已沒有貢獻,就可以運用你的「雙腳」,很自由地到別組去討論,或暫時休息一下也可以。

其次,開放空間的四大原則或四個基本前提。其一,出席的人都是最適當的人(whoever come is the right people),這提醒在小型團體的大家,要達到成效的重點,並不是聚集上萬人還有董事長的出席,基本的條件是想要做一點事的人的存在。只要出席,就顯現出對這議題的關心。其二,不管何時開始都是最適當的時間(whenever it starts is the right time)。讓人家知道真正的成效出現時根本不在乎當時幾點,應該發生(或是不發生)的時候就會發生。其三,不管發生什麼,都是當時只能發生的事(whatever happen is the only thing that could have)。這去除所有預設立場、懊悔、或堅持,不再去考慮早知道就如何,應該怎樣,或者必須是如何的想法。當下發生的,就是該而對的議題。其四,結束的時候就結束了(when it's over, it's over)。簡單地說,就是不要浪費時間。做你該做的事,做完了。就開始進行其他有用的事。

最後,開放空間具有活躍、真誠、「品位」等特色。其一,「開放空間」很活躍。在這一過程中,它努力降低人們張嘴的「門檻」,往往從你最容易講述的問題開始,讓各方在互動中到自己的位置,一旦人們決定參與,這個場合就會變得熱烈起來,人也變得積極。其二,「開放空間」很真誠。在人們由「封閉」變得「開放」的時候,會真情流露。同時被「開放空間」激發出來的還有包容、體諒和創意。其三,「開放空間」還很有「品位」。「開放空間」可以在很短的時間裡就能產生自己獨特的文化認同,人們不是來被動地執行和接受什麼命令,而是要讓自己

來參與創造某項決策。在「開放空間」中,人們能夠尋找到自己的位置,也找到了自己的責任,當然也獲得了尊重。當在一個空間內,人們都彼此給予對方足夠的尊重,自然就有了「品位」。[193]

總之,正如歐文所言:「開放空間技術最起碼是一種新的更好的開會的方法。其標準過程是,大團組或小團組(從5人到1000人不等)在非常短的時間內經自我組織來處理高度複雜的問題。幾乎沒有任何的幫助設施,而且議程一類的事先計劃也從來不會有。」[194]「開放空間」是一種新的嘗試,可以把人們的工作積極性調動起來,很多方面與傳統的會議大不一樣。它改變了正式的會議型態,營造一種開放、自由且彈性的方式與情境,針對複雜且具有衝突性(潛在或外顯)的議題進行討論,強調與會者的自主性、參與性與被尊重,並且從討論過程中產出具體之行動方案。換言之,開放空間即營造出一個討論平臺,所有的與會者在其中開放自我對於議題進行討論,也具備主動提出討論的權利,亦視實際情形由與會者自行決定加入討論小組或離開、結束討論。[195]在開放空間會議中,每一成員都可以針對討論的主題提出自己認為重要的議題,而成為該議題的召集人。召集人必須做三件事:一是預先約定的時間到了,要召集會議。二是盡量讓每一位參與者都有機會發言。三是找人做會議記錄。「每項議題的會議記錄,會用大海報紙張貼在『新聞牆』上,沒有參加會議的人可以借此瞭解其他組的討論情形,進而引發新的議題,在最後做整理時,做了幾件很有意思的事:全體參加者到新聞牆看看今天所有的討論結果,若有需要可以在各議題的會議記錄上加上自己的意見,或修正自己的看法,以便整理記錄更完整。每個人發五個紅色小貼紙,貼在你認為最重要的會議記錄上,不一定每一個重點貼一張,若覺得這個實在太重要了,可以把五張貼紙貼在同一個點上。」經過這個步驟之後,在新聞牆上可以很明顯地看出大家認為重要的關鍵點集中在少數的幾個地方,這已形成初步的共識。針對有初步共識的重要部分,每一個人想一想把自己在哪一方面有興趣、能有所貢獻,可以主動認養或另組小組做更深入的討論。如果時間允許,可針對幾項焦點問題,展開進一步的行動計劃,把大家的智慧化為行動。開放空間會議把尊重人,及相信每個人都能有所貢獻的理念,透過具體的形式(遊戲規則)展現出來,進而引發許多頗具建設性的走向行為。「理念—形式—行為」成為一種良性循環的增強迴路,帶動整個會議的氣氛,爆發出一

股驚人的生命力。[196]

二、開放空間的原理和功能

作為一種民主討論會議的形式,「開放空間」具備如下的基本原理。

首先,自我責任感。在會議開始之前除了一個會議的主題之外,什麼都沒有了!會議的日程由參會者自己制訂並對此承擔責任。所有的參會者都可以是討論會的參加者,也可以是討論會的發起者。每個人既可能是老師,也可能是學生。活動的主體就是參會者,他們對會議的內容、溝通、文化和結果負責。自我責任感的原理也體現在「雙腳法則」上,即參與或不參與,參與什麼樣的小組討論、討論什麼樣的話題完全取決於你自己雙腳的方向——開放的空間裡,你有決定自己選擇參與的充分自由。

其次,多樣性。一個「開放空間」式的活動是建立在每個參會者因個體不同而對會議主題的理解也有所不同這一認識上的,為會議主題打開各種不同的渠道也就開發了更廣闊的觀點、思路和解決方案的天地。在「開放空間」式會議中有著無邊的可能性使人與人之間建立關係並交談。

最後,結果。「開放空間」式會議為每場討論作了詳細的記錄。第三天對結果進行篩分和優選,並對下一步工作進行規劃,比如建立工作小組,在組內對會議達成的中心內容進行繼續的討論。[197]

如上所述,作為一種富有成效的動態會議模式,「開放空間」能夠將一個對於組織、機構很重要的主題僅在很少的規則輔助下,透過一個新的空間和時間格式由參會者討論完畢。它提供了一個提倡自我承擔責任的場合。一個「開放空間」式的會議不僅是一次活動,更是一個改變的過程。換言之,「開放空間」作為一種全新的會議方法,提出了新的思路和方法。它打破了通常會議「單向、單主題」的模式,充分集合與會者的智慧,而且「空間」中全部的討論內容很快就出現在所有參

會者的手裡,建立異常開放、通暢、透明的訊息流通渠道,充分激活了「會議」的參與、評價機制,保證了「會議」之「議政」的本初功能。這是一種超越了「召開會議」的先進的管理方法。[198]

首先,在「開放空間」過程中透過參與者的溝通、互動、合作、創新探索發現面對挑戰和轉變的策略。作為一種由參會者自行討論的動態的會議模式,參與者可以創造並管理會議的日程,圍繞著一個中心戰略目標,所有的利益相關方都可以支持並參與其中。無論是培訓,一個三天的會議,或者普通的員工例會,「開放空間」會議產生的結果都是十分有效的,尤其適用於要求複雜的問題,或是大家的想法有分歧的情況。例如,一場半天或一天的「開放空間」會議,可以協助人們很快地找出共同的問題和機會,並建立相互的瞭解;一場兩天半的「開放空間」會議,可以包括問題、機會和行動計劃,將完整的過程報告交到參與者手上。

其次,開放空間使新議題有可能出現。為什麼?因為開放空間其中一個階段是讓參與者自己去選擇主題,進入小組討論。每一個參與者都可以臨時提議一個主題,邀請其他人來討論,所以新的議題永遠可能會出現。當討論走到某個地方的時候,有人決定要談談道歉的問題,有人則要討論媒體如何加深族群的衝突,也有人要討論我們如何可能坐下來溝通彼此不同的看法。你可以自己提出討論主題,只要有另一個人願意坐下來跟你談,你們兩個就成為一個小組。如果沒有人要參加,而你有話想說,主辦單位也會提供白紙讓你自己寫下來,貼在後面的牆壁上,讓大家可以看到你想說的話。

最後,開放空間促發了內在的動力。在「開放空間」會議裡你會發現,你如果什麼都不參加、什麼都不仔細聽的話,你就是浪費時間。所以基本上你必須主動跟別人互動,而不是在一個既定的形式下進入別人要你討論的東西。所以它有一個很有趣的原則就是,當討論結束的時候,你們隨時可以解散,然後選擇加入別組。你不用硬撐著,當你覺得你自己很累了,譬如某個人講話非常的藍而你非常的綠,你根本聽不下去只想跟他打架的時候,你可以自己選擇離開,然後待會兒等你心情平復後再回來。所以它有這樣一種自由的形式,但還是有一個鬆散的主題,它會使溝通的品質更好。[199]

總之,「開放空間」是一種可以激發各類群體、機構創新的方法,可以提升領導力,建立有創造力的組織,使得人們在工作中產生非凡的結果。因此,參加者不但更喜歡這種與傳統的會議組織形式不同的會議設計,而且表現出了更多的創新、激情和責任心。經常開會的人都知道有個「茶歇時間」,這種在會議中間設置的小型簡易茶話會往往是一個會議最活躍的時刻。一群在會場上興致不高的人,在品嚐一杯茶、嚥下幾塊點心之後馬上精神煥發,勤快地在相熟或不相熟的人群中遊走、暢談、爭論。比起會議過程中的沉悶,此時的交流效果倍增。開放空間討論會就是這樣一種能夠將整個會議在茶歇的氣氛中開展下去的動態會議模式,它倡導參與者自由發問、自行解答。「『開放空間技術』所引導的會議,在將近七個小時的討論中,每個人都熱烈地參與,提出許多很有建設性的意見;更令人驚訝的是在會議結束時,大家都覺得很快樂、很舒暢,對於有共識的部分,也充滿行動的熱情。這跟以前所參加的大多數會議之無聊、單調、各說各話、爭吵不休、推諉敷衍(相比),簡直有天壤之別。」[200]

雖然「開放空間」適用於許多場合,但也有其侷限性。在以下幾種情況下,需要考慮「開放空間」是否適合:

首先,會議產生的結果沒有實現的可能性。組織/機構的領導不願意為「開放空間」討論出來的結果提供實現的基本條件,致使會議的成果被束之高閣,並使參與者產生挫折感。

其次,實現確定的目標或戰略方案。如果想讓參會者對已經決定的目標或戰略方案產生熱情,或做進一步的加工,「開放空間」是不適用的。

第三,訊息傳達型會議。「開放空間」也不適用於傳達既定的訊息。因為沒有照稿宣讀的講話、陳詞、報告,也沒有大會的視頻演示和討論,所以「開放空間」不能成為研討會、培訓班或訊息發佈活動的替代形式。

第四,與其他的方法交叉使用。「開放空間」是一個完整的運作,不應被其他的方法所幹擾。因為那會導致一種危險:參會者的自我承責的角色會弱化,對會議

的進程不再十分關心,退回到袖手旁觀的狀態中。但如果將「開放空間」作為一種元素用於其他的方法中則是可能的。例如,一個三天的會議可以安排為:第一天是傳統的報告、答疑等形式;第二天和第三天是「開放空間」式會議。或者有一個三天的培訓活動:開始的兩天是設計好的研討會,用於知識和經驗的傳達及分享;第三天則是「開放空間」式活動。

最後,克服分歧。「開放空間」很適合處理有分歧的議題,即那些在組織/機構中已經引起矛盾和緊張並涉及面廣泛的議題。但這裡要強調的是「有分歧的議題」與「分歧」是不同的。如果有分歧的議題會使已有的分歧/衝突更加尖銳,則不應採用「開放空間」。「開放空間」不適合有控制導向和仲裁性質的分歧。[201]

三、開放空間的運作程序

「開放空間」有三種應用方式:評估、建立共識和解決問題。在評估和建立共識方面,參會者的主題可能會集中在:「我們對某某項目的看法和問題是什麼?」對於解決問題方面,議題可能會集中在:「我們如何完成某某項目?」因為「開放空間」的目的就是揭示人們心中真實的想法,因此無論議題是如何建立的,整個活動都是圍繞人們真正的需求而組織的。開放空間的過程可以大致描述如下:

第一步,策劃／邀請。高級管理人員邀請組織成員參與開放空間會議,討論有挑戰性的議題。例如在團體之間或某個團體的許多利益共享者中取得共識,發展對本組織的看法,取得許多人對組織變革過程的支持,找出影響組織發展的關鍵問題。這個階段包括開放空間的全部策劃步驟。餘下部分都由參與者完成,完成方式可根據需要各行其是。

第二步,制定議程。由於所有的與會者都知道要討論的中心議題,所以開放空間一開始就需要制定會議議程。所有與會者坐成一圈,其中的一些成員找出與他們熱切關注的問題相關的話題,他們坐在圈子中央與大家討論話題,並寫在紙上,然

後貼到牆上，宣布討論的時間和地點。每個與會者都要決定自己參與討論的議題。因此，會議議程不是固定的，將要討論的議題可以被修改。

第三步，專題組細化議題。每個議題都有專題組對它進行討論，隨之產生行動計劃。為了理解在專題小組討論中的學習過程，需要瞭解以下參與規則：其一，無論誰發表觀點，他們都是正確的；其二，無論發生什麼事情，都被認為是唯一應當發生的；其三，無論討論何時進行，都應該認為是適時的；其四，討論結束後，就不應再糾纏下去。這些規則被認為是一種基礎，人們可以憑藉它真正學會對他們自己，也對他們期望成功、與問題有關的目標負責。

第四步，結束會議和行動策劃。在三天的會議結束時，最後的一個重要部分就是大家相互交流學習的結果和行動計劃。

第五步，實施與跟蹤。在「開放空間」會議之後，行動計劃按照其重要程度分級並實施。在專題討論小組時，提出議題的人員負責行動計劃的實施。

不難發現，「開放空間」流程的核心是每個人的參與，它使參與者學會自行思考集體關於行動的意見，並在新的行動意見的基礎上建立行動計劃。「開放空間不僅是一種會議模式，更是一種引導參與者思考、分享、並且更進一步建立行動的團隊組織方向。」[202]他們還學會打破自己在思想和行動上的障礙。與之相關的學習模式是認知型的，因為人們透過學習新的規則，能夠對自己的假設和行動進行反思和調整。人們認為，採用這些新規則能帶來成功、創造力和革新，因此認知型學習對文化和行為方面也有重大影響。在日常工作中，根據新經驗而進行調整的做法非常普遍。從學習階段的角度來看，開放空間這個自發組織的活動，對參與者有著重大的影響，這個方法也可以讓人們來辨認新訊息和創造新知識。無論是新的知識還是新訊息，都能透過開放空間這個系統傳播開來，結果是要麼這些新的東西被統一整合，要麼專題討論小組修改他們的知識結構。總的來說，開放空間是一個促進文化的、高級學習的有用工具。[203]

具體而言，「開放空間」會議的流程如表4.1所示。

表4.1 「開放空間」會議的流程

	第一天	第二天	第三天	
上午		開場 議程 集市	早晨新聞 對議程的補充和修改	
			第四節： 工作小組	結果篩分 優選
		第一節： 工作小組	第五節： 工作小組	組建專題小組 告別
下午	第二節： 工作小組	第六節： 工作小組	結束	
	第三節： 工作小組	第七節： 工作小組		
	報到 熱身 集合	晚間新聞發布 訊息和反映		

資料來源：《開放空間論壇》，來源：http://www.ccpg.org.cn/Article/ShowArticle.asp？Arti-cleID=263。

總而言之，開放空間是一種強調互動、溝通與合作的審議討論模式，1980年代起許多美國的社區、企業組織與政府部門逐漸引用此模式，針對社區或組織未來的願景或目標進行討論。「在目的上，開放空間協助參與者去分享、建立團隊，並且承諾未來的行動能力與方向，例如在社區中，居民可以從中去回顧或是前置未來的發展；在過程中，則是可以讓公民去體驗一種充分表現自主與分享的會議過程。」[204]也就是說，開放空間創造出一個可以相互討論的平臺，讓決策者、專家、相關社會團體和一般民眾，經過討論來交換意見、知識與想法。其三個進行步驟為：首先，議題設定。先就所要討論的既定議題方向，思考在此議題中最關心、最在意與最想做的是什麼事？參加成員將問題寫下，並簡單說明提出這個問題的原因。接著針對已提出的提案進行連署，每人可連署一到二個議題，依照連署人數較高之兩個議題進行下一階段討論。其次，提案討論。討論時每組要有人將發言重點記錄在大字報上，並張貼於牆面。最後，分組報告與形塑共同願景。每組分別報告討論出的重點。然後成員針對每組所提出的願景，選擇自己認為重要的內容進行排序貼點。接著檢視大家共同或不同的論點在哪裡，以及共同或個別關注的又是什

麼。

第二節　說故事與公共審議

一、「故事」及其類型

　　所謂的「故事」，是指針對一個或多個事件的描述記錄，它可能包括真實的或虛構的記錄，因此，個人的經驗、重要人物的經歷及歷史傳奇等，都可以是故事的素材。一個故事基本上包含三個部分：首先，故事的開場，界定情景。其次，一連串的複雜行動，然後結束於某種收場。最後，很重要的是提出一種評價。這個評價建立了這些事件的相關重要性。這個評價可以出現在故事的任何一個點上。[205]就故事的結構而言，一個完整的故事敘說應該包含行為者（agent）、行動（act）、場景（scene）、作用機制（a-gency）及目的（purpose）等五個主要的構成部分，而且這五個部分之間，必須有內在關聯性與一致性（consistency），方能具有說服力。美國學者安妮特‧西蒙斯（Annette Simmons）進一步區分說故事與舉例的差別，在於情感情份的添加，和敘述中加入感知的細節，一個交織著細節、人物和事件的整體故事，遠勝過由部分拼湊而成的總和。由此可知，故事能發揮作用，在於其透過敘事方式與彼此互動所產生的影響力（influence），西蒙斯引用弗朗‧卡夫卡（Franz Kafka）的話說：「（好故事）應該像一把斧頭，能敲破我們心中那片冰封的海洋」，這句話具體地描繪出故事發揮功能的方式。[206]

　　西蒙斯以說故事者與聽眾之間的互動關係為基礎，區分為六大故事類型：其一，「我是誰」的故事（who I am stories）──透過說故事者的自我揭露，讓聽眾不會認為說者高高在上，進而拉近彼此的關係，卸除彼此的心防。其二，「我為什麼在這裡」的故事（why I am here stories）──說故事者通常希望帶給聽眾積極正面的影響，但若無法為善意提供合理的解釋，聽眾往往會懷疑說者的動機，進而產生抗拒的心理，排除冠冕堂皇的官方說法，以故事坦率說明說者與聽眾雙方共同的

利益或行為動機,將使聽眾更樂於接受。其三,「願景」的故事(the vision stories)——當聽眾願意敞開心胸,接受說故事者發揮的影響力,說者接下來就應該妥善運用故事內涵與技巧,具體闡述雙方共同的目標,並激發聽眾積極投入的意願。其四,「教誨」的故事(teaching stories)——當聽眾有投入共同目標的動機,此時必須再輔以教誨故意,以有意義的方式合理化習得的新能力,並提醒運用該能力的關鍵之處。其五,「現行價值」的故事(values-in action stories)——每個組織都有其所要倡導的價值觀,但口號式的價值觀倡導往往效果不彰,唯有透過領導者以身作則,並提供足堪為典範的故事,方能讓聽眾不斷反躬自省,收潛移默化之效。其六,「我知道你在想什麼」的故事(I know what you are thinking stories)——聽眾喜歡聽到彷彿能反映其個人心思的故事,包括抗拒、無趣、恐懼等情緒,如果說者能事先針對這些負面因素加以因素,將更能激起聽眾的共鳴與認同,讓故事的影響力發揮到最大。[207]

二、「說故事」及其功能

說故事或敘事作為一種言說方式被認為是將述說者的經驗組織成暫時性的意義化段落之認識歷程,也可以說是一種論說型式(discourse type)。一般而言,說故事或敘事被認為具有幾個元素:事件、依順序連結、跨越時間線,以及依據某種情節。[208]「說故事」的論述方式採用「開放空間」的議事結構。如前所述,開放空間並沒有預設一定要達到什麼樣的目的或效果,這跟我們熟悉的公民會議或是公共政策的討論不太一樣。它讓溝通本身成為目的,也就是說,我們只是去設定一種溝通方式,但最後能走到哪裡去,全看每一個參與者自己願意走到哪裡去。這種會議形式一開始是緣於有些人發現在很多嚴肅的會議當中,溝通最愉快的其實是中場休息喝咖啡的時間,那個時候他可以自由選擇要跟誰討論什麼話題,而這種自由度會促發一個人的內在動力。[209]

為什麼選擇用「說故事」作為一種論述與討論的方式,因為說故事有一個特質,它可以邀請人們進入他人的生命脈絡,而且被迫暫時放下自己本來對不同族群

的偏見與判斷。「因為你在進入之後，必須聆聽說故事者想傳遞的訊息，之後你可以再想一想、決定這中間有哪些道理。它能夠產生一種效果，讓人們在這個過程中產生一種新的、對於對方的同情式的理解。」用比較學術的字眼來說，就是在這種審議式民主的討論當中，會有一種「轉化」效果。它有可能引導人們進入完全不同的價值世界，而且最後有可能改變態度。[210]歸納起來，「說故事」具有以下幾個方面的功能。

首先，說故事有助於得到一種情感式的聆聽（emotional hearing）。說故事可以讓弱勢群體訴說受到不公義對待之遭遇，可以讓其他沒有經歷此種遭遇之人獲得震撼教育與新的訊息，而能理解同情他人之不幸遭遇。[211]這種「同情性理解」的聆聽方式能夠在參與對話的人之間建立一個共同的道德立場——弱勢的痛苦必須被考慮。這樣的共同道德立場，對公共領域中的對話，是重要的。缺乏這樣的道德立場，人們很有可能以攻擊性的語言相互傷害。[212]

其次，說故事有助於建立對話者之間的信任。過去的研究發現，在一個由陌生人組成的論壇中，透過說故事主動揭露個人私訊息，「在彼此之間形成相互的認同，並認同他們之間密切關係的基礎，」[213]從而有助於很快地建立對話者之間的信任。換言之，一個參與者的私人故事，帶出另一個參與者的私人故事。說故事作為論壇中被鼓勵的發言方式，很快地促進了對話者之間的信任。而這樣的信任，是有質量的公共領域當中，所不可或缺的。[214]

最後，說故事有助於衝突的緩和與解決。透過平易近人的說故事與聽故事，對立的人們得以在沒有威脅的氛圍中，自然地卸下心牆，自在自由地溝通。「藉由說故事與聽故事，一個人可以與另一個人一起回憶，藉由分享記憶，建立共同的情感連結，也透過這樣的情感回憶，打破彼此之間在政治立場上的緊張。」更重要的是，也只有當人們述說個人生命故事的時候，他能夠自在地解釋自己強烈的信念以及觀點，而不需要直接面對相反的意見。[215]簡言之，聆聽彼此的故事有助於療傷止痛，產生同情行動理解；而這種同情的理解有助於讓衝突的雙方放下情感的對立，開始溝通與討論，進一步邁向和解。[216]

總之,說故事確實讓與會者達到了一種表達感激或同意的情感式的聆聽,因而有可能建立了一個照顧彼此情感的共同道德立場。也因為人們可以在很短的時間內,主動曝顯自己的私人身分,因而得以建立公共領域溝通中,所必須要有的信任感。而信任感的建立最終有助於衝突的解決。整體而言,說故事相對於理性論辯的言說策略,更可能得到情感表達上的感激、認同等正面迴響。

三、說故事在公共審議中的作用

審議式民主長久以來一直被假設其應當以理性說服的言說形式進行。然而,近來這個假設則不斷地被挑戰。不少女性主義學者與關心弱勢權益的民主理論家認為,社會優勢群體比弱勢群體更擅長理性論說的形式。他們認為,訴諸概括性抽象原則的理性言說形式對優勢族群有利。除了因為優勢族群較善於掌握主流的語言模式與言說風格特別,也因為訴諸被普遍認可的抽象價值的言論,較可能被認為是理性的言論。相對於優勢族群的經驗容易被視為具有普遍化的意涵,弱勢族群的經驗,往往不在主流的認知中,而經常被特殊化。例如某些研究就發現男性、白種人、中上階級,以及使用受過較高教育的社會成員,比其他人更善於使用訴諸抽象價值的理性語言,不管他們到底說了些什麼,也比較容易被認為其所說的話是較「理性」的。[217] 簡言之,審議式民主獨尊理性論述的言說風格阻礙了弱勢群體的公共參與。有鑑於此,一些學者主張在審議式民主的討論中,應當主動包容不同的言說形式,特別是以述說個人經驗為主的故事。這些支持說故事有助於公共審議的理由,包含以下幾個面向:[218]

首先,相對於理性邏輯式的論辯,說故事是一種門檻較低、較容易使用的,可以協助參與者克服進入民主討論的障礙。鼓勵說故事,有助於協助不同背景的人更能夠平等地參與民主討論。此外,民主政治中許多需要被討論的議題往往相當抽象。透過說故事,讓議題變得較為容易理解,參與者也因此較為能夠想像議題,以及進一步形成自己的立場。

其次，理性論辯本身是一個相當辛苦的工作，我們不能假設人人都想參與討論。也就是說，人們需要足夠的動機，來參與這個並不容易的工作。戴維‧雷弗（David M. Ryfe）發現，透過說故事，從個人經驗中出發，參與者與抽象遙遠議題建立起一種公共認同（civic identity）。有了這樣的公共認同後，人們因此觸發了一種必須參與的內在動機。

再次，優質的理性論辯需要信任與誠意。然而從哈貝馬斯提出公共領域中的溝通情境以來，許多的研究皆指出，理想溝通情境中的信任是一個在真實世界中難以達致的境界。透過故事的訴說，參與者有可能因為對自身或他人個人性訊息的揭露，因而產生信任與誠意。「當人們借用彼此的故事，以及將討論建立其上時，圍繞著討論的議題，該團體開始建立了道德共同體。」透過說故事中的自我揭露，人們更容易彼此理解因而產生信任。也因此，一個相互關心的道德共同體得以產生。

最後，說故事讓弱勢者得以邀請傾聽者在情感上認同其另類的價值。在公共討論時，說故事讓參與者進入一個主流社會中較少有機會呈現的，以弱勢者為主角的「故事的世界」。傾聽者得以暫時放下判斷，傾聽新訊息所帶來的觀點，然後再決定是否接受故事所帶有的另類價值。當弱勢者說故事時，他們所述說的不僅是其經驗，更是指向另類規範性價值的架構。這些新訊息，有助於讓思辨者從二元或彼此矛盾的對立中，走向一個可能妥協或改變態度的新位置。所以，說故事可以揭露既有普同性標準的虛妄性，然後，有助於建立一個更為包容的普同性標準。或者是釐清不同規範性價值之間的優先順位，因而有助於出現共識。因為同樣的原因，說故事還可以讓之前被排除的新議題（通常可能是弱勢者所關切的議題）出現在議程上。

綜上所述，說故事對於公共討論的論證來說作用不可小覷。在就政策或行動進行論證時，如果要求助於需要或權利的話，說故事是證明這些需要或權利的一種重要方式。與此同時，說故事對公共論證的作用還體現在它提供了社會知識，這種知識展示了社會群體相互之間是如何看待對方的，以及相關的政策和行動對不同境遇的人可能造成的影響。一句話，說故事「能補論證之不足，因為它比典型的審議過程更傾向於平等」。也就是說，支持說故事有助於公共審議者的目標是公共討論本

身,而是一個更為基本的目標:「力圖保證那些通常被排除在公共討論之外的人學會說,而不管他們的觀點是否是公共的,並且保證那些通常在公共討論中占支配地位的人學會傾聽他人的觀點。」[219]當然,針對上述主張,也有不少學者質疑說故事對公共討論的正面效益,甚至主張說故事有可能對審議式民主所注重的公平有效決策產生障礙。首先,說故事有代表性的問題。故事發生的真實性很難被質疑,當人們聽故事時,很難透過傾聽與討論,質疑故事訴說者的信用度以及代表性。其次,說故事被認為很少引發響應,特別是缺乏思辨與挑戰性的響應。此外,某些較為極端與情緒性的故事,甚至可能觸發像復仇等情緒性的反應。最後,說故事的形式被認為可能只適用於某些較為私人、會話型的社會場合,在一些強調公眾、政治或技術性的場合經常被認為不適用。總結以上的討論,說故事是否對民主思辨有幫助或有妨害,至今可以說仍未有定論。換言之,說故事作為一種言說模式在公共討論中所扮演的角色,需要被全面性的理解。[220]

那麼整體而言,說故事到底與公共審議有什麼關係,相對於傳統被獨尊的理性論辯,是否可能更為有助於增進公共審議的質量?下面以2004年臺灣「族群和解與對話」活動為例來闡述「說故事」在公共審議中的作用。[221]

首先,說故事作為一種言說形式與弱勢者,以及弱勢經驗的表達,的確具有相當正面的關係。在這個研究中可以發現,相對於理性邏輯論辯的言說方式,在使用說故事這種言說方式上,女性以及族群關係上的弱勢者客家與少數民族背景的參與者,的確更有機會表達自己的意見,雖然不是所有背景上的弱勢者都適用。就實質內容的部分,即使是強勢族群,也需要借由故事這種形式表達出相對弱勢的創傷經驗。如果當今民主困境之一在於民主討論中形式上的機會平等並不代表弱勢者有一樣平等的實質發聲的話,那麼至少,說故事相對於理性邏輯的言說方式,提供給弱勢者一個相對友善的空間。

其次,在對話與溝通的基調上,理性論辯比較可能進入一種相互質問、挑戰或自我辯護的爭辯性的對話基調中。相較之下,說故事出現的對話基調較不是為了表達對他人的質疑或挑戰性態度。更重要的是,說故事的脈絡中更可能出現表達對其他說話者的感激。艾瑞斯‧楊認為對話若要能達到彼此理解的目標,一個重要的邏

輯與動機性的條件是，參與雙方在對話中認可彼此的特殊性。歡迎詞以及表達讚美感激等為自尊心做情緒按摩的話語，皆有助於對方覺得自己的特殊性被認可。特別是參與者在對話過程中，彼此的價值、文化、利益差異很大的情況下，如果沒有彼此的認可與信任，衝突與差異很難被解決。

第三，故事有助於認同議題的陳述。臺灣在民主化過程中浮現的認同政治議題，一直是臺灣的民主是否得以鞏固的挑戰，也一直被認為是傳統審議式民主的討論形式所無法處理的議題。回顧臺灣在審議式民主操作上的實際操作經驗，批評者經常認為族群認同的問題無法借由理性論辯的方式解決，因為「從族群成員的角度來說，他們長期感受到社會的歧視，一旦將這樣的族群對立問題提出來討論，是將自己族群的尊嚴和存在的價值，拿出來接受社會其他族群的檢驗，討論的結果可能造成弱勢族群受到更多的傷害，群體間的對立可能是更為嚴重的，所以認同政治學指身分歸屬感是無法進行理性討論的」。認同與身分歸屬是難以進行快速的理性討論的。此次「族群和解與對話」活動一開始要求參與者帶三張照片，來自我介紹。許多參與者將自己的成長照片帶來，透過個人生命故事的敘說，來描述自己為何成為現在臺灣人或中國人的認同。從研究中可以發現，族群與國族認同的差異、對立與緊張，非常需要以故事的形式，才能被清楚陳述。透過述說自己，也傾聽不同的族群背景、國家認同的參與者所敘述的認同故事後，人們感覺到自己被凝視、被理解，也開始認可別人的情感結構與價值。

此外，當人們開始追溯認同議題（或問題）在個人生命中的歷史時，會開始看見其變化，與不固定性，這些變化的時刻得以被辨識出來。當參與發現這些過去被當成是「人」的問題，在不同的時間點其實有不同的變化時，人們覺得輕鬆許多，也更能同情式地理解彼此認同的差異。

第四，故事作為陳述的方式，具有其不同於理性論辯模式的溝通與遊說機制，這些不同的機制有可能為態度或立場的改變帶來新的可能性。相對於理性論辯中必須具備的清晰明白的邏輯推演，故事說服機制反而在其模糊性。其模糊性是最大的資源，藉以推進新的論點。使得討論不需要陷入二分法的敵我矛盾中，人們也有可能借由自己或他人在故事中的開放與轉變，與對話者建立情感性的聯結。所以，在

故事敘說中發展出的情感聯結,由於沒有價值論辯中隱含的道德優越高下的判準,有可能說服對方走向一個態度改變的新位置。

最後,說故事讓敘說者同時成為故事的主角與作者,因而有可能成為自我認同的主體,找到自我改變的能量。敘事作為一種論述方式,已經在心理治療與諮商中受到重視。敘事是需要說故事的人主動重寫(re-authoring)或重說故事(re-storying)的。在生命故事的敘說過程中,說故事的人較能找回自己的主體性,也找回正面與改變的開放能量,有能力改變故事的發展劇本時,每一個人都可能掌握改變。如同敘事治療的研究者保羅‧利科(Paul Ricoeur)[222]所說的:「未能全盤地作為我們生命的作者,我們學著成為自身故事的敘說者。」主流社會的族群、性別等各種脈絡性的權力關係往往對問題提供一種「主流故事」。這些具有定義他人權力的主流故事經常將問題內化為人的問題,對問題提供非常單薄的解釋(thin description),沒什麼空間容納生命的複雜與矛盾,也因此無法讓人說清楚自己行為的獨特意義。就好像在臺灣藍綠、統「獨」、本外省人的區隔,已經有一套主流認知中的刻板化理解,但其所提供的解釋,非常單薄,也看不到每一個真實生命的複雜性。

總之,此次「族群和解與對話」活動在方法論上,認為任何溝通方式,背後都有一種來自於個人經驗的理解。換句話說,當人們高談理性、和平、正義等價值觀,其實背後往往是代表個人經驗的歸納。當雙方在抽象價值上無法達成共識時,可以試著回到這些抽象概念背後的具體經驗脈絡。所以,此次活動採用「說故事」的方式,從非常個人性、特殊性,以及情緒性的方式,讓個人感性地陳述歷史經驗。從中可以發現,理性討論(rational dis-cussion)與感性對話(emotional dialogues)其實是可以相互補充的,「情感性的敘述有時候更有助於讓我們對所謂的『理性』論述產生反省」。此外,說故事的方式,雖然只是個人經驗,無法達到言說的公共性、相互性等要求,但可以作為「很好的開始」,而且能夠產生「同情性的理解」,有助於未來的理性溝通。[223]

第三節 「族群和解與對話」活動

2004年「族群和解與對話」活動是由臺灣促進和平文教基金會與時報文教基金會、公共電視臺在「總統」大選後，鑒於兩顆子彈事件後所引發的藍綠嚴重對立，所舉辦的公民論壇。臺灣的「省籍—族群」矛盾和衝突，在一般的社會生活中並不顯著，但它對臺灣的政治生活、政治生態和政黨政治的重大影響卻是不容置疑的。一到政治場域，尤其是選舉，「省籍—族群」問題必然被激發出來，而一遇到對臺灣歷史的詮釋、國家認同及文化等議題，也就打開了潘朵拉魔盒。愈演愈烈的「省籍—族群」矛盾和衝突撕裂了臺灣社會，民眾對此已有不滿。針對當時尖銳的「省籍—族群」矛盾，臺灣多位致力族群和平運動的學者專家憂心族群問題擴大，共同催生了第一個以基層民眾與參的開放空間式「族群對話」活動，嘗試以新的對話方式去推動「族群和解」之路，尋找臺灣族群和解的新未來。

一、「族群和解與對話」活動的起因

此次「族群和解與對話」活動的直接起因是2004年「總統」大選前發生的兩顆子彈事件即「3.19槍擊案」所引發的藍綠兩極尖銳的對立和衝突，但其深層原因在於臺灣社會長期存在著的「省籍—族群」問題。

首先，從一般意義上講，按照西方族群（ethnic group）的劃分標準，臺灣應該只有漢民族（Han ethnic group）和臺灣少數民族（indigenous peo-ple or aborigines）兩大族群。但是，由於特殊的歷史原因以及現實的政治考量，臺灣的「族群認同」又表現出社會學、政治學意義上的群體分化與認同。所以，以所謂「族群性」（ethnicity）分化的「族群」（ethnic groups），在臺灣通行的族群分類中形成「少數民族」、「閩南人」[224]、「客家人」和「外省人」的「四大族群」格局。事實上，臺灣四大族群的提法是在1993年才出現的。這樣的劃分之所以能夠存在，是有一定原因的。臺灣學者王甫昌認為，有意義的人群分類，通常是在衝突與競爭的社會脈絡下，不同群體的成員之間集體進行「差異」的「社會建構」的結果，建構「族群認同」的運動，通常是為了對抗「不平等」才發生的，臺灣四大族群分類的出現及定型，可以說是政治力量互相較量、妥協，以及民眾互動的社會建構結果。

也就是說，它們是在臺灣政治轉型過程中因為政治本土化而發展起來的，是在特殊時空環境下，有特定的政治含義的人為建構。其實，在群體內部，差異點和共同點是相對的，如果刻意的對差異進行系統性的建構或論述，就會產生對立的意識。國民黨的威權統治埋下了「省籍」矛盾的脈絡，但民進黨是「省籍─族群」政治得益最多的始作俑者。在激發族群意識基礎上，泛綠陣營所主導的「愛臺賣臺」論述成為臺灣政治每到選舉時一再重複的母題，這套論述不僅用來打擊泛藍，也是針對大陸。[225]

其次，從臺灣的「四大族群」分類中可以看出，屬於民族問題的「原、漢矛盾」，屬於政治結構問題的「省籍矛盾」和屬於民間衝突的「閩、客矛盾」構成了臺灣族群分化的基本對應關係。同時，這三對關係又存在著一些交錯因素，「少數民族、漢族矛盾」包括了「少數民族」同「本省人」、「外省人」的族際關係問題；「省籍矛盾」中也包括了「外省人」同閩南、客家和「原住民」之間過去的支配與被支配關係問題；「本省人」中也存在諸如「臺語」（閩南話）與「客家話」這類具有「文化臺獨」和「文化民族主義」特徵造成的衝突等問題。這些問題由於或明或暗地涉及「民族國家」（nation state）層面的「中國」、「中國人」、「中華民族」與「臺灣」、「臺灣人」、「臺灣民族」認同方面的政治歧義所體現的「民族問題」（na-tional question），而增強了臺灣的「四大族群」的「族群性」特點。不過這種「族群性」並不主要表現為「民族文化」層面上的差異。從文化角度講，臺灣的「四大族群」中除了「少數民族」文化同漢族文化之間存在「原生性」差異外，其他所謂「三個族群」只是在方言上存在差異，而非「民族文化」的差異，它所體現的主要是「族群政治」特徵。另一方面，臺灣的「四大族群」之分主要是多黨政治操作的產物。如果說臺灣的「四大族群」是「省籍矛盾」的人為放大和在族際關係基礎上的擴展，那麼業已形成的「族群政治」格局無論反映出何種政治、經濟、文化和社會生活方面的種種訴求，都無法迴避「國家認同」這一實質問題，而這一點恰恰是「四大族群」製造者極力操弄「族群政治」的目的。[226]

最後，雖然「省籍─族群」矛盾的差異與衝突亦即「分歧」面，仍然為政黨所利用，但臺灣民眾已經對此有所反思，社會中「和解」的價值已經凸顯。臺灣民眾，在經歷了多年的藍綠兩大陣營進行「省籍─族群」動員，競相在「國家認同問

題」上展開「愛臺—賣臺」的口水戰所導致政治亂象和政治空轉之後，尤其是經歷了「3.19槍擊案」之後，他們對政治和政黨的信任度下降，政治冷漠感上升，相當多的民眾厭惡「省籍—族群」動員所引發的衝突與對抗，「省籍—族群動員」和「愛臺—賣臺」的論述都遇到了瓶頸。而致力於建構臺灣公民社會的民間社團組織已經在進行族群和解的實踐行動。實際上，相當多的民調顯示，民眾認為「省籍—族群」矛盾和衝突多是政黨和政客操弄出來的。因此，在「省籍—族群」的和解方面，臺灣民間社團組織的行動更值得重視。從另外一方面看，即使在政治層面上出現了有利於和解的氛圍，或者有某些制度或政策可以促進和解，也仍然需要社會層次上的和解行動。在很多國家和地區，在遭受諸如內戰、大規模的族群衝突等暴力傷害之後，儘管困難重重，人們仍然學習著進行和解的社會工程，體認到和解與寬恕是更高的價值。南非在1990年代中期，實現了政權的轉移，曼德拉上臺，廢除種族隔離政策之後，由圖圖大主教主持的「真相與和解委員會」深入到南非的各個角落，對南非的黑白種族和解做了不可磨滅的貢獻。即使在民族衝突極端激烈、血腥仇殺不斷、傷痛纍纍的巴勒斯坦和以色列，看起來根本不可能進行和解的地方，也有一些社團，付出了極大的努力在民間進行種族和解的工作。正是由於公民社會組織的行為，才使得和解有更深的社會基礎。[227]

綜上所述，隨著臺灣民主化在1990年代的進展，臺灣社會內部長期被壓抑的「省籍—族群」分歧，逐漸浮上臺面。一方面，民眾在認同上的族群差異提供了政治人物選舉動員的社會基礎，另一方面，選舉過程中的族群動員又進一步強化了原本就已經存在的認同分歧。2004年「總統」大選前發生的兩顆子彈事件，以及民進黨「總統」候選人陳水扁以些微選票差距當選後，臺灣社會陷入藍綠兩極對立的衝突。抗議兩顆子彈與質疑「總統」當選正當性的民眾，在「總統府」前持續抗議了一段時間。在對立的氛圍中，到底臺灣社會應當如何面對並或解決這樣的衝突，成了具有公共關懷的學者以及民間組織共同的關切。為了找尋出路，在臺灣促進和平文教基金會的推動，以及時報文教基金會等的贊助下，一群學者與民間工作者設計了一個族群對話的公民論壇，邀請民眾參與，希望能找出一種有效的公共對話方式，增進不同族群與政治立場之間的理解。

二、「族群和解與對話」活動的過程

「族群和解與對話」活動大致分為籌備與正式論壇兩個階段。在籌備階段，主辦單位首先邀請一群學者專家共同組成執行委員會，負責這個對話工作坊的計劃與執行。然後召開了籌備會議，招募參與者，從全臺各地報名的近400人中，根據不同的「省籍─族群」背景、世代、教育程度、政治傾向、性別等，遴選出30人。主辦者採用這樣的程序是充分考慮到了各個不同群體的代表性，以使座談不至於發生太大的傾向性和偏頗。在正式會議階段，這個面對面的對話論壇，於2004年10月23、24日在臺北近郊深坑的世新會館舉行。如圖4.1所示。

籌備階段
公民論壇發起
1.台灣促進和平文教基金會；
2.時報文教基金會；
3.公共電視台。
成立「和平工作坊」
負責「族群和解與對話」的策劃與執行活動
遴選公民小組成員
從全台灣395位自願報名的參與者中，遴選出組成公民論壇的成員30人。

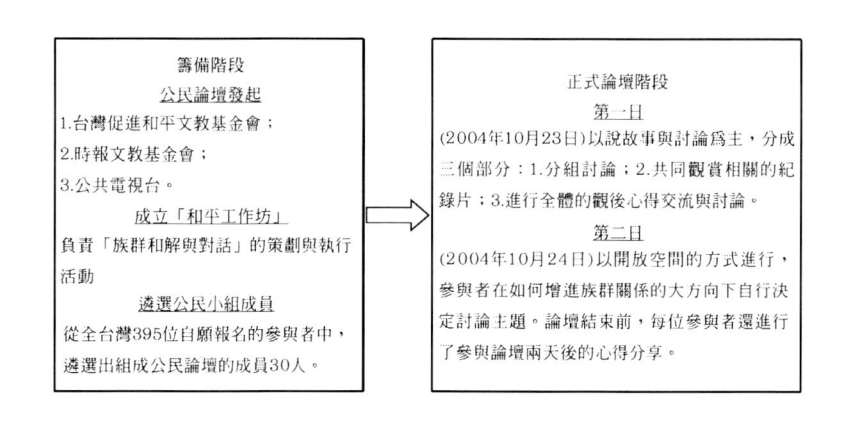

正式論壇階段
第一日
(2004年10月23日)以說故事與討論為主，分成三個部分：1.分組討論；2.共同觀賞相關的紀錄片；3.進行全體的觀後心得交流與討論。
第二日
(2004年10月24日)以開放空間的方式進行，參與者在如何增進族群關係的大方向下自行決定討論主題。論壇結束前，每位參與者還進行了參與論壇兩天後的心得分享。

圖4.1 「族群和解與對話」公民論壇實施的步驟與階段

資料來源：作者整理

第一，籌備階段。主要包括組成執行委員會和抽選公民論壇的參與者。

(一)組成執行委員會

作為主辦單位的「臺灣促進和平文教基金」、「時報文教基金會」和作為協辦單位的公共電視臺，聯合相關學者和民間工作者如簡錫堦、余範英、林國明和范雲等人成立「族群和平工作坊」，負責「族群和解與對話」的策劃與執行活動，如表

4.2所示。[228]

表4.2 「和平工作坊」組成人員

總召集人	簡錫堦「台灣促進和平文教基金會」執行長
	余範英「時報文教基金會」董事長
策劃委員	倪炎元 中時報系 總主筆
	楊憲樹 中時報系 總編輯
	陳守國 中時報系 副總經理
	林國明 台灣大學社會學系 副教授
執行委員	袁世敏「時報文教基金會」主任
	蔡淑芳「開拓基金會」執行長
	李廣均「中央大學」客家學院 助理教授
	范雲「中央研究院」社會所 助理研究員

資料來源：作者整理

（二）抽選參與者

這個族群對話的活動透過媒體進行宣傳後，共有395位民眾報名。執行委員會依據立意選樣的原則，從報名者當中抽取了30位參與者。立意選樣的操作原則是希望選出包含不同政治立場與族群背景的成員，並同時能兼顧教育程度、性別等重要的人口變項。[229]最後，出席的28位年齡與背景殊異的公民組成，如表4.3所示。值得注意的是，此一樣本並不符合（也不應該）全臺人口比例。因為，其一，報名參加對話論壇的成員並不是一個隨機樣本，而是動機特別強的一群公民。其二，論壇的目的是族群對話，採取立意選樣是為了增加社會差異之間的對話機會。所以，最後出席論壇的參與者也不應該符合全臺族群人口比例。例如，就省籍組成而言，外省人口占全臺人口的13%到15%，如果根據此一比例挑選參加民眾，則外省人數不會超過5人，分組後，每組可能只有2人，無法產生足夠的動能與對話效果。[230]

表4.3 論壇參與者基本背景

第四章 臺灣的實踐：公民會議III

基本背景		人數	百分比	累積百分比
性別比例	男	17	60.7%	60.7%
	女	11	39.3%	100.0%
教育程度	專上	17	60.7%	60.7%
	高下	11	39.3%	100.0%
族群類別*	閩	9	33.3%	33.3%
	客	4	14.8%	48.1%
	外	11	40.7%	88.9%
	少	3	11.1%	100.0%
出生年	1930~1939	2	7.1%	7.1%
	1940~1949	4	14.3%	21.4%
	1950~1959	5	17.9%	39.3%
	1960~1969	7	25.0%	64.3%
	1970~1979	4	14.3%	78.6%
	1980~1989	6	21.4%	100.0%
政黨傾向	泛藍	9	32.1%	32.1%
	泛綠	10	35.7%	67.8%
	無	9	32.1%	100.0%

注*：有一位參與者為外籍配偶，故其族群身分類別未被計算與此。

資料來源：范雲：《說故事與民主討論——一個公民社會內部族群對話論壇的分析》，第75頁。

　　概言之，「來自民間的對話」族群和平工作坊整個籌備的過程，包括公開徵求報名，然後從報名者中抽選參與者（取樣），均按公民會議的運作程度進行。在參與者的取樣上，因為這是一個族群對話的工作坊，所以控制了三個變項，第一個是政黨認同，基本上最後選擇出來的人，分為「非常藍」、「非常綠」、「中間」（有一點點藍一點點綠或者完全不藍不綠）三組，基本以1：1：1的方式出現。第二個控制變項是教育程度，因為教育其實影響到每一個人對族群問題認識的方式。譬如在「總統大選」時出現過「南部的、低教育的、沒水準的人決定臺灣未來」這樣的說法，所以教育顯然是很重要的元素，它反映人的偏見，也反映在人們討論事情所使用語言的不同。第三個變項是世代，可以觀察到，族群政治對不同世代的意義完全不一樣，所以這個變項必須要被控制。當然因為是自由報名而非隨機抽樣，

年紀大的世代報名者特別少,那麼就會增加其抽選的比例,年輕的、大學剛畢業的報名特別踴躍,這些人就少選一點,所以必須要立意選樣。因為對論壇來講,重點是反映整個社會中的各種差異,而不在於等比例地代表來報名的這群人,也不是要代表臺灣社會的每一個人。[231]

第二,正式論壇階段。此次公民對話活動設計成「自我表述」、「看照片說故事」、「焦點對談」、「紀錄片欣賞」、「開放空間討論」等幾個單元,分成兩天進行。

(一)第一天以說故事與討論為主。其活動包括「自我表述」、「看照片說故事」、「焦點對談」、「紀錄片欣賞」等四個單元,主要的功能是為參與者提供了溝通與交流的基礎。「自我表述」部分是讓參與者就「參加動機、國家認同、評價政治人物」等議題發表自己的看法,展現個人原有的基本態度、立場與認知;「看照片說故事」單元則是讓參加者展示自己帶來的三張自認為最能夠代表個人的成長經驗或是能夠表達他與臺灣的關係的相片,參與者透過述說與照片相關的自己的故事,使其他參與者能夠分享他個人的生命經驗。這28位參與者的述說,展示了各樣的人生體驗,「如有標準『國語』的年輕上班族,告訴我們他從小自宜蘭搬遷臺北,為了融入主流社會,全家被迫要求在家中說標準『國語』,從此祖母就很少說話的童年記憶;如有七十幾歲的外省老伯,一生盡忠職守,從十九歲離鄉從軍的少年,到四十年不見爹娘的悲喜遭遇;還有人帶來『二·二八』遊行隊伍中歡樂愛臺灣的全家福景象;還有閩客通婚以及外省少數民族第二代子女的認同成長故事;在這些故事中,有人從中國人認同變成少數民族認同,有人從小就看到父母親年年必須向外省長官送禮的卑微,也有人堅持作為中國人的使命與驕傲。」「焦點對談」則讓參與者對臺灣當前最具爭議性的問題如兩岸關係、集體記憶、國家認同、「省籍—族群」矛盾與衝突等提出自己的看法,並試圖找出和解與共識的可能的途徑與方法;「紀錄片欣賞」單元則讓參與者欣賞兩部問題意識截然不同的紀錄片《臺灣的歷史:光復初期與二·二八事件》及《山有多高》,前者是「二·二八事件」受難者家屬訪談的紀錄片,後者則記錄了外省人的鄉愁與感情,主辦者的意圖是「透過這兩個影像故事,我們希望從第一階段的個人性的生命經驗分享,進入第二階段的團體傷痛的交流。我們經常自以為瞭解對方的痛苦,事實上,我們從來無能想

第四章　臺灣的實踐：公民會議Ⅲ

像、也並不真正瞭解。透過紀錄片的影像力量，我們和主角從新竹的山區，漂洋過海，攀越高山，到湖南的黃土地上，體會他長跪父母墳前，卻也無法彌補、也無法言說的悲痛與遺憾。透過影像，我們回到『二‧二八』的歷史現場，聽到心驚的槍聲，看到家屬的堅強與無助，還有黑白遺照中被噤聲的冤魂」。[232]

　　（二）第二天是開放空間活動。其目的是讓所有參與者在「學習傾聽和理解，一起建立尊重與包容的社會」這樣一個大題目下討論，參與者都可以提出自己最關切、最想深入討論的題目，沒有任何的限制；會場中，每個人都可以擔任主持人，沒有地位高低之分，充分享受自由討論的權利，每個人在感覺不舒服時都可以自由離開，盡量消除不自在、被強迫的感覺。這場活動，引出了許多讓人感動的場景，「在參與者學習傾聽的過程中，深刻地反省自己的偏見，而且在對話中真情流露。過去我從不能理解，也不同情外省老兵回家將積蓄散盡……參與者陳永麟的一番話『四十多年來，我們欠大陸太多，我沒有養過我的爹娘一天』……卻讓我不由自主地掉下眼淚。參與者黃清賢，願意把《山有多高》介紹給親友觀賞。陳永麟願意以一個『來自大陸人』的身分，為『來自大陸的』國民黨政權所犯的錯，向本省人道歉。這樣真情流露的片段，在整部紀錄片中還有許許多多……」[233]

　　總之，在兩天的族群對話論壇中，第一天以說故事與討論為主。第二天則是開放空間活動。第一天的討論可分成三個部分：首先是分組討論，這個論壇與一般民主討論不同的是，參與者被要求先以三張自行選擇的生活照片作為自我介紹。參與者被鼓勵選擇可以幫助大家認識他個人、家庭以及與臺灣關係的照片。這個自我介紹可以說開啟了整個論壇說故事的氛圍。「討論的主題則包含：回答你最喜歡或討厭的政治人物是誰？你自認是臺灣人還是中國人？外省族群是否該為國民黨的語言政策或白色恐怖負責或道歉等？是否應由政府來提倡推動本土化政策？你最想或最不想聽到的一句話等。」小組討論總共約進行四個半小時。其次，第一天晚上共同觀賞代表著外省族群集體流離傷痛的《山有多高》，以及本省族群傷痛記憶的《臺灣的歷史——光復初期與二二八事件》這兩部紀錄片。最後，影片放映後則進行全體的觀後心得交流與討論。論壇的第二天則是以開放空間的方式進行。參與者在如何增進族群關係的大方向下自行決定討論主題。第二天結束前，每位參與者還進行了參與論壇兩天后的心得分享。[234]當最後製作出來的紀錄片《面對族群與未來——

147

來自民間的對話》播出之後，在臺灣社會引起了比較大的反響，不僅公視多次重播，TVBS等電視臺還進行了轉播，臺北市文化局在2005年2月舉辦紀念「二‧二八事件」系列活動中就是以放映此部紀錄片為首場活動，該片的DVD光盤也面向社會發售了。參與組織此次活動的社團和學者進一步的行動是，以紀錄片為起點，致力於在社區和學校推動「族群和解」的社會教育。[235]

三、「族群和解與對話」活動的分析

下面從特點、作用與影響三個方面對2004年「族群和解與對話」活動作比較詳細的分析。

（一）「族群和解與對話」活動的特點

首先，「族群和解與對話」活動採用了「開放空間」的會議模式與說故事的言說方式。想要促成一個有意義的民主對話，到底要採取什麼樣的討論方式呢？這個論壇在設計的過程中，面對了兩個完全不同方向的選擇：一個是正統的審議式民主公民會議式的設計，藉著知情、理性的討論過程，在論壇結束前，追求最後的共識。另一個則是不要求論壇結束前，要產生具有共識的結論或方案；討論的目的著重在對話的過程，藉著說故事與開放式的對話，增進相互的理解。在幾次的會議後，執行團隊決定以後者作為論壇的進行方式。選擇以對話而非正統審議式民主的方式，主要有兩個原因：一是因為2004年「3.19」兩顆子彈衝突的背後是臺灣族群與認同政治的深層議題。族群與認同政治的議題，和政策取向的公共議題相當不同。如果沒有開放的聆聽，對彼此生命經驗的深入理解，人們既有的態度很難被改變，更遑論達致妥協與形成共識。二是過去在審議式民主的相關理論探討中，批評者一直認為傳統審議民主中理性討論與要求共識的原則無法解決認同的衝突。[236]因此，執行團隊決定以「說故事」以及「開放空間」的兩種討論設計，來進行這個公民論壇的族群對話實驗。這樣的會議設計是與眾不同的，可以說是在理性論辯方式之外的一種新的嘗試。

第四章　臺灣的實踐：公民會議III

其次,「族群和解與對話」活動的議程設置與一般的公民會議不同。此次活動是公民會議的一個案例,但與一般公民會議三段式、需要2天預備會議與3天正式會議的運作程序不同的是,「族群和解與對話」活動設計成「自我表述」、「看照片說故事」、「焦點對談」、「紀錄片欣賞」、「開放空間討論」等幾個單元,分成兩天進行。在第一天的活動中,每一位參與者帶來三張他自認最能代表個人成長經驗或是能述說他與臺灣的關係的生活照,以看照片說故事的方式進行自我介紹。「一張張的照片讓我們得以身歷其境,透過時光隧道,進入另一人的生命經驗。這些生命故事的本身是選擇,也不是選擇。如果個人渺小的生命經驗,是選擇也不是選擇,那麼,伴隨著生命經驗而習來的政治理念,有多少是選擇、又有多少不是選擇呢?聽故事的人不得不困惑,又如何能以單純的道德價值觀論人對錯。」[237]由此可見,「族群和解與對話」活動的一大特色是邀請參與者訴說自己的生命故事。第二天則以開放空間的方式進行,參與者在如何增進族群關係的大方向下自行決定討論主題。「開放空間並沒有預設一定要達到什麼樣的目的或效果,這跟我們熟悉的公民會議或是公共政策的討論不太一樣。它讓溝通本身成為目的,也就是說,我們只是去設定一種溝通方式,但最後能走到哪裡去,全看每一個參與者自己願意走到哪裡去。」[238]除此之外,此次公民對話論壇結束前,每位參與者還分享了參與兩天論壇之後的心得。

最後,「族群和解與對話」活動重在溝通的過程而非結果。研究衝突與和解的學者厄爾‧馬丁（Earl Martin）說:「說故事讓我們有一個新的選擇,用一個新的方式重新敘述『衝突』,並期待給予這個衝突故事一個正面的結尾。透過這個重新述說的過程,開放原本對立的人們的心靈,來接受各種解決困境的可能性。」在「族群和解與對話」活動中可以發現,在聆聽諸多生命故事之後,人們似乎較能同情式地理解彼此的生命世界與道德觀。他們雖然仍然不能同意對方的政治看法,但是,面對「異己」的心靈,有些人似乎逐漸開放了起來。由此可見,這一對話活動創造了一個不要求結果或不期望得到結論的無壓力溝通環境。多數的溝通都有太強的目的性,不是為了瞭解,而是為了說服、或者駁倒對方。在臺灣的政治論述場域中,從「國會」殿堂到媒體的政論對話,幾乎都把溝通工具化,而不是把溝通的本身視為目的。然而,和平與和解不是立即可達到的目的,它應被當成是一個不斷進行的過程來努力。因此,溝通的過程本身比結果更重要。「族群和解與對話」活動第二

天所進行的「開放空間」會議方式，尊重每一個參與者與他人的溝通意願。「透過這樣會議進行方式，參與者在沒有預期結果的無壓力環境中，以自己的節奏進行真正想討論的議題。沒有要辯贏的壓力以及必須要有結果的急迫性，也就不會有受到壓迫的少數。在溝透過程中，參與者討論自己決定的話題，從媒體角色、兩岸關係、二二八的道歉問題，到如何學習傾聽，每一個參與者自己決定他們要走到哪裡，是不是有共同的結論。」[239]

（二）「族群和解與對話」活動的作用

首先，「族群和解與對話」活動有助於理解臺灣當前政治對抗的本質。從2004年之後，臺灣基本上就是一個藍綠分裂、對立的社會。「這個對立來源並不僅是一般意見上的差異，而是起源於無法彼此共容的道德世界觀。這樣的衝突無法用一般理性思辨來解決，因為，在表象上的理性語言背後，存在根本對立的世界觀。這個世界觀是透過生命經驗日積月累的涵養，無法輕易妥協與讓步——讓個人安身立命的道德情感，是不容許殺價打折的。」[240]由「臺灣促進和平文教基金會」以及「時報基金會」等所主辦的「族群和平工作坊」，就是體認到當前政治對抗背後的道德衝突，是無法透過既有的政治討論來化解的，而應當思考透過其他途徑來加以解決。

其次，「族群和解與對話」活動能夠針對族群對立的問題找出新的解決方案。關於衝突解決的最新文獻中，一些研究者發現，「說故事」對解決衝突非常有幫助。「透過平易近人的說故事與聽故事，對立的人們得以在沒有威脅的氛圍中，自然地卸下心牆，自在自由地溝通。更重要的是，也只有當人們述說個人生命故事的時候，他能夠自在地解釋自己強烈的信念以及觀點，而不需要直接面對相反的意見。」臺灣族群衝突的議題已被固化為不同政黨或政治人物的權力基礎。因而期待由政治人物來主動化解，可以說是緣木求魚。有鑒於此，只有回到民間才有可能針對族群對立的問題找出新的解決方案，即進行族群和解的社會工程。「一個族群和解的民間社會工程，要鼓勵每個人採取可能的實質或是象徵性的做法，去改善生活與工作社區中的人們的想法。我們也必須進入校園，鼓勵年輕人進行這樣的對話。……我們願意相信，增加公眾的參與，以社區和學校為單位的族群社會教育，讓這

類的活動在數目上與多元性上都能成長,可以是臺灣內部和解的開始。」[241]

最後,「族群和解與對話」活動有助於促進臺灣社會的族群和解進程。族群之間分離意識或對立意識的出現,常常是由於受到武力、剝奪、凌辱等傷害而引起的,而在分離或對立的過程中,又往往伴隨著暴力、傷害與仇恨,如果沒有對其進行反思與消解,其後果往往就是循環的、纏繞的、難解的死結。《面對族群與未來——來自民間的對話》的座談活動及其紀錄片的播出,在臺灣社會,實際上已經成為了一場大型的集體心理療傷活動。「聆聽彼此的故事有助於療傷止痛,產生同情行動理解;而這種同情的理解有助於讓衝突的雙方放下情感的對立,開始溝通與討論,進一步邁向和解。」[242]「之所以說這樣的活動是一場大型的集體心理療傷,不僅是說在場的參與者受益,而且在媒體播出後的社會傳播效果,也使得相當一部分敏感的民眾能夠感受到這樣的效果。」[243] 簡言之,這種不預設立場、開放的和沒有結論的深度座談,不強迫對方接受自己的意見,不僅減低了對立性,而且還營造出一種包容乃至相互理解的氛圍。「到最後結束前,所有人都加入最後開放的討論當中,也有很多非常愉快的笑聲出現,你可以感覺到他們彼此之間原來的一些隔閡,至少願意放下來,雖然他不一定真的對臺灣未來有新的、共同的意見,可是他願意放下來跟別人分享很多他自己的看法。」[244] 近幾年來「省籍—族群」議題越來越被邊緣化的事實充分說明,「族群和解與對話」活動的確有助於促進臺灣社會的族群和解進程。

(三)「族群和解與對話」活動的影響

首先,「族群和解與對話」活動引起人們對「說故事」言說方式的重視與應用。與一般公民會議採取理性論辯方式不同的是,此次「族群和解與對話」活動使用了「說故事」言說方式。選擇這樣一種論述與討論的方式,是「因為說故事有一個特質,它可以邀請人們進入他人的生命脈絡,而且被迫暫時放下自己本來對不同族群的偏見與判斷。因為你在進入之後,必須聆聽說故事者想傳遞的訊息,之後你可以再想一想、決定這中間有哪些道理。它能夠產生一種效果,讓人們在這個過程中產生一種新的、對於對方的同情式的理解。用比較學術的字眼來說,就是在這種審議式民主的討論當中,會有一種『轉化』效果。它有可能引導人們進入完全不同

的價值世界,而且最後有可能改變態度」[245]。換言之,在這樣的坦誠相見及相知不久的情形下,參與者都有意無意地把溝通和溝通的過程作為最直接的目標,而不是把論證、爭辯、駁倒對方、要求對方有義務瞭解或接受自己的觀點等作為目標,後者恰恰是臺灣一般的政治溝通場合比如選舉辯論、CALL-IN節目和其他政論節目最容易出現的場景,在那種匆匆忙忙、個人生活背景隱去、觀點先行的場合,是不能夠指望達到這樣的效果,它們往往只是鞏固、凝聚了支持者的擁立情緒,而更加激起對方的對立情緒,這對形成「非黑即白」的不寬容的政治或社會文化有推波助瀾的作用。[246]正因為臺灣政治生活中諸多缺陷難以採用所謂理性論辯的方式加以緩和與解決,這才使得「說故事」的言說方式顯得更為寶貴,不僅「族群和解與對話」活動的參與者認識到這一點,許多人透過觀看紀錄片《面對族群與未來——來自民間的對話》之後也逐漸意識到:理性討論與感性對話並非必然是對立的,它們其實是可以相互補充、相輔相成的,因此「說故事」的方式必須得到足夠的重視並加以適當的推廣。

其次,「族群和解與對話」活動為弱勢群體的公共參與開創了一個良好的先例。艾瑞斯·楊曾經認為審議式民主無論是其所強調的話語表達方式還是對共識的青睞都有可能造成對某些人、某些群體的不正義。即使排除了經濟上的依賴和政治上的權力支配,人們之間還存在著言談方式和理解方式的不同,而這些文化和社會地位上的差異同樣妨礙人們成為平等對話者。除此之外,審議模式所推崇的論證方式並未做到其所宣稱的「平等地向所有表達要求和理由陳述的方式開放」,從而造成了審議過程的話語霸權:審議的話語更看重冷靜理性而非情緒化的話語,表達清晰、邏輯嚴密的話語,正式的普遍性的話語,以及強硬的對抗式的話語風格,而那些展示其良好表達能力的人通常是社會上的優勢群體,因此審議的場域仍存有權力的干擾,從而造成對某些不利或弱勢群體的排斥。[247]「族群和解與對話」活動不像一般的公民會議、審議辯論等那麼強調理性討論,而是採用了「說故事」的論述方式,讓弱勢群體有更多發聲和訴說的機會。從中可以發現,女性以及客家與少數民族族群較傾向於使用說故事這種言說方式。在內容上,說故事最有可能被用來表達認同的立場,以及弱勢的創傷經驗。另外,說故事的對話基調較有可能表達感激,故可能促進相互的尊重與信任。「整體而言,說故事雖然無法觸發更多的爭辯、質

疑等響應,但在降低弱勢參與門檻、認同表達、信任建立等民主溝通的障礙上,相當有貢獻。」[248]由此可見,「族群和解與對話」活動以「說故事」的討論方式為弱勢群體的公共參與開創了一個良好的先例。

最後,「族群和解與對話」活動對促進社會信任提供了有益的借鑒和啟示。「族群和解與對話」活動帶來的有益啟示是,促進社會信任不僅有賴於政府的努力如官方的道歉認罪乃至提供補償金等,更在於民間社會的努力。在此次對話活動中,臺灣民間社會中的相關社團、學者和媒體有感於「省籍—族群」衝突、藍綠衝突造成的傷害已經危及臺灣社會的穩定,因而主動出來承擔這一社會責任。主辦者的一個信念是,「即使是政治立場不同的人,也可以坐下來對談,畢竟族群問題不是靠政治人物和解或擁抱,民間才是最重要的」,「來自民間的聲音相當可貴」。這是臺灣公民社會組織建構公民社會的一種努力。他們的行動,有消解仇恨,撫平傷痛的功能,也是在積累建構公民社會的社會資本,促進社會信任的生長。[249]與此同時,在促進社會信任的過程中也應當講究方式方法,「族群和解與對話」活動在這方面提供了有意義的借鑒。它不同於一般的公民會議,而是以看照片說故事的方式進行討論。「在真誠的聆聽他人的故事和觀看紀錄片的時候,應該說,那種時刻,心靈是開放的,不再侷限於自己的個人體驗,能夠進入他人的體驗,甚或進一步設身處地地感受他人的情感,理解他人的立場,勇於自省者,甚至還能夠回過頭來反思自己的立場與觀點,分清楚自己的立場與觀點裡『合理的先見』與『盲目的偏見』部分。」換言之,這場大型的深度座談使得本省人和外省人都體認到了過去他們有意或無意忽視了的對方的傷痛,對他人的生命體驗有了更深層次的瞭解甚或理解。「這個座談的時間延續了兩天,加上精心設計的程序,保證了參與者足夠的時間進行相互的背景理解。面對面的述說自己的生命故事及聆聽他人的故事的方式,也有效地降低了不信任及對立情緒。」[250]

第四節　小結

「開放空間」會議模式與「說故事」論述方式的開創性應用,使得2004年「族

群和解與對話」活動在臺灣的公民會議實踐中顯得與眾不同。公民會議長久以來一直被假設其應當在知情的基礎之上、以理性說服的言說形式進行。然而，這樣的假設對優勢族群有利，卻非常不利於弱勢群體的公共參與。如何保障弱勢群體能夠平等地參與到公共事務中來，有人主張，在公民會議的討論中，應當主動包容不同的言說形式，特別是以述說個人經驗為主的故事。2004年「族群和解與對話」活動在這方面作出有益的嘗試，並且取得相當的成效。這使越來越多的人逐漸清醒地意識到，「臺灣公民社會過去每逢政治討論就會出現的內在緊張與衝突，有很大的一部份，就是因為族群的特殊情感與記憶，並未被正面響應。」因此，在臺灣內部「省籍—族群」問題上，大和解必須從說故事開始，才能使各個族群認真地相互看到對方的悲情歷史，以及各個族群基於不同生命經驗而出現的價值。

　　「族群和解與對話」活動或許在開始的時候未能從根本上改變「省籍—族群」對立的狀態，但如果能夠持之以恆，引導出一種和解的文化，那麼它的意義就不僅侷限在「省籍—族群」和解方面。其實，這樣的組織方式、溝通技巧及其背後的哲學，對兩岸的交流不無啟示意義。儘管臺灣內部的「省籍—族群」和解與兩岸關係之間不能簡單類比，但兩岸交流，尤其是民間交流在如何處理分歧與差異、如何促進相互理解等方面則可以與之找到共同點。[251]事實上，臺灣民間社會已就此展開相關的對話活動。繼2004年舉辦「面對族群與未來：來自民間的對話」活動之後，2005年「臺灣促進和平基金會」、「時報文教基金會」、公共電視臺再度合作，舉辦「臺灣民間的想像：兩岸的未來」工作坊，希望以公民共識會議的方式，讓民間對此表達意見。「兩岸關係這個牽動所有臺灣人敏感神經的議題，一直存有高度爭議，每當提及兩岸關係時，常淪為政治人物用做『賣臺』或『戰禍』標籤的權力工具，不但壓縮理性討論兩岸議題的空間，也讓民間寄望有一個穩定兩岸關係的心願落空。因此活動中將針對高度敏感的兩岸議題提供對話空間，並不期望獲得什麼結論，而是希望讓不同族群、立場、地區的民眾對話。」[252]透過積極的對話活動，可以有效地擺脫「我們/他們」相互對立的分類心態，進而在兩岸交流的各個領域共同發展出可以進行深入對話的空間。

第五章 臺灣的實踐：其他形式

自2002年衛生署與「二代健保規劃小組」舉辦臺灣首次公民會議開始，之後陸續試辦了審議式民調、公民陪審團、願景工作坊、法人論壇以及學習圈等其他各類討論形式，受到政府機關、學術界及社區組織的高度關注與重視。本章主要結合2002年「全民健保」公共論壇——審議式民調、2007年「淡水河整治」公民陪審團以及2008年新北市「中港河廊通學步道」願景工作坊等相關案例分析審議式民調、公民陪審團以及願景工作坊在臺灣的實踐狀況。

第一節 審議式民調

一、什麼是審議式民調

審議式民調是由美國學者詹姆斯‧菲什金及羅伯特‧盧斯金（Robert Luskin）等人所發展起來的一種新的民調方法，它已經在美國、英國、澳洲、丹麥等國家執行多次。其內容為融合民意調查、團體討論以及對於受訪者參與民調前後改變的一種新式民意調查，除體現民主政治平等參與及審慎思辨精神外，同時也能教育民眾，培養公民能力及認同感，期能呈現代議機構及利益團體之外的精緻民意。

首先，審議式民調是一種改良式的民調。它與一般民意調查最大的不同點，在於加入了公民審議的元素，即一群具代表性的公民就某個議題進行理性討論之後，方徵詢其對該議題的看法。換言之，審議式民調利用隨機抽樣產生具有「代表性」的公民，經由公共審議的過程，提供公民較完整的資訊，使其瞭解公共議題、形成

「知情」的民意後,才做出選擇或判斷。[253]因此,審議式民調結合了審議式民主與一般民意調查兩者的優點:審議式民主強調審議精神,即以公民就特定的公共議題進行公開而理性的討論;而民意調查則強調以嚴格的抽樣方式選出具代表性的公民,就特定議題徵詢其意見。從而,由此所產出的經過深思熟慮的民意,與一般民調在理性無知下所得出的淺層的民意,兩者有顯著差異。[254]簡言之,審議式民調與一般民調相同的部分在於結果仍以民調的方式呈現,而不同之處在於,審議式民調提供參與者有關討論主題的基本知識,讓參與者可以進行理性的討論。

其次,與一般採用小樣本抽樣式民調不同,審議式民調是大樣本分組的公民討論。其一般的做法就是:第一,針對事先確定的某一特定的公共議題,然後隨機抽取參加審議式民意調查的公民;第二,對這些接受調查的公民實行第一次審議式民意調查;第三,把接受調查訪問的公民集中起來,組織政府官員、專家與公民進行交流和對話,讓被調查的公民在瞭解和熟悉與公共議題相關的知識的基礎上進行認真和理性的溝通和審議;最後,針對討論的公共議題對先前接受訪問的公民進行第二次審議式民意調查。換言之,一般來說,審議式民調以隨機抽樣的方式訪問1000位以上的全國性樣本,並進行面對面的問卷訪談,再邀請這些受訪者(約三百至四百位)參與一天至兩天的公共討論,每一組約十五至二十人,先由小組成員針對特定議題不同方案進行討論後,所有的成員與專家對談,之後再回到小組討論,整個討論結束之後,則再以同樣的問捲進行施測,比較討論前後的態度變化。[255]

最後,審議式民調的重要作用在於有效地兼顧和平衡民主實踐過程中的「政治平等」與「審議」兩大原則。所謂的審議就是在討論和對話的過程中權衡每一種論證的優點和缺點,以便能夠找到一種最佳的和更為合理的解決問題的方案。政治平等則是要求政府機構在解決公共問題和制定公共政策的過程中盡量考慮到每個人的偏好、兼顧到每一個人的利益。怎樣才能夠把兩者更有效地統一起來?菲什金借鑑和吸收了古代雅典民主的實踐和運作。他認為古代雅典民主制度和民主實踐包含了很多審議式民主的因子,有效地體現了審議式民主的形式,例如,據抽籤產生的500人會議就是公民參與公共審議的一個典型案例。因為每一個代表的產生都是抽籤的結果,每一個公民都享有平等的機會被選中而成為一個代表而參與公共審議,因而充分地體現了政治平等;在舉行的500人會議上,他們每一個人都享有平等的

第五章　臺灣的實踐：其他形式

發言權利，都享有對公共議題進行廣泛交流和溝通的機會，因而充分地體現了「審議」。此外，菲什金認為，在現代國家可以採取隨機抽樣的方式選取一部分公民作為一個國家或地區的縮影，讓這些公民聚集在一起討論問題，這樣可以提供給普通公民成為一個理想公民的機會，他們的聲音不再是千萬人中的微弱聲音，而是可以被聽到的聲音。[256]換句話說，審議式民調是一個實踐審議式民主的過程，它提供一個討論的場所，嘗試瞭解在訊息充分和公民能夠審慎思考和互相辯難的理想狀況下所呈現的民意。[257]總之，審議式民調能夠有效地提供給普通民眾在政治平等和相互尊重的基礎上就相關的公共事務議題進行面對面的交流和對話的空間，因此，它是一種能夠有效地平衡與協調政治平等和審議的制度設計。

綜上所述，作為一種改良式的民意調查方式，審議式民調的制度設計有效地結合了美國鄉鎮會議（town meeting）、準實驗設計（quasi-experimental research design）、調查研究方法（survey research）、焦點團體法（focus-group method）和統計分析（statistical analysis）等多種方法。在實際操作過程中，審議式民調的實踐是從整個社會中隨機選取一部分普通的公民，把他們作為整個社會的一群典型的代表，在面對面的情況下進行政治上平等的審議和討論，從而可以被看做是整個社會的審議。它具有如下優點：民意調查的接受度高、避免小樣本偏誤、呈現較精準的民意以及擴大宣傳與教育效果，便於政策推動等。[258]從理論上講，審議式民調起著洞察民意，提升公民參與公共政策討論的能力，轉化個體的偏好，減少理性的無知等作用。「審議式民調最大成果並不一定在於改變選民初始之想法，而是在於由隨機抽樣選出之參與者從被選中那一刻起，其生活態度與對公共事務關切之程度有很大轉變。從可能原本對公共事務漠不關心，到開始注意閱讀各類相關新聞報導，主動與親朋好友談論即將審議之公共事務，並產生一種公民責任與使命感，且可能在參與審議式民調後持續其關心與介入公共事務之習慣，並延伸其影響力讓社會產生更多積極參與關懷政治之公民。」[259]從英國、美國、澳大利亞和丹麥等國的實踐不難看出，審議式民調不僅能夠有效地提高公共參與公共事務的熱情和願望、擴大在公共事務中公民的參與，而且也能夠為政府機構解決公共問題作出更加合理的決策提供重要的參考。

二、審議式民調的運作程序

審議式民調的一個最基本假設是普通公民參與審議和討論的過程可能會對個人對公共議題的意見和態度產生一定的影響，因此審議式民調的主要目的之一，就是要確認普通公民在經過充分的、面對面的交流討論之後，參加公共審議和溝通的公民對相關問題的看法和意見是不是有所改變，確認他們是否受到了這種審議和討論過程的影響。為了使審議式民調能夠充分實現預先設定的目的，在具體的的實踐過程中必須遵循一定的運作程序。歸納起來，審議式民調的運作程序可分為四個階段：首先是籌備階段，主要是針對某一特定的議題，隨機選擇參加接受調查的公民；其次是第一次民調，即對這些公民進行第一次民調；第三是研討會階段，即把受訪的公民集合起來，提供給公民通俗易懂的資料，安排政府官員、專家與公民對話，讓被調查的公民在具備有關知識的基礎上進行審慎和理性的討論，並且透過電視等其他媒體現場直播討論的過程；最後是第二次民調及分析差異，也就是針對原來的議題對受訪的公民重新進行一次民調，並且比較兩次民調的結果。審議式民調的四個運行階段分述如下：

第一，籌備階段。這一階段主要包括議題的挑選、組建執行委員會以及對參與者的挑選等環節。

首先，議題的挑選是審議式民調的第一步，對審議式民調的效果和結果具有決定性的影響，因此，必須非常慎重的選擇議題。一般來看，議題的挑選需要滿足以下三個條件：其一，議題首先必須是普通公民非常關心的問題，並且這些問題需要政府部門制定相關的政策予以積極回應。只有當議題與普通民眾的生活息息相關時，才能引起民眾參與審議式民調的興趣。其二，議題必須是具有相當的爭議性，如果大家的意見都是一致的，沒有任何衝突，那麼對話與協商的價值和意義就不能體現出來。其三，議題必須是適中的，範圍過於寬泛會使審議式民調失去應該重點關注的焦點，而過於狹窄則會使審議式民調難以有效的展開。為了選定合適的議題，主辦單位要透過各種形式向議會、政府部門、學術機構和普通民眾徵集議題，經過專業人員的分析篩選後，選定所要調查的議題。

第五章　臺灣的實踐：其他形式

其次，組建執行委員會。議題選定後，接下來就由主辦單位選擇適當的人員組建執行委員會，負責組織與監督審議式民調的進行。通常情況下，由媒體、政府機構、一般的民意調查中心和審議式民調中心共同組成一個委員會：由媒體對活動進行充分的宣傳，同時負責公民與官員、專家對話的轉播等；一般的民意調查中心則對問卷的設計、先期訪問與參與者的選擇進行負責，審議式民調中心則負責活動的設計與質量的控制。為了取得公民的信任，執行委員會的運作應嚴格保持中立性，以確保審議式民調的公信力。

最後，參與者的選擇與先期訪問。執行委員會成立後的一項重要的工作就是選擇參加審議式民調的公民。選擇參與者之後，應該根據議題的範圍確定參與人員，一般有全國性議題、地方性議題、城市議題甚至有社區議題。只有根據議題確定的參與人員才能使審議式民調具有更強的針對性。選擇參與者的時候，一般由主辦單位以科學的方式隨機抽取一個全國性樣本，並且針對由主辦單位所設計的問捲進行面訪或電話訪問，詢問受訪者有沒有興趣或意願參與小組討論。選中的公民作為國家或地方全體公民的縮影，代表其他公民參與公共審議。

第二，第一次民調。因為審議式民調的基本假設是公共審議的過程可能會影響個人的態度與價值觀念，因此，審議式民調就是要確認經過審議與對話之後，參加討論和審議的公民對相關議題的態度是否有所改變。所以，為了確認這種改變，就要在沒有進行公共審議之前進行第一次民調，以作為審議後第二次民調的參照。

第三，研討會階段。在第一次調查問卷和訪問結束以後，主辦方將會邀請有興趣參加討論的公民，以焦點團體的方式進行小組討論。在研討會議之前主辦方將代表不同立場的資料發給各參與討論者，並安排一定的時間，讓公民進行閱讀和討論。小組針對不同議題討論後，主辦方還會邀請學者專家、民意代表或政府官員就相關議題與公民進行交流和溝通，以便討論者對議題能有進一步的瞭解和思考。電視等媒體將會轉播小組討論中的部分內容以及公民與專家、政治人物的對話，以便討論的議題和內容能夠被更廣泛的社會大眾所瞭解。

第四，第二次民調及分析差異。一般而言，兩次都參與民調的公民被稱為「實

驗組」（experimental group），原先接受面訪調查而後來沒有參加公共審議的公民則被稱為「控制組」（control group）。通常情況下，審議式民調包括一個「實驗組」和兩個「控制組」。在公共審議結束以後，要對參與公共審議的公民以第一次民調相同的問題進行第二次民調。然後，除了比較「實驗組」本身在會議前和會議後態度的改變外，「實驗組」的結果也與兩個「控制組」比較，如表5.1所示。透過「實驗組」與「控制組」的比較將可強化審議式民調的內在效度。如果差異比較明顯，則證明審議式民主的理念是可行的，即在訊息透明、公開審議和知情討論的情況下，公民的態度、觀點和參與的願望都會有所改變。[260]

　　總之，審議式民調在操作上結合了代表性與審議兩項特徵。首先，隨機抽取一個全國性樣本，針對某個政策議題進行問卷調查，並徵詢受訪者參加審議會議的意願。其次，在邀集受訪者參加的審議會議中，參與的公民和其他公民進行討論，向來自不同立場的專家提問，並閱讀相關的訊息，來瞭解表5.1審議式民意測驗的準實驗設計公共議題不同的行動方案或政策選項的優劣得失。最後，對審議會議的參與者進行後測的問卷調查，比較參加會議前後參與者對政策議題的態度和知識是否發生變化。[261]其程序運作具有如下特點：參與者由隨機抽樣產生；參與者具有代表性；參與者人數較多（通常為幾百人），組織規模較大；在審議之前，向參與者送提供詳細的、公正的、中立的說明材料讓其充分瞭解審議議題的相關背景和訊息；小組討論和大會討論相結合；參與者在審議前後兩次填寫民意測量表，兩次民意調查問卷的製作和分析需要專業人士的參與以保證可靠、中立和科學；透過比較兩次民意調查問卷的差別，可反映審議對參與者偏好的影響；事先隨機抽樣產生的代表、開放式的程序和辯論使得審議的結果通常難以被操縱。如此等等，不一而足。由以上的進行方式可知，審議式民調旨在反映出在提供民眾較為充分資訊的前提下，民眾對議題的看法，一方面科學的隨機抽樣方式提供了代表多樣人群的方法，另一方面過程中各個步驟的設計，都在期待促成更為資訊充分、客觀平衡的討論，因此公民經過思慮過後的回應，應有助於進一步解決民主國家所面臨的民意諮詢困境。一句話，「審議式民調所呈現具有代表性、『經過審議』的知情民意，兼具包容性與深思熟慮的特質，應該能夠相當程度提供決策者在思考政策決定時的考量依據。」[262]

組別	參與人員	有無前測	實驗操作	有無後測
實驗組	抽樣樣本	會議前接受面訪	參加會議	後測
控制組一	全國性樣本	無	無	後測
控制組二	接受面談但未參加會議人員	會議前接受面訪	無	後測

資料來源：黃東益：《審慎思辨民調──研究方法的探討與可行性評估》，第130頁。

三、「全民健保」公共論壇——審議式民調的案例分析

2002年「全民健保」公共論壇——審議式民調是臺灣首次運用審議式民調，針對的調查主軸是「全民健保」保費與給付範圍的調整，目的在於使一般民眾能夠學習與瞭解健保相關知識、並且在與專家、其他民眾詳細溝通之後，理性地做出決定。此次「全民健保」公民論壇——審議式民調的議題範圍涵蓋全臺灣，由「行政院衛生署」委託臺大社會學系團隊主辦，於2002年9-11月在全臺灣展開。

此次論壇小組自2002年8月初起著手規劃相關活動，並陸續加以執行。執行過程主要分為三大部分：一是前測，即在公民論壇舉辦前先隨機抽取一個全臺性樣本，進行面訪，並徵詢其參與公民論壇。二是公民論壇，也就是邀集願意參加討論之受訪者，聚集一地，以焦點團體的方式進行小組討論，並邀請學者專家針對健保給付改革議題進行對談，使討論者對議題能有更深入了認識與思考。三是後測，亦即在公民論壇後以同樣問卷訪問參與者，以比較民眾在參與前後對於健保給付機制改革認知與態度上的改變。[263]

第一，前測階段（或第一次民調）。在公民審議活動之前，先以隨機抽樣的方式從全臺人口之中抽取代表性樣本，針對會議所要討論的議題，進行一次公眾民意調查（前測）。

首先，問卷設計與抽樣。此計劃的問卷設計從計劃開始之後，即針對問卷持續不斷的修改，前後歷經無數次會議、花費大約兩個半月的時間，終於在面訪執行前

定稿。前測問卷調查受訪者「健保使用情況」、「健保常識」、「健保的基本價值與態度」、「公共事務參與」、「政治效能」、「付費意願」、「容忍度」與「個人數據」等八個項目，共81題。前測面訪部分預計完成1128個成功樣本。

抽樣部分由「衛生署統計室」執行，根據縣市、鄉鎮市、村裡等單位進行等比例幾率抽樣（proportional probability sampling）進行抽樣，共抽取三套，3384個樣本，另備有一些替代樣本，雖然統計室之抽樣歷時三個星期才告完成，所幸能趕得上2002年9月24日的訪訓。訪員的招募部分在「國民健康局」的支持下順利找到多數地區的訪員，唯部分「國健局」無法支持的地區則招募各地「署立」醫院與當地學生進行面訪。前測面訪訪員訓練於9月24日在「中央健保局」禮堂舉行，結束後面訪及正式開始。雖然前測面訪之準備工作順利完成，但是準備期太長，幾乎占計劃執行的一半時間，也因此使得論壇小組在後續活動上產生時間與人員上的困難。[264]

其次，前測面訪。前測面訪員原先規劃完成1128個成功樣本，由60位訪員在全臺各地執行，估計於2002年10月15日完成。然而訪員訪問過程回報，此次訪問採用的戶中抽樣技巧，使得拒訪率遽增數倍，多數受訪者對於訪員拜訪家戶卻沒有受訪者姓名都存有戒心。

再加上當初為避免一般民眾會因為訪問單位為衛生署而產生回應性的偏差，因而選擇以「臺灣社會學會」名義執行。但是臺灣社會學會為學術機構，知名度不高，且整體計劃未公開宣傳，這使得一般民眾不信任訪員，樣本替代率提高，失敗樣本增多的執行情況是當初規劃時始料未及的。

在換戶嚴重的情況下，原先預備的三套樣本出現不敷使用的窘境，所幸先前「統計局」仍有額外準備替代樣本，才使訪問繼續進行。不過訪問進度比預期緩慢，10月7日時整體完成率僅48%，但有數字訪員均未開始執行或已經棄訪。待10月10日以電話追蹤統計僅完成784戶（69%），其中僅94人答應要參加公民論壇，低於論壇小組原先希望的人數。造成受訪者參加意願低落的原因可能包括：

第五章 臺灣的實踐：其他形式

1.論壇會場太遠：由於論壇僅在臺北、嘉義舉辦，使得部分受訪者感到交通時間太長。

2.津貼過低：一天一千元的津貼對於多數就業中的民眾而言並不構成出席誘因。

3.活動知名度太低：由於未曾公開宣傳，絕大多數民眾不瞭解此次計劃，因此抱持不信任的態度。[265]

因為民眾參加意願過低，所以參與人數未及原先預期，因此論壇小組決定於10月14日委託民調機構進行電話訪問，邀請民眾參加公民論壇。訪問進行至10月15日，各區訪員回報執行情況統計為85%，部分地區甚至完成率未及50%，論壇小組於是決定延長面訪調查時間一星期，並支持部分落後地區。直至24日達標率才達到九成，但是距論壇活動僅剩一週。

在完成的1023份問卷中，共有1009份問卷為成功問卷，14份為無效問卷，經過樣本檢定發現，整體面訪樣本與母體在居住地與性別上並無顯著性差異。而所有成功樣本中僅114人有意願參加論壇，臺北場68人，嘉義場46人，北區民眾參加意願較高，如表5.2所示。

表5.2　面訪調查與出席統計

面訪區域	規劃訪問數	成功訪問數	有意願	願意參加論壇數	實際參加數
北區	564	487	68	54	38
南區	564	522	46	52	34
總計	1128	1009	114	106	72

資料來源：黃東益，《審慎思辨民調「全民健保公民論壇」評估報告》，第8頁。

最後，前測電訪。在面訪調查中，有意願參加論壇的人數低於預期，論壇小組決定於2002年10月14日至16日共三天晚上，委託「國家發展研究院」研究處執行電

話訪問,找尋願意參加論壇的民眾。電訪共完成有效樣本1198份,拒訪數為659通,結果共有207人在電話中表明願意參加公民論壇活動,如表5.3所示。

表5.3 電訪調查與出席統計

電訪區域	規劃訪問數	有意願	願意參加論壇數	實際參加數
北區	570	105	35	20
南區	604	102	31	27
總計	1174	207	66	47

資料來源:黃東益:《審慎思辨民調「全民健保公民論壇」評估報告》,第9頁。

然而,電訪樣本之分佈遠較面訪樣本分散,在訪員安排上出現難題,除了委請面訪訪員跨區支持外,部分偏遠地區則由專任助理前去訪問。較特殊的地區為南投,由於原南投訪員不再支持,因此直到11月中才招募一名暨南大學學生擔任訪員。

電話訪問的目的在於增加參加公民論壇民眾,但是電訪樣本的流失嚴重,原先在電話中答應參加論壇的人數為207人,但是在後續電話追蹤與訪員拜訪的過程中這些民眾陸續流失,以致活動前兩天(臺北場11月1日及嘉義場11月14日統計)統計時僅66人向論壇小組確認當天會出席(參見表5.3),流失率高68%。高流失率加上調查訪問時的諸多經費、人力成本都顯現出電話訪問邀請的投資報酬率甚低。[266]

第二,公民論壇階段(或研討會階段)。審議式民調要求原本對議題一知半解的民眾在經過知識獲得、觀念溝通後在表明其議題偏好,而知識獲得、觀念溝通的管道就是公民論壇活動,在此一活動中參與民眾將獲得更多健保相關的常識,也有機會與來自各地的人進行討論。論壇小組將參與公民論壇活動的參與者根據其職業、教育程度兩項原則平均的分組,使各組之間的差異能夠因為隨機分組而平均化(average out),而小組內的成員背景則如同社會縮影一般,來自各階層,也代表各階層。也因此小組討論的結果將可被視為整個社會溝透過後的可能結果。

第五章　臺灣的實踐：其他形式

「全民健保」公共論壇——審議式民調共舉辦兩場公民論壇活動，分別於2002年11月3日在臺北，11月16日在嘉義進行，以便全臺各地民眾就近參與。當日活動流程可大致分為：

首先，觀看健保給付機制影片。參與民眾雖然在公民論壇之前已經被告知此次活動討論的主軸，但是論壇小組為確定民眾清楚瞭解到討論的焦點所在，因此在論壇的第一個階段播放事前準備的影片，讓參與者再次瞭解論壇小組所設定的討論主題。

其次，小組討論。為了讓參與者瞭解其他人對於健保的想法，特別安排了一個半小時的時間，由經驗豐富的主持人帶領，讓小組成員暢談個別的觀點，溝通彼此的意見，特別是健保給付機制的三種方案。活動當日的小組討論十分踴躍，幾乎所有參與者都有發言，表達其觀點，小組主持人也發揮了穿針引線的功能，讓不同立場的聲音對話，引發參與者對健保給付機制更深層的思考。

再次，專家對談（一）。活動當天下午，論壇小組安排多位專家與參與民眾對談，一方面透過專家的解說讓參與者能清楚瞭解健保相關制度設計，教育民眾更多知識；另一方面經過對談使得一般民眾與專家有機會相互溝通，彼此瞭解個別的觀點。論壇中安排兩場專家對談，第一場以健保一般相關設計為主題，概略地讓民眾瞭解健保的目的與實施情況，在臺北場次邀請「衛生署健保小組」副召集人戴桂英女士、陽明大學衛生福利研究所李玉春教授與臺大公衛系暨醫療機構管理研究所楊銘欽教授擔任來賓，嘉義則邀請「二代健保規劃小組」執行長賴美淑、與「衛生署健保小組」副召集人戴桂英兩位女士擔任。

最後，專家對談（二）。第二場專家對談則將討論焦點放在給付機制上，在三名持不同立場的專家的說明下，呈現出不同方案的利弊得失，供民眾作為決策的參考。兩場公民論壇在專家對談（二）的階段都不約而同地談到健保醫療資源的浪費問題。這兩場公民論壇的專家對談（二）都邀請臺北商業技術學院財稅系朱澤民教授、臺灣大學社會學系林國明教授、中原大學財經法律學系雷文玫教授三位擔任來賓。[267]公民論壇活動受邀學者、出席人數分別如表5.4-5.5所示。

165

表5.4　公民論壇活動邀請學者

日期/場次	活動內容	受邀學者
2002/11/3 台北	專家對談(一)	戴桂英(「衛生署健保小組」副召集人) 李玉春(陽明大學衛生福利研究所) 楊銘欽(台大公衛所暨醫療機構管理研究所)
	專家對談(二)	朱澤民(台北商業技術學院財稅系) 林國明(台灣大學社會學系) 雷文玫(中原大學財經法律系)
2002/11/16 嘉義	專家對談(一)	賴美淑(「二代健保小組」執行長) 戴桂英(「健保小組」副召集人)
	專家對談(二)	朱澤民(台北商業技術學院財稅系) 林國明(台灣大學社會學系) 雷文玫(中原大學財經法律系)

資料來源：黃東益：《審慎思辨民調「全民健保公民論壇」評估報告》，第11頁。

表5.5　公民論壇人數統計

地點	預估人數	原樣本報到	報到率	臨時參加者人數	小計
台北	187	149	79.7%	8	157
嘉義	145	121	83.4%	7	128
總計	332	270	81.3%	15	285

資料來源：黃東益：《審慎思辨民調「全民健保公民論壇」評估報告》，第14頁。

第三，後測階段或第二次民調及分析差異。此次公民論壇的最後階段為問卷填寫，用以瞭解參與者在一整天的活動後，對健保的認知是否增加，而態度是否因此而改變（後測）。後測問卷為了比對出參與者在認知語態度上的改變，其問卷題組大致上與前測問卷相同，仍包括「健保常識」、「健保的基本價值與態度」、「公共事務參與」、「政治效能」、「付費意願」、「容忍度」等六大題，另外再加上參與者對「公民論壇活動的評價」，共62題。由於論壇小組的事前準備，九成以上的參與者前、後測問卷均能進行比對，除了臨時參與者未填寫前測問卷，或少數參

第五章　臺灣的實踐：其他形式

與者提前離開未填寫後測問卷外，因此可以準確地發現參與者認知與態度上的改變，作為政策制定的重要依據。[268]

根據前後測問卷的分析結果顯示，在參加「全民健保公民論壇」之前，參與者的認知能力指標為2.8，而在參加之後，提升為3.5，顯見公民論壇對參與者的認知能力有顯著的幫助。在議題態度方面，從給付意願的題項中可以發現，參與論壇後，維持現行健保所保項目的支持者明顯地增加，顯示參與者對該議題的態度有顯著的改變，且趨向維持現狀。在政治效能感的部分，公民論壇對於參與者的政治效能感是具有提升的作用。最後在詢問參與者未來參與意願時，有近九成民眾表示願意再來參加（其中包括26.6%的民眾回答「非常願意」與63.1%的民眾回答「願意」），如表5.6所示。[269]

總而言之，審議式民調是一種調和政治平等與公共審議、落實審議式民主理念的制度設計。以審議式民調來探訪民意與傳統一般民調的最大區別在表5.6　參與者的轉化於，「審議式民調可以減輕理性無知的問題，提供參考者一個思辨的場所與充分的訊息，以找出審慎思辨後的民意。而由於受訪者系以隨機方式抽取產生，可以視之為一個社會的縮影（microcosm），其意見足以代表全體民眾在審慎思辨後所可能形成之意見，兼顧了平等參與與審慎思辨的價值。以這種方式所獲得的民意，可說是較為精緻與優質的民意，用來作為公共政策制定的參考依據，應該是較為恰當妥適的，對制定良善政策應有所幫助。」[270]依照嚴格的程序，審議式民調不但有助於民意的探究和改善公共決策的質量，而且透過公開審議的環節，普通公民也會逐漸提升參與公共事務的願望、養成參與的美德、提高參與的能力和釐清對政策的認識，2002年「全民健保」公共論壇——審議式民調即為例證。

面向	自我轉化的結果
議題知識	認知能力指標由2.8提升至3.5
議題態度	顯著改變、趨中
政治效能感	強化
未來參與意願	近九成

資料來源：黃東益：《公共審議與自我轉化》，第59頁。

第二節　公民陪審團

一、什麼是公民陪審團

　　早期的陪審制是在古代審判制度的基礎上發展起來的一項訴訟制度，它最早起源於奴隸制的雅典和羅馬時代。隨著歷史的發展，11世紀時期陪審理念滲入英國。現代陪審制從嚴格的司法制度上講，起源於中世紀的英國，並為其他英美法系國家所承襲。陪審制度得到充分的發展是在美國，由於美國和英國歷史上的特殊親緣關係，美國對英國的陪審制學得特別到位，並且美國在移植英國陪審制度的同時進行了改造，使陪審制度得到了前所未有的壯大。公民陪審團即源於美國歷史上的這種陪審制度，它興起於1970年代。一般認為，公民陪審團的創始者是美國杰弗遜研究中心（Jefferson Center）的內德‧克勞斯貝（Ned Crosby）。他於1974年開創「citizens jury」，並且這個專用名詞已經被注冊為商標，所有美國境內公民陪審團的舉辦必須經過杰斐遜研究中心的許可。具體而言，公民陪審團就是由一個委員會創設而成，由委員會選擇專家、證人和隨機抽選出陪審團成員，促成公民、證人與政治人物之間的對話。公民陪審團的會議和所討論的議題均對外公佈，從而將政府的政策置於更寬廣的社會之中。公民陪審團的進行，通常以專家提供相關的訊息揭開序幕，接著，自願參與的公民便針對未來的政策提出幾個可能的思路，並且針對這些可能的政策選項進行討論，最終產生一份以公民報告的形式出現的決議或建議。一般情況下，發起公民陪審團的部門會被要求回應：要麼根據公民報告的建議行事，要麼給出拒絕這一建議的理由。[271]

　　首先，設計公民陪審團的用意是希望提供政府傾聽人民的心聲的機會。且公民陪審團提供一個很好的平臺，讓公民可以在過程裡學習到如何對公共政策進行思考與討論，一起凝聚對政策的共識。透過公民陪審團，政府官員也可以學習到大眾究竟需要什麼，以及為什麼大眾會提出這些需求。這些訊息，不論對於中央或是地方的首長都是非常珍貴的政策制定參考依據。因此，公民陪審團的優點在於參與的公民是來自於消息靈通和具有公眾代表性的團體，他們在關鍵議題中有高質量對話，

第五章 臺灣的實踐：其他形式

絕對會增進對最終政策的公共支持。公民陪審團的過程是一種有效率的方式，讓參與其中的公民去發展其想法，並在具有完善的訊息下去解決公共問題或議題。[272]

其次，公民陪審團的公民參與層次通常限於地方性的議題。其制度設計的基本邏輯是，針對特定議題隨機抽取12-50名公民，以支付報酬的形式共同聚集1-5天，期間陪審團成員全面地瞭解相關背景資料，理性而深入地展開討論協商，在此基礎上形成對議題的認識和判斷，並提供相關政策建議。換言之，公民陪審團中隨機抽選利害相關的一般公民參與，他們針對主要議題舉行公開論壇，邀請相關專家進行聽證與詢答，然後在具有完善的訊息之基礎上，對主要議題相互辯論並作判斷，並將他們討論後的共識觀點，寫成正式報告，向社會大眾公佈，並供決策參考。

最後，保證公民陪審團運作成功必須要注意三個關鍵環節。其一，陪審團成員的選擇必須是隨機的，這也是審議式民主與自由主義民主的顯著區別之一。自由主義民主主張的是由公民或利益集團選舉代表而審議式民主強調隨機抽取更能反映公眾的基本意見，包括邊緣群體的意見。其二，組織機構或人員需要充分準備議題相關的背景資料，並向所有陪審團成員全面開放。因為陪審團成員是隨機抽取的，對相關議題並不見得瞭解得十分透徹，而對議題的瞭解是討論、對話、協商的基礎。同時組織機構或人員還應召集相關專家和議題的當事人，讓陪審團成員能夠隨時諮詢或詢問議題相關事宜，為協商的成功舉行奠定必要訊息基礎。其三，成熟中立的協調者（fa-cilitator），在公共審議的過程中，不僅需要中立的協調者來保證每個成員都有公平的發言機會，也需要成熟的協調者來避免審議中的霸權獨白與無責漫談。[273]

根據美國和歐洲的經驗，公民陪審團具有以下幾點功能：

第一，有效的公民參與。公民陪審團是一種結合了不同的想法與訊息的建設性公民參與方式，可以幫助政府官員做出一個強而有力的政策決定。

第二，共同立場解決困難的問題。借由學習和審議，公民陪審員能夠辨認協議範圍和提出挑戰性的問題以作為共同解答的基礎。

第三,學習公民價值、想法與理念。公民陪審團準許決策制訂者直接聽取來自公民的意見,並學習他們對特殊議題的價值、想法與理念。

第四,集中媒體與大眾注意。公民陪審團的進行與結論能夠引起媒體和公眾的注意。除傳統新聞報導之外,公民陪審團舉辦之後也可以建立動態網站,保持人民與特定議題的聯結。

第五,瞭解知情的公民想要什麼以及為何想要。在公民陪審團的聽證期間及在他們公開向決策者與大眾報告時,陪審員共享他們結論的建議與理由。

第六,瞭解公民的需求。在公民陪審團聽證期間,陪審員分享他們結論的建議(recommendations)與理由。

第七,尊重與集中公共議論。公民陪審團計劃創造一個安全、尊重和聚焦的公共議題討論環境。所有的參與者和證人將被尊重地對待。

第八,允許公民詳細瞭解一個關鍵議題。公民陪審團的成員聽取豐沛的訊息、洞察證人之背景和倡議,可以更深入的瞭解議題。

第九,透過公民陪審團呈現公民多元想法。公民陪審團對大眾而言是一個機會,可透過充分的審議討論,呈現多元的想法。[274]

總之,公民陪審團是一種主要在美國與歐洲發展起來的促進公民參與公共事務和政府決策——尤其是在地方政府的層級上——的制度設計。「就決策的意義來看,公民陪審團的參與模式,透過其結構性的議程設計,與深度的對話討論,儘可能地提供議題相關資訊與不同觀點,對於提升政策規劃的品質有相當的助益;同時,經由討論過程中不同觀點與利害關係的協調與折衝,更有助於共識的建立與衝突的解決,進一步促進公民對民主機制的信任。」[275]因此,公民陪審團為公民參與公共事務提供了制度化的渠道,使不同利益的代表能夠在政治平等的基礎上共同決定和影響公共決策,從而更好地維護社會的公平和正義。

第五章　臺灣的實踐：其他形式

二、公民陪審團的運作程序

公民陪審團的具體操作方式為將一群隨機抽樣而得的公民聚集在一起，人數約12至25人左右，這些公民借由數據閱讀數據。此外，公民陪審團邀集不同立場之專家，讓公民在不同專家的論證之間，獲得各方資訊，得能從更廣泛的角度來進行思考。透過事先閱讀議題手冊，以及聽取專家對議題的介紹和提供對政策議題不同的觀點，而成為知情的公民。接著，公民陪審員對具有爭議性的政策議題進行審議，進而形成共識做成報告。公民陪審團的運作程序大致分為三個階段。

第一，籌備階段。主要包括成立諮詢委員會、公民陪審員的招募與遴選等環節。

首先，成立諮詢委員會。諮詢委員會的籌組需邀請議題領域的學者專家、政府部門代表，以及相關社會團體人士，與計劃主持人共同組成諮詢委員會來協助公民陪審團時程及議題的規劃。此外，諮詢委員會的重要功能在於確保會議進行能夠公開、平衡、具有建設性的辯論。諮詢委員會的委員有兩種類型，其一為熟知政策議題，但不是該議題的利害關係人；其二為諮詢委員本身即為利害關係人或議題的倡議者。諮詢委員會的組成若以熟知議題且非利害關係人為主，諮詢委員會委員間的衝突較小，但取得議題利害關係人的支持程度相對較低；若諮詢委員會以該議題利害關係人為主，諮詢委員彼此間產生衝突的可能性較大，但會議的影響力則相對較大。無論何種形式，諮詢委員會的組成必須確保多元觀點皆能在委員會中呈現。[276]

其次，公民陪審員的招募與遴選。公民陪審員的招募系採取隨機抽樣的方式，希望透過科學性的方式取得一群具有代表性的公民，因此在公民陪審員招募之前，首先需針對政策議題劃定影響範圍，這些範圍即為公民陪審員招募的母體；其次，透過電話調查的方式，隨機抽選潛在的陪審員，郵寄資料給考慮的參與者，讓其主動報名參加；其三，在遴選公民陪審員前，需先確定人口變項，看母體的哪些人口特徵需反映在公民陪審團的組成中，讓陪審團成為母體的縮影。一般來說，最常使用的人口變項包含：性別、年齡、教育程度、居住地；最後，利用「分層隨機抽

樣」方式，依母體人口組成比例抽取適當的陪審員數。[277]

一般情況下，公民陪審團首先是由中央政府機構或者地方政府等主辦單位選定進行公共審議的議題，然後委託給獨立的機構來執行。該接受委託的獨立的機構首先建立一個由熟悉所要討論的議題的專業人士組成的諮詢委員會。諮詢委員會則對會議的主要事項的安排，諸如議程安排、會議材料以及不同觀點的專家的邀請等進行負責。而參與陪審團公民的選擇則是由該接受委託的獨立機構根據地理位置、性別、年齡、族群和受教育程度等方面進行隨機抽樣調查，以便使參與陪審團的成員能夠更充分的代表人口特徵。在全國範圍內，針對相同的議題，可以同時舉辦很多個公民陪審團，讓來自不同行政區域的公民都能夠參與到這個過程中。在籌備階段，在以上工作完成以後，主辦的政府機構、接受委託的獨立機構和被邀請參與陪審團的公民必須簽訂相應的協議，協議將要求主辦單位給予參與陪審團的公民一定的酬勞，並且規定主辦單位必須在一定時間內對公民陪審團的討論結果作出相關回應。

第二，正式進行陪審團討論階段。主要包括選擇專家證人、正式會議等環節。

首先，選擇專家證人。公民陪審團會邀請兩類的專家證人來協助陪審員瞭解政策議題，其一為介紹議題的專家，該專家負責向陪審員說明政策議題的複雜性及核心問題所在，刺激陪審員思考其之前可能未曾注意到的層面。議題專家的選擇需注意中立客觀，且善用淺白的字句概述介紹議題相關背景；其二為聽證專家，相較於議題專家的中立性，聽證專家則具鮮明的政策或議題立場，其在公民陪審團過程扮演為特定政策議題立場辯護的角色，讓陪審員知道議題爭議之所在及選項優劣為何。專家證人的挑選最重要之處在於多元觀點的平衡，讓各種不同的見解在審議的過程中能夠呈現，避免某一特定立場過度代表。[278]

其次，正式會議。正式會議分成三個步驟，其一為介紹，除了陪審員相互認識之外，計劃主持人需先說明公民陪審團的原理及操作，以及概述會議議程及議事規則。接著由不同的專家介紹議題，並安排陪審員相互討論；其二為聽證，陪審員聽完專家的陳述後，開始針對專家證人提出的不同觀點進行詢問，陪審員在此機會下

可更深入地瞭解政策議題的爭議及優劣,另一方面,一般來說專家證人僅站在自己的立場陳述自己的看法及分析,公民陪審團議程的設計除了讓專家陳述外,亦安排交叉詰問,使不同的觀點相互對話,各自的論點可進一步釐清;最後為審議,審議的目的在於針對政策議題形成最終結論,經過陪審員的相互討論,對政策方案及各項優劣分析達成共識。

一般而言,被選中參加陪審團的公民,將針對政府機構選出的議題進行為期4至5天的討論。第一天,主辦單位針對所討論的議題列出多項相關的子議題,陪審團的公民在聽取不同觀點的專家學者的分析和政府官員提供的制定相關政策的依據之後,將對他們所質疑的或存在疑問的有關問題進行詢問,在這個過程中各成員對議題有充分的思考。在接下來的兩天,接受委託的獨立機構將安排陪審團成員與議題相關的公民、政策利害關係人、專家學者與政府機構的官員代表討論該議題對經濟、社會和環境等方面的影響,在相互質疑和辯論的過程中探求問題的本質所在,以便找出更合理的解決問題的方案。在討論的過程中,陪審團成員對不同的利害關係人進行交叉詢問,當他們認為問題難以釐清時,可以再度邀請專家學者或者利害關係人釐清問題,但陪審團成員覺得他們難以信任時,可以決定重新邀請新的專家學者或者利害關係人。

第三,達成共識或形成結論階段。在最後一天的會議討論中,陪審團成員在認真深入討論相關的各項子議題之後,看是否能夠就相關問題達成共識,並對相關的問題提出合理的建議,最後以書面報告的形式,由接受委託的獨立機構交給主辦單位。雖然公民陪審團所提出的建議或者形成的決議並不具有法律意義上約束力,但主辦單位必須對陪審團的書面報告作出相關回應。

綜上所述,公民陪審團乃是集合一組經過隨機抽樣的公民(陪審員),針對由主辦單位設定的議題進行公共審議。參與者在會議期間接觸大量關於此一議題的訊息,並廣泛聽取由各具專長或代表相關利害關係人之中選出的專家證人的意見,而訓練有素的主持人則在程序公正的情形下,讓陪審團人員詰問證人。在陪審團審議之後,產生出一份以公民報告的方式呈現的決議或建議。一般而言,公民陪審團的發起者(可能是政府部門或是地方性主管機關)會被要求做出響應,說明實行或拒

絕這一份報告的原因。[279]「公民陪審團過程的設計主要系透過專家聽證及交叉詰詢的模式，讓陪審員與專家證人之間、陪審員彼此之間有更多對話的空間，能充分檢視及討論專家證人提出的不同證據，除了賦予公民們充分的訊息，亦讓公民們從過程中學習如何對公共議題進行思考及討論，進而凝聚對政策的共識；透過公民陪審團，政府官員亦可瞭解民眾的需求，以及此些需求背後的用意為何。」[280]從過程來看，公民陪審團具有五大特徵。其一是陪審團的隨機抽樣，即陪審團成員的隨機抽樣是經由科學性民意調查技術所抽出。其二是代表性（representa-tive），即陪審員經由謹慎的做法選取去正確的反映社會群體。其三是知情，即專家證人應提供陪審團相關訊息，提出不同的看法與意見，並能解答陪審團成員的相關問題。其四是公平（impartial），亦即專家證人的證言可以謹慎平衡的反映議題的所有面向。其五是審議，意思是說陪審團在會議期間應對議題的不同面向進行充分的思考與討論。[281]簡言之，公民陪審團一般用於瞭解公眾對特定問題的基本看法，具體可以是對相關建議的定量性的反饋、用以激發新的觀點、為大規模討論確定議題、尋求對相關政策的理解和支持等。

三、「淡水河整治」公民陪審團的案例分析

2007年3月，林國明和黃東益等學者接受臺灣行政院的委託，針對淡水河汙染等問題，舉辦「淡水河整治」[282]公民陪審團。此次公民陪審團的舉辦是臺灣的首次嘗試，於2007年3月17、18、24三天在臺灣大學社會學系進行。整個程序主要分為三個階段：一是議題介紹，即透過相關專家的介紹，使參與的人員瞭解整個淡水河整治議題的背景、範圍與內容；二是議題聽證，即針對不同的議題，聽取具有不同立場的專家學者對議題和政策選項的觀點；三是議題審議，即公民陪審員的所有成員對淡水河整治的議題進行討論、溝通與分析，在此基礎上形成一份陪審團報告。此次「淡水河整治」公民陪審團在最後還召開了記者會，公佈了報告。實際上，就國外舉辦公民陪審團的經驗而言，記者會並不一定必須召開，此次公民陪審團召開記者會的目的主要是想透過記者會的方式引起社會更多的關注。[283]「淡水河整治」公民陪審團的操作流程如圖5.1所示。

第五章　臺灣的實踐：其他形式

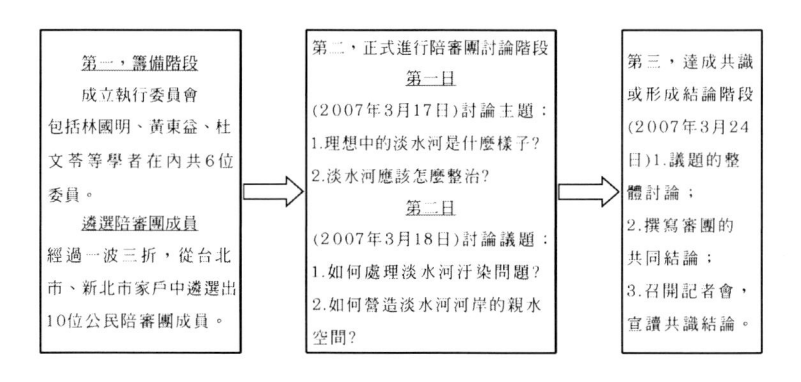

```
┌─────────────────┐      ┌─────────────────────┐      ┌─────────────────┐
│ 第一，籌備階段    │      │ 第二，正式進行陪審團討論階段│      │ 第三，達成共識    │
│ 成立執行委員會    │      │        第一日         │      │ 或形成結論階段    │
│ 包括林國明、黃東益、│      │ (2007年3月17日)討論主題： │      │ (2007年3月24    │
│ 杜文苓等學者在內共6位│ ───→ │ 1.理想中的淡水河是什麼樣子？│ ───→ │ 日)1.議題的整    │
│ 委員。           │      │ 2.淡水河應該怎麼整治？   │      │ 體討論；         │
│ 遴選陪審團成員    │      │        第二日         │      │ 2.撰寫審團的     │
│ 經過一波三折，從台北│      │ (2007年3月18日)討論議題： │      │ 共同結論；       │
│ 市、新北市家戶中遴選出│    │ 1.如何處理淡水河汙染問題？│      │ 3.召開記者會，    │
│ 10位公民陪審團成員。│      │ 2.如何營造淡水河岸的親水 │      │ 宣讀共識結論。    │
│                 │      │ 空間？               │      │                 │
└─────────────────┘      └─────────────────────┘      └─────────────────┘
```

圖5.1　「淡水河整治」公民陪審團的步驟與階段

資料：作者整理

第一，籌備階段。主要包括成立執行委員會、公民陪審員的招募與遴選等環節。

首先，成立執行委員會。公民陪審團的執行委員會一般是由對議題具有相關知識的4-10個人所組成的，在執行委員會中的成員代表各式各樣的觀點及意見。執行委員會在公民陪審團中扮演顧問的角色，如討論議題的設定、議程設計和證人選擇，都會加入他們的意見，但執行委員會在整個過程都是正直和公正的。[284]此次公民陪審團的6位執行委員中，有4位是對審議式民主有深入研究者，另2位則是在淡水河議題方面各個面向的專家學者及社團代表，如表5.7所示。

表5.7　「淡水河整治」公民陪審團執行委員會名單

姓名	單位、職稱/職務
林國明	台灣大學社會學系　副教授
黃東益	政治大學公共行政學系　副教授
杜文苓	世新大學行政管理學系　副教授
林子倫	世新大學行政管理學系　助理教授
陳健一	淡水河守護聯盟學術組　召集人
徐貴新	東南技術學院環境管理系　副教授

資料來源：林國明、黃東益、杜文苓著：《行政民主之實踐：縣市型議題審議民主公民參與》，第67-68頁。

其次，招募陪審團成員。此次公民陪審團參與成員經歷過許多挫折。原先打算採用電話抽選與里長推薦雙軌招募：一半的成員是由電腦從臺北市、新北市家戶中隨機撥出電話，由主辦單位在電話中說明活動內容後，徵求有意願的公民報名參加；另一半則找出臺北市、新北市鄰近淡水河的周邊村裡名單，由「研考會」以正式公文方式寄出活動說明與報名表格，請村里長協助徵求熱心村里民參與。之後由於執行電話抽選方式時願意參加陪審團的人數比原先估計的多了許多，所以決定參與者全部皆由電話電話抽到的民眾裡產生，與國外採用同樣的模式招募，而不使用主動報名的里長推薦名單。最後根據不同年齡、區域與教育程度等指標，以電話隨機抽選出願意全程參與的10位公民陪審團成員。[285]

第二，正式進行陪審團討論階段。主要包括選擇專家證人、正式會議等環節。

首先，選擇證人。證人通常是相關議題的專家，由中立人士、利害關係人、各種不同立場的人組成。與公民會議相仿，證人的功能是要讓陪審員成為知情的公民，以便進行深入的審議。「淡水河整治」公民陪審團的會議中，主辦單位邀請許多專家來報告政策訊息與交互詰問。受邀的專家證人涵蓋淡水河與議題相關的各部門與民間組織，成員包括政府代表、學者及民間團體等。專家證人經由淡水河整治公民陪審團的執行委員會謹慎的討論與挑選，為了能完整呈現兩項議題各面向，以便作為公民審議的依據。政府代表包括原臺北縣李鴻源副縣長、行政院公共工程委員會李孟諺副處長、臺北市工務局羅俊升副局長、原臺北縣水利局林宏政副局長；學者則包括臺大生物環境系統工程學系張尊國教授、東南技術學院環境管理系徐貴新教授、臺灣海洋大學海洋資源管理研究所邱文彥教授；民間團體包括淡水河守護聯盟陳健一老師、景觀學會郭中端老師。[286]

其次，正式會議。陪審團正式會議分兩天進行，第一天是議題介紹。當天上午的主要活動包括公民陪審團的性質與程序介紹和淡水河大遠景等背景資料介紹；下午的討論主題包括：1.理想中的淡水河是什麼樣子？2.淡水河應該怎麼整治？最後進行上述內容的小組討論，目的在於討論和評估淡水河的管理經驗與現行狀況。陪

第五章　臺灣的實踐：其他形式

審團運作的第二天是議題聽證，主要集中於淡水河整治中的兩個重要議題：「1.如何處理淡水河汙染問題？2.如何營造淡水河河岸的親水空間？」提出具體實際的政策建議。經過專家陳述和交叉詰問之後，再由公民陪審員就討論內容發問。透過這樣的方式凝聚出基本的共識。[287]

第三，達成共識或形成結論階段。在議題聽證進行完畢之後，即進行最後階段的審議活動，其目標是針對此次議題達成共識結論。此次陪審團的最後一天，進行的活動包括議題的整體討論、撰寫陪審團的共同結論以及召開記者會，宣讀共識結論。

針對陪審團第二天的討論議題，公民陪審團的結論是：1.利用小系統的方式處理淡水河汙染；2.採用濕地方式營造淡水河親水空間。由此可見，經過兩天會議熱烈的討論，陪審團成員對於「淡水河整治」的方向已形成初步共識。他們透過知情審議所形成的初步共識，與臺面上的政府整治工作與預算之重點有不一樣的見解。[288]以下則是此次「淡水河整治」公民陪審團簡要的最終結論：

1.都市更新或新社區興建時，需考量汙水下水道小系統之設置；

2.濕地增進廢水利用，需有整體國土規劃，並增加公民參與機制；

3.重新思考財務預算分配之優先順序，加速新北市汙水處理系統之興建速度，必要時可透過公民投票、或大規模的審議民主公共討論模式等方式。[289]

一般而言，將公民陪審團作為預計可能辦理模式原因在於，當某個問題有一個以上的解決方案，而人們必須在此些不同的方案中進行選擇，且必須仲裁衝突的價值及利益時；或議題具有高度技術複雜性，需要投入大量的知識及訊息來協助公民們瞭解議題的時候，是辦理公民陪審團的時機。從2007年「淡水河整治」公民陪審團的舉辦過程來看，它基本上符合上述情形。從成效分析來看，臺灣首次屬於實驗性質的公民陪審團之操作，達到了強化公共對話、提升公民教育以及讓專業資訊得以更為公開的流通之目的。所以整體而言，公民陪審團成員對此次活動給予了高度

的肯定。[290]總之,「淡水河整治」公民陪審團在過程中提供大量且豐富的訊息,輔以專家聽證的制度安排,讓參與其中的公民去發展其想法,從而有助於公民們針對相關議題做進一步的思考,促成公民們態度及價值的轉變,並在具有完善的資訊下去解決公共問題或議題以獲得符合社會共善的結果等。

第三節　願景工作坊

一、什麼是願景工作坊

　　願景工作坊是由丹麥發展出來的一種具有審議式民主精神的公民參與模式。一般來說,工作坊的參與者大約介於25人至30人之間,他們分別扮演不同的社會角色,如政治人物、行政官員、科技專家、發明家與企業家,針對共同面對的問題互相討論、交換意見並經過對話的過程,發展未來的願景尋求解決問題的方案。

　　首先,願景工作坊的產生是因為社會上有各種不同的人與想法,但是這些人卻也面臨一些共同的問題有待解決。解決問題,需要運用各界的知識與訊息,及社會中不同階層、立場的人們合作一起為公共事務努力才可成功。但對於問題解決方案的選擇,因為利益、價值、對事情的態度以及對事情認識與瞭解程度的不同,人們對於什麼才是問題解決的最佳方案往往看法不一,甚至陷入衝突對立的僵局。作為一種非談判式的討論與達成協議的方式,願景工作坊在各方協調和溝通後形成的共同行動的願景,充分凝聚了各種利益代表者的共識,使得不同的價值觀念與利益都能得到平等考量和相同的尊重,透過這種方式來提高決策的正當性和合理性,使決策者制定的方案和政策能夠得到更為廣泛的理解和支持。

　　其次,願景工作坊的基本目標在於針對特定地區未來可能的發展,嘗試創造一個對話的空間,讓不同的人群能夠溝通、合作,發展共同行動的願景。「願景工作坊的基本設計是,針對未來數年或是更久將會發生的某一重大問題,邀請約二十五

第五章 臺灣的實踐：其他形式

到三十位跟這個議題相關的行動者，透過自己的經驗跟對未來的想像去形成一個願景，並且針對大家所形成的願景，評估可行的行動方案或計劃。」[291]願景工作坊強調蒐集參與者對於討論議題的看法、認知，及對於未來發展的態度與其關切的項目，借由相互批判瞭解的過程，鼓勵提出彼此能夠接受的行動計劃，群策群力一起來解決問題，並透過不同群體的參與，讓各種知識與經驗相互交流，提升決策的質量。[292]

最後，願景工作坊基本上是區域性的，由地區性決策者、居民、專家與來自私部門的代表所組成的團隊，針對地區性願景如能源、水資源或廢棄物管理與回收等議題進行討論，最終提出針對區域永續發展的行動建議與理念。願景工作坊一般需要三個階段：批判、提出看法和行動計劃的具體化。批判的目的在於促進新知識與行動計劃的產生，在批判所產生新知識的基礎上，與會者將形成他們對於議題的一致觀點，而行動計劃具體化的主要工作在於提出可以實現共識的行動計劃。簡言之，作為一種特別的會議形式，願景工作坊的形式與基本規則都是確保讓參與者能夠暢所欲言，所有的想法都可以被討論，以及被用於建立行動計劃。[293]

總之，在一個多元化的社會裡，雖然人們的價值和利益各異，卻也面臨一些共同的問題如環境問題、食品安全問題等有待解決。因為每個人在價值理念和利益方面的差異，對於什麼是解決問題的最佳方案，對於怎樣才能使問題得到更好的解決，可能會產生各種各樣的觀點，甚至會出現相互對立的看法和解決方案。因此，要使共同面對的問題得到有效的解決，就需要運用各種利益代表者的知識與訊息，需要不同利益和價值觀念的人們進行充分的合作和協商，才有可能使問題得到成功的解決。願景工作坊嘗試創造一個進行溝通和審議的平臺，希望能夠促進各種利益代表者或不同價值觀念的相關行動者的互動與瞭解，共同努力相互合作來解決問題；希望透過不同群體的參與和對話，讓各種知識、訊息和經驗相互交流，從而提升決策的質量；希望透過不同群體的相互交流，從而發展出共同行動的願景。一句話，願景工作坊的最大特點是讓一般公民，和學者專家、政府部門、產業界和相關機構團體代表，能夠齊聚一堂進行討論，讓不同的人群能夠溝通與合作，發展共同行動的願景。

二、願景工作坊的運作程序

　　願景工作坊是一種特別的會議形式，有一定的程序和規則。一般來說，願景工作坊的進行需要兩天時間，但較為單純的議題，亦可在一天完成。在會議進行之前，主辦單位事先準備「可閱讀資料」，以淺顯易懂的語言介紹會議所要討論的政策議題，讓與會民能獲取該議題的基本知識；並撰寫一套「劇本」（scenarios），想像不同的政策方案可能導致的結果是什麼，讓參與者在會議中對劇本提出批評與建議。概括起來，願景工作坊的運作程序可分如下四個階段。

　　第一，願景工作坊的籌備階段。主要包括成立執行委員會、擬定討論主題、撰寫議題手冊等幾個環節。

　　首先，擬定討論主題。一方面，願景工作坊所討論的是「願景」，是未來指向的，如「我們需要什麼樣的醫療質量訊息？」、「我們需要什麼樣的職業訓練？」這類的議題，通常非常寬廣，如果不加以限定範圍，討論將會過於放散而失焦。為了讓討論能夠聚焦，應該擬定討論的主題。另一方面，主題可能是涵蓋工作坊所討論的議題最重要的面向。例如，醫療質量訊息最重要的面向是「內容」、「生產」、「傳播」和「評估」這四個面向，我們可以將會議的討論主題劃定為：「我們需要什麼內容的醫療質量訊息？這些訊息內容如何生產？如何傳播與使用？如何評估？」

　　其次，撰寫「劇本」。願景工作坊會準備幾套（通常是四套）劇本，描述未來的可能狀況，讓參與者借由對劇本的批評和討論，參與者形成自己的願景不同的劇本，顯示未來有各種不同的可能劇本是提供想法的刺激，而不是限制討論者的思考。總之，在工作坊舉辦之前，主辦單位將向參與者提供與議題相關的資料和描述不同願景的材料。會議開始階段，為了讓每一個參與者對所要討論的議題有充分的認識和瞭解，政府的相關機構或邀請的專家向參與者報告討論議題的現況和未來的計劃。

第五章　臺灣的實踐：其他形式

　　最後，招募及挑選與會者。願景工作坊邀請一般民眾和政府官員、學者專家、產業界人士以及社會團體代表來參與討論。參與者通常分為四個類別（組），除了「一般民眾」之外，其他類別的邀請對象視議題而定；參與人數，從24人到80人不等，依預算額度和議題性質而定；一般民眾的招募與抽選方法與公民會議相同，均透過公開的管道招募，再從報名者之中，依據影響態度的社會範疇作「分層隨機抽樣」，以使組成具有多元異質性。其他類別的參與者，則以邀請參加的方式來招募。

　　第二，角色扮演和願景建構階段。角色扮演是一種政策模擬的方式，事先界定好與議題相關的角色，由參與者扮演這些不同的角色，並在設定的條件下進行對話。然後，參與者將根據政府代表、學者專家、利益團體和一般公民進行分組，由各個小組對方案進行充分的討論、質疑和批判，然後在此基礎上提出有關議題的願景，並在全體會議中報告各組的願景，由全體成員對各組的願景進行討論。討論的焦點在於：哪些願景是可行的？哪些願景是較難施行的？各組願景的共同點是什麼樣的？差異又是怎樣的？最後則由會議成員對各組願景的共同要點進行歸納和總結，這些歸納和總結將作為下階段討論的基礎。

　　第三，正式會議階段。主要包括以下三個環節。

　　首先，提出行動方案。以上階段的歸納和總結為基礎，參與者根據會議討論的主題分成幾個小組，每個小組針對如何實現共同的願景進行討論和交流。在每個小組討論的過程中，在充分地思考之後，每個人將根據自己的認識和理解提出行動方案，並說明這些方案的重要性。隨後對各個小組討論後達成的行動方案進行投票，投票後選出該組的前五個方案，向全體大會進行報告。

　　其次，選擇和評估行動方案。在向全體大會報告後，將舉行全體會議。全體會議將對幾個主題小組所提出的方案進行排序，然後由各小組向全體會議進行報告，最後由會議對各個方案的可行性進行評估並進行投票表決。參與者對於各組所提出的各個行動方案給予評分，最高分為5分（可分散給分，也可集中給分），但每個小組不能投自己所屬的那個小組所提出的主張。最後公佈得分最高的前5個方案，

並由提出方案的人說明其主張和依據。

最後，形成共同的行動方案階段。參與者對得分前5名的方案進行討論如何制定出具體的行動方案作為政策建議。透過充分地討論，從而使參與者就行動方案達成共識，以形成實現願景的行動計劃。概言之，正式會議的進行大致可分為三個環節：批判、提出看法及行動計劃的具體化。第一，在批判階段中，參與者以其自身的經驗、觀點與知識，批評「劇本」所描繪的未來景象，表達其對未來發展的意見。其次，以批判階段產生的觀點為基礎，與會者討論形塑未來發展的共同願景。最後，在行動計劃具體化的階段中，與會者進一步提出如何實現願景的做法，而在發展行動計劃時，與會者必須釐清問題並排列優先順序，指出「哪些人必須做哪些事」才能克服障礙、解決問題，終能實現願景。[294]

第四，公佈結論。主辦單位將願景工作坊達成的共識和最後形成的計劃結論，包括共同的願景與行動方案，報告給政府相關單位、大眾和媒體，為決策機構提供決策參考。

總而言之，作為審議式民主的公民參與模式之一，願景工作坊招募一般民眾，並邀請相關政府官員、學者專家以及民間團體代表等不同背景的人齊聚一堂，經過交互對話、溝通與角色扮演的活動設計，共同發展出未來的願景，並尋求解決問題的方案。這樣的公民參與形式，希望透過不同群體的參與，讓各種知識與經驗能相互交流，進而提升決策的質量。在進行的方式上，不同於共識會議與公民陪審團等形式，願景工作坊通常是針對一個重大而影響深遠的問題，提供一系列願景與行動計劃。換句話說，在討論的議題上，願景工作坊並非針對即時性的議題，或是目前的問題該怎麼處理，而是希望針對未來，有可能發生廣泛影響的重大議題，透過參與者的討論與激盪，尋找因應這些議題的長期策略。亦即，願景工作坊在議題選取上比較傾向未來性，且該議題所帶來的影響將產生明確的利害關係。[295]基於這樣的出發點，願景工作坊具有一套不同於其他公民參與模式的程序。在工作坊開始之前，主辦單位會編寫數套劇本，交由參與者先行研讀，這些劇本著重於當地社群在這個議題所牽涉到在技術問題上的未來發展，也就是在未來某個時間點，這些技術問題將如何獲得解決的方法，但這些劇本的作用僅是啟發參與者的思考與理性討

論,進而發展出新的共同願景與行動計劃。意即劇本內容不等同於對於未來的預測,參與者再討論、評估這些劇本的可能性的同時,也可以發展出不同的、屬於自己的劇本(願景)。[296]

三、新北市「中港河廊通學步道」願景工作坊的案例分析

臺灣曾於2004年5月由「行政院二代健保規劃小組公民參與」引進願景工作坊的公民參與模式,討論「醫療質量訊息公開」的議題;2005年10月,臺大社會學系接受「行政院勞委會」職業訓練局委託,舉辦過「國家職訓」願景工作坊;2006年12月,臺大社會學系、政大公共行政系和世新大學行政管理系的研究團隊執行「行政院研考會」的計劃,舉辦過「淡水河整治」願景工作坊;2008年6月,臺灣環境行動網接受新北市水利局委託,舉辦過「中港大排規劃與使用」願景工作坊[297]。這些活動的成果,累積了許多有關願景工作坊的實務操作經驗。2008年10月4-5日,新北市政府委託臺灣環境行動網舉辦「中港河廊通學步道」願景工作坊,於思賢「國小」進行兩整天的公民審議會議。此次願景工作坊的舉辦,延續了新北市政府中港大排河廊改造整體的公民參與計劃[298],以通學步道與學校圍牆綠化的議題作為會議主題,正好配合市政府當時推動的「綠色通學生活圈」營造計劃。

長期以來,中港大排因為長期彙集新莊地區的生活汙水和事業廢水,致使水質受到嚴重汙染,發出惡臭,對當地居民生活造成極大影響。新北市政府為瞭解決此問題,乃在2006年提出中港大排河廊改造暨二重疏洪道計劃,希望透過一系列改造工程的進行,徹底整治與改造中港大排。同時,為了配合中港大排的改造,市府各局處也提出相應的配套發展計劃,希望從中港大排的改造作為起點,借由一連串的發展計劃帶動新莊地區的改變,讓新莊改頭換面,朝向低碳城市發展,而「綠色通學生活圈」的營造即是其中一發展改造面向。可以想像,當過去臭氣沖天的中港大排變成美麗的親水河廊時,對中港河廊周圍的社區居民及學校師生來說,中港河廊除了成為生活核心之外,也可和學校環境教育課程相結合,讓學生們在安全舒適的通學環境中學習和成長。因此,在多方考量下,中港河廊與學校步道的連接是非常

重要的,其代表的不僅是小學的通學道路,也是社區的生活道路,而其建置更是讓在地社區改頭換面的新契機。而為了讓中港河廊通學步道的設置更符合在地居民的需求,承辦單位以舉辦「願景工作坊」這種由下而上、民間參與的對話方式,借由審議的過程,瞭解新莊當地不同社群與相關利害團體對設置中港河廊通學步道的願景和想像,並經過參與者之間的討論與激盪,共同形塑願景,研擬可行的行動方案,以供新北市政府政策制定之參考。簡言之,2008年「中港河廊通學步道」願景工作坊聚焦於社區層級的討論,目標是希望透過由社區民間團體、校方人員、附近商家和新莊市民等組成的工作坊成員之間的討論,期待對公部門在新莊中港大排周邊小學的通學路網上,能提供可行、有效之政策建議,進而提供新莊當地小學生們一條安全又快樂的通學之路。[299] 此次願景工作坊的主要過程如下。

第一,願景工作坊的籌備階段。主要包括召開籌備會議、撰寫議題手冊以及招募成員等環節。

首先,召開籌備會議。此次願景工作坊的執行委員會於2008年8月8日、9月10日和9月25日召開三次籌備會議。經過執委們集思廣益的討論,以及市府各局處的確認支持,確立了最靠近大排人口密集區的思賢與昌隆兩所學校學區,為此次願景工作坊招募與討論範疇。爾後根據第一次執委會結論,區分利害相關社群,包括學校社群(主要為老師與導護義工)、社區代表(主要為社區管委會或社區發展協會主委)、地方政治領袖以及店家代表。主辦單位針對這些代表挑選訪談對象,瞭解學童上下學在各路線或路口的現況,找出社區行人空間既有的問題點,以及設置通學步道可能遇到的障礙。深度訪談的結果成為後續進行民意調查問卷設計的參考題項,並作為願景工作坊議題手冊寫作與影片錄製之參考。主辦單位在2008年8-9月期間,也多次實地訪查兩學區的周邊路況,並配合幼童上下學時間,觀察兩校學童上下學的情形,以決定工作坊當天討論的路線。[300]

其次,工作坊成員的招募。為了將招募公民參與的訊息廣發給學區內的一般民眾,主辦單位曾數次在上下學時段至校門口發放活動宣傳單及報名表,並印製5000份的活動宣傳DM[301],全數發給兩校的學童家長。此外,針對兩學區主要路線的店家,設計不同版本的宣傳DM,逐間拜訪宣傳願景工作坊活動,期待店家與社區民眾

一同討論與他們權利攸關的通學步道設置議題。主辦單位甚至組成活動宣傳小組，至思賢「國小」旁的宏泰傳統市場，沿路掃街向攤販商家及消費者發放工作坊舉辦訊息。限於兩個學區的小範圍招募與邀請行動，最後共有26位代表與會參加此次願景工作坊。[302]

第二，正式會議階段。

（一）正式會議分兩天進行。第一天先由承辦單位簡單介紹主要的工作項目，再介紹中港河廊通學步道的現況與未來。接下來的分組會議由世新大學碩士班的學生擔任主持，輔助會議的討論和進行，並徵詢每位與會成員的意見，從自家的外圍學區討論到整體社區規劃，再延伸到新莊市政規劃的建設，一起構築美麗又安全的多元化市區。第二天，承辦單位請專家、教授等，帶領工作坊成員實地訪查學區外圍與社區路況，進而核對前一天討論後的建議方案，是否有遺漏或需要修正的地方？再回到會議現場針對個別區域分組（昌隆與思賢）討論，進行交叉對比與訂定具體可行方案，以文字陳述加上區域性地圖標示，建議市政府與相關單位作為參考。[303]

（二）正式會議階段結合了參與式規劃專業的議程設計。在過去願景工作坊的執行經驗基礎上，主辦單位發覺與會者常無法區分願景與行動方案的討論層次，願景似乎很具體，但行動方案則空泛抽象。而此次討論的主題，牽涉到相當具體的空間規劃設計之意見回饋，為使與會者能有更豐富的想像與對話空間，執行團隊在會議流程設計上，嘗試加入空間專業的工具元素，期待能發展出具體的規劃方案。在兩天的正式會議中，執行團隊除了準備以往必備的議題手冊與劇本外，更加入一些以往願景工作坊所沒有的元素設計。「本次願景工作坊，在討論議程的設計與安排上，參考參與式規劃的經驗與工具，置入比以往公民審議會議更多的元素安排。這樣的公民參與模式設計，為2000年以降，臺灣推動在審議式民主的經驗上，能進一步發展出專業領域跨界合作的可能。」[304]

首先，研究團隊聘請具有攝影專長的研究人員，事先至兩校的上下學時段，拍攝學童上下學的實況，瞭解學童行走的路徑，以及行走過程中的阻礙。此段影片在

工作坊第一天上午播放給與會者觀賞，帶領參與者進入工作坊的主題討論。

其次，工作坊在第二天上午，邀請規劃建築背景的專業者陪同與會者進行實地訪查，使參與民眾瞭解校園圍牆及人行道四周的現況，以及提出可能改善的建議。同時，這幾位空間專業者均加入第二天各組的討論，提供專業的諮詢與建議。在工作坊的討論對話過程中，主辦單位將兩校學區的地圖放大輸出，讓民眾在討論通學步道議題相關的人事物時，能實時參考地圖得知相對位置，並提供繪圖工具，協助他們畫出想像的重要元素，促進與會者的對話溝通。此項活動的最後階段，市府各局處官員到場聆聽與會者的共識成果，並且針對參與者所提出的問題加以響應，提供了民眾與縣府官員對話的機會。

上述議程設計，與往常舉辦願景工作坊最大的區別，在於空間規劃工具的運用以及專業的諮詢。但在時間無法拉長的限制下（牽涉到合約計劃問題），更多元素的置入，也使整個願景工作坊傳統議程需要大幅調整。如前所述，與會者在願景與行動方案的討論層次上，無法清楚區分。為減少與會者在討論過程中重複性的感受問題，執行團隊在第二天的議程中，將原本的角色分組與好點子初選設計，改成按學區與議題分組，針對特定地點與議題票選好點子；下午的討論由原本的好點子決選與亮相，改成好點子圖像化，並且由同一學區進行點子整併與亮相，以及各局處行政單位的響應。[305]

第三，公佈結論。兩天的討論結束之後，參與者提出「通學步道及綠圍籬未來改造」項目的願景：一是應加強社區環境安全性，包括學童上下學的交通安全，以及校園安全的部分；二是提升社區的生活質量，包括社區的綠美化，居民休憩活動空間的增加，且環境的營造朝向更舒適有氧的發展方向；三是創造經濟附加價值，讓周邊地區房價提升與店家收益的增加。強調環境質量與經濟發展應該可以找到共生共榮的平衡點。[306]

總之，願景工作坊是一種特別的會議形式，其模式是讓一般民眾、政府官員、學者專家、產業界人士以及社會團體代表等，根據他們的經驗，針對共同面對的問題互相討論、交換意見並透過對話的過程，發展未來的願景尋求解決問題的方案。

第五章　臺灣的實踐：其他形式

臺灣過去的操作經驗顯示，協助民眾知情討論的重要工具，為提供議題手冊與專家專題授課，這些訊息成為公民論述溝通的重要基礎，但地方的空間改造與在地居民實質利害相關，抽象的談論規劃原則與相關方案，可能無法在具體想像的層次上溝通。「而此次願景工作坊所加入的通學步道影帶放映、實地勘查以及專業規劃者的諮詢等，某個程度上嘗試將討論主題更為具像的呈現，並擴大了促進公民知情討論的工具想像。」更令人感到驚喜的是，審議式民主的運作模式，也為參與式規劃過去的操作困境提供突破的機會。審議式民主強調嚴謹程序與知情討論，在理性溝通氛圍中強化追求公共利益的共識，某種程度上降低了充斥利益糾葛的社區政治影響。而透過公民審議對話與規劃專業者的互動，居民對於社區空間改造有更多不同的想像。舉校園綠圍籬的討論為例，多數參與者原本擔憂圍牆拆除後所衍生出的校園安全問題，經過公共審議過程，參與者轉而支持以綠色植栽為主軸設計的圈籬，認為其可兼顧安全與生態景觀等功能。「這樣的審議結果，與執行團隊透過電訪民調所得到的結果，有著高度的差異，民調結果顯示，新莊民眾對現階段水泥圍牆存廢的態度，有高達80%的受訪者偏好水泥圍牆的留存，認為圍牆還是水泥做的較安全堅固。」[307]

第四節　小結

　　審議式民主從理論上為公民參與公共決策提供了支持，但是如果沒有具體的制度設計，不能在實踐中落實審議式民主的理念，那麼公民的參與也僅僅是一種理想而已。值得欣慰的是，經過20多年的發展，審議式民主的倡導者創新出許多公民參與公共決策的具體方式，如公民陪審團、願景工作坊、公民會議或稱為共識會議、審議式民調等方式。這些審議式民主的設計不同於傳統的公共參與形式，因為它們將政策討論擴展到超越有組織利益而容納「普通」或「典型」公民參與的範圍。[308]不論是公民會議，還是審議式民調、公民陪審團等，這些「審議式的公民參與」形式，具有一些共同的特徵。它們讓一般民眾能夠參與討論具有爭議的公共議題；參與的過程，儘可能包含不同背景的公民，讓各種多元的聲音和主張都能夠呈現；討論的過程也儘可能地提供充分的資訊，讓參與者能夠明智地判斷各種論點，並且讓

彼此能夠進行對話，透過說理的過程，進行相互瞭解的溝通，形成解決方案的集體意見。[309]儘管如此，各種實踐形式之間仍然存在諸多區分，如表5.8、表5.9、表5.10所示。

表5.8　議題特性與公民參與模式的關係

參與模式＼議題特性	議題發展階段	議題範圍	技術複雜性	基本價值衝突
公民會議	初期	寬廣	高	高
審議式民調	後期	特定	低	低
公民陪審團	初期或中期	特定	中到高	高
願景工作坊	長遠規劃	寬廣	中到低	中到低

承上所述，審議式民主四種主要的實踐形式「各有千秋」。首先，公民會議適合討論政策發展初期，範圍較為寬廣，具有高度技術複雜性和基本價值議題。但公民會議也存在許多不足，具體可見第二、三章的內容。其次，表5.9四種公民參與模式之差異（一）

差異面向＼公民參與模式		公民會議	審議式民調	公民陪審團	願景工作坊
參與者特質	參與主體	一般民眾	一般民眾	一般民眾	一般民眾、政府官員、學者專家、團體代表
	主動參與	可主動報名	被動受邀	被動受邀	一般民眾可主動報名，其餘被動受邀
	人口代表性	較低	最高	稍高	較低，但社會團體代表性高
	參與規模	10–20	150–1000	12–20	20–60

表5.10　四種公民參與模式之差異（二）

第五章　臺灣的實踐：其他形式

差異面向	公民參與模式	公民會議	審議式民調	公民陪審團	願景工作坊
取得資訊	參與時間長度	最常	短	中度	短
	提供閱讀資料	豐富	較少	較少	較少
	專家介紹議題	最周延	較短	周延	較短
	與政府、團體代表及專家對話並質疑論點	高	較低	高	最高
程序規則	主動設定議程	最高	最低	中低	高
	議程彈性	最低	中度	中低	最高
意見產出	結論形式	書面結論	意見分布	書面結論	書面結論
	形成共識	是	否	是	較弱
組織成本	進行天數	5-8(標準7)	1-3(標準3)	3-9(標準5)	1-3(標準2)
	預估經費	150萬-200萬	150萬-1000萬	150萬-200萬	100萬-150萬

資料來源：林國明著：《行政民主之實踐：全國型議題審議民主公民參與操作手冊》，第41-43頁。

　　審議式民調適用於政策發展晚期，已經形成明確方案和特定政策選項，技術複雜程度和基本價值衝突層次不高的議題。當然，審議式民調在操作上尚有幾項問題有待克服。首先是參與者的招募，參與者的流失會影響樣本的代表性，要解決這個問題，基本上必須讓民眾逐漸對審議民主的機制產生信心。其次是時效的問題，即於政策規劃過程運用的時機點，以及如何將討論結果與政策決定間聯結。另外則是成本的問題，要降低經費和時間成本，未來可評估引進資訊科技工具的可行性。[310] 臺灣審議式民調的實踐表明，「雖然這項制度對長期以政治立場解讀政策是非的臺灣不失為另一種傳遞公民意見的方式，但它仍避免不了由『少數被挑選的公民』審議具爭議的政策是否與當地人利益選擇相違的疑慮，也突顯『理性溝通』的背後所帶有的道德衝突。」[311] 儘管如此，審議式民調有利於更好地瞭解民意、探知民情和提高政府機構對公共事務決策的質量和品質。第三，公民陪審團適合用來討論議題形成中期，已有特定政策方案，但同時牽涉到技術複雜性和價值衝突的議題。公民陪審團被視為一小部分普通的公民，他們沒有經過參與公共事務的特殊訓練，但是他們也是非常願意並且具有很大的熱情積極參與公共事務和公共決策，並且能夠超越狹隘的個人利益而從公眾利益出發去作出重要的決定，從而最終影響公共決策。另外，公民陪審團制度也可以防止政府活動的刻板化和官僚化，公民參與公共

事務和政府決策，可以為政府活動增加活力，防止政府決策活動流於一種機械化作業，使政府活動更能反映民眾的要求，符合民眾的意願。[312]最後，願景工作坊適用於長期規劃的議題。這類型的議題通常範圍較廣，但技術複雜程度和基本價值衝突層次不宜太高。願景工作坊通常是針對一個大家共同關切的問題出發，透過公共討論與腦力激盪，試圖尋求解決的方法。「願景工作坊針對公共議題提供一系列未來願景與行動計劃，多作為長期或後續發展藍圖的延伸之用。其次，其提供了一個讓不同行動者對話、聆聽、建立共同願景、設計行動方案的可能性。再者，由於所處理的議題不是眼前迫切的問題，相當程度可以緩和不同立場之間的緊張關係，凡此均為願景工作坊不同於其他審議模式的特點。」[313]總而言之，在審議式民主的實踐過程之中，應當根據政策的發展程度、議題的性質與複雜程度等來選擇適宜的形式，以獲得較為理想的效果。

結語

　　審議式民主的核心觀念在於提倡理性的討論及相互尊重，即使最後討論的結果，可能並未能達到某種共識，但透過資訊的充分揭露（well-in-formed）與不同意見的交流（public discussion），從而賦予了最後決策產出的正當性，因此翻轉（overturn）了過去以「結果、投票」為中心的民主理解，重構了以「程序、討論」為中心的新民主思潮。總的來看，審議式民主的倡議者將政治意見和意志形成的過程視為重心，認為一個民主政體，應該促進並推動所謂的「具包容性的政治對話」，並讓公民成為政治對話的一部分，亦即透過公共溝通與理性論辯使參與者分享各自觀點、蒐集資訊、交換理由，而且這一政治對話是讓政治權威具有更大的合法性基礎。簡言之，審議式民主建構了一種新的民主治理形態，強化公民在政策過程中所扮演的角色，使其參與更具意義。臺灣近十年的審議式民主實踐經驗顯示，只要提供適當的參與管道，對公民進行知能的賦權（empowerment），公民是有能力對於政策議題進行理性的討論，在政策知能提升及公共參與意願等面向皆有顯著的增長。儘管如此，審議式民主在臺灣的實踐過程之中仍然存在一些問題和不足尚待改進和完善。

一、臺灣審議式民主的實踐歷程

　　臺灣審議式民主的實踐，源自於「二代健保公民參與」計劃。自2002年行政院衛生署與「二代健保規劃小組」舉辦首場公民會議之後，審議式民主在臺灣的實踐逐漸成為「熱潮」，除了公民會議之外，採取的形式包括了審議式民調、公民陪審團、願景工作坊、法人論壇以及學習圈等。從2002年至今，臺灣舉辦過的各類審議式民主討論活動已超過70場，其中公民會議約占半數，是臺灣審議式民主實踐的最

主要形式（詳見附錄）。概括起來，臺灣審議式民主的實踐歷程大致可分為試驗期、推廣期以及成長期三個階段，具體分述如下：

第一，試驗期（2002-2004）

審議式公民參與在臺灣的發展始於「全民健保永續經營研議會議」，會中決定以「二代健保」為名，實施「二代健保」的公民參與實驗計畫。2001年，行政院成立「二代健保規劃小組」，邀請學者專家針對全民健保長期性的結構改革進行研究與規劃。在規劃過程中，如何擴大社會參與，讓民眾有更多的機會和更大的能力可以參與全民健保的政策，成為規劃者所關注的一個議題。於是，「行政院二代健保規劃小組」從2002年1月起，成立「公民參與組」，由臺大社會學系教授陳東昇負責召集，領導一個由政治、社會、法律、社會福利和醫療領域的學者所組成的研究團隊，著手研究如何提升民眾參與全民健保政策的管道與能力。公民會議的理念和操作方式，經過多方溝通後，獲得「行政院二代健保規劃小組」的認可，由衛生署編列預算支持。在2002年6月至8月間，以「全民健保的給付範圍」為議題，召開臺灣首次的公民會議。這次公民會議雖為臺灣首度召開，實乃試驗性質，有兩點與一般的操作程序不符。一是公民小組成員的招募對象。由於這是臺灣首度舉辦公民會議，研究團隊對一般公民是否能夠進行知情、理性的討論，並沒有充分的信心，因而決定以臺北、新北兩市社區大學的學員，而非全臺民眾，為公民小組的招募對象，「希望藉由求知意願較強的社區大學學員的參與，來提升操作能力。」[315]二是為了降低會議的複雜性，這次會議並沒有開放給媒體採訪。但「二代健保規劃小組」的學者與「衛生署健保小組」人員在場旁聽、觀察，此舉亦符合公共審議時專業人員必須到場參與的規定。

研究者認為臺灣首度公民會議的試驗是成功的，「在公民會議中，公民們展現了瞭解複雜的政策議題的興趣和能力，而且能夠在尋求共善和共識的取向下，理性地討論政策議題；我們也發現，參與公共討論的過程，能夠提升公民的知識與積極性的公民德行。審議民主的一些主張，在經驗上確實有實踐的可能。」[316]公民會議這種嶄新的公民參與模式的相關訊息，包括它的理念、操作模式和效果，經由這次試驗，開始在行政部門、社會團體和學術圈流傳開來。之後「行政院二代健保規劃

小組」針對相關議題舉辦了「全民健保公共論壇」審議式民調（2002年11月）、「全民健保新制規劃」法人論壇（2003年8月）、「全民健保保費制度變革」公民論壇（2003年11月）、「醫療質量資訊公開」願景工作坊（2004年5月）等活動。推動這些活動的重要動機，是有鑒於一般民意調查多半只能詢問到「同意/不同意」過度簡化的偏好，希望透過公共論壇讓公民表達較深刻的理由、增加言說的理性的民主參與方式。這一階段以「二代健保」相關議題為主軸的各類公民審議活動基本上屬於試驗性質，它們為後來的審議式公民參與活動積累了一定的經驗和教訓。

第二，推廣期（2004-2005）

由陳東昇、林國明等人率先推動的公共論壇實踐，自2004年6月起在臺灣各地上至「中央政府」，下至民間社區推展開來。最早的實踐是由臺大社會學系與民主基金會合作，舉辦「北投溫泉博物館」經營問題的公共論壇以及與「國民健康局」合作舉辦「代理孕母」公民會議。經由上述試驗性審議式討論模式的經驗累積，以臺大社會學係為主的學術團隊於2004年嘗試與社區大學促進會合作，開始實驗公民會議。2004年6月北投社區大學在臺大等學術團隊的協助下，以當地具重要文化意義的「溫泉博物館」為議題，舉辦臺灣第一次地方性的公民會議即「北投溫泉博物館何去何從」社造協議公民會議。之後，又接續舉辦「北投老街的明天」公民會議，此次公民會議除了進行面對面的對話之外，還首度嘗試將公民會議移至網路上進行。此外，以「稅制改革」為議題的公民會議也分別在基隆、北投、蘆荻、屏東等四所社區大學舉行。[317]

除了社區公共審議活動的逐漸展開之外，2004年也是公部門正式跨入審議場域的關鍵年。2002年的「二代健保」公民會議是個實驗計劃，主要目的不在影響政策。2004年舉辦的「代理孕母公民共識會議」是首場具有政策影響意涵的公民會議。代理孕母這個議題，因牽涉到道德倫理問題，在臺灣討論已行之有年，但大家一直未能有共識。婦女團體經由學術網絡，得知公民會議這種審議式民主公民參與模式，於是建議衛生署召開公民會議來討論代理孕母議題。在相關部門的支持下，第一次具有公共政策影響意圖的公民會議於2004年8月至9月舉行。「代理孕母」公民會議的成功引起了媒體和社會高度的關注及報導，媒體給予了高度的評價，社會

大眾也認為公民會議為審議式民主立下典範。另一個對審議式公民參與的理念產生擴散作用的政府行動，是與「代理孕母」公民會議差不多同時召開的第一屆「青年國事會議」。「行政院青年輔導委員會」於2004年引進審議式民主的理念，結合美國「國家議題論壇」（national issue forum）與「學習圈」等模式，發展出「公民對話圈」的審議方式，透過招募18至30歲的青年公民參與召開「青年國是會議」，藉以喚起青年關心討論「國是」，提出政策建言，並自2004年起每年舉辦「青年國是會議」以推動審議式民主的政策討論。[318]

繼「代理孕母」公民會議之後，為解決因興建「跨港觀光纜車」而引起的爭議，2004年11月高雄市舉行「高雄跨港觀光纜車」公民會議，成為臺灣首次由地方縣市政府舉辦的公民會議。值得一提的是，鑒於臺灣因「省籍—族群」議題而引發的社會分裂、對立問題，2004年10月臺灣促進和平基金會、時報文教基金會、公共電視臺結合相關學者與團體開展「族群和解與對話」活動，試圖以「開放空間」的會議模式，強調透過情感性言說的方式，以相互瞭解、溝通與理解的方式去推動「族群和解」之路。

2005年，審議式民主公民參與的實踐模式不但更為多樣化，議題與區域也更為擴大，包括「產前篩選」公民會議（2005年5月）、「竹科宜蘭基地」公民會議（2005年6月）、「臺北市應否訂定汽機車總量管制」公民會議（2005年10月）、臺南縣長選舉「審議式辯論會」（2005年11月）等。一時之間，從「中央」到地方，審議式民主公民參與的實踐在臺灣蔚為風潮。整體而言，這一階段臺灣審議式民主的實踐顯現幾個特點：一是以公民會議為主要的實踐形式；二是層次越來越廣泛，既有全臺性公民會議，也有縣市、社區性公民會議等；三是議題越來越豐富，包括「二代健保」、「稅制改革」、「代理孕母」、「新竹科學園區宜蘭基地」、「臺北市汽機車總量管制」、「北投溫泉博物館何去何從」等議題。

第三，成長期（2006-至今）

2006年起，臺灣審議式民主的實踐中不僅公民會議的次數逐步成長，而且公共審議的實踐形式也更加多樣化。有感於公民會議的操作經驗仍未完全成熟，也希望

借由操作經驗的累積與深入檢討，尋求社區公民審議參與的最適當形式與規模，在臺灣民主基金會及社區大學促進會的支持下，學術研究團隊透過甄選的方式選出淡水、曾文、苗栗、基隆與內湖五所社區大學，針對地方性議題舉辦五場社區型公民會議，討論主題包括「觀光與在地生活共享的淡水小鎮」（2006年10月）、「臺南縣休耕政策」（2006年11月）、「苗栗縣造橋火車站宿舍周邊環境規劃」（2006年11月）、「八斗子生活圈如何與『國立』海洋科技博物館共存共榮」（2006年11月）以及「內湖莊役場外圍開發」（2006年12月）等，觸及多元化的社區議題。由於討論議題貼近地方需求，這五場直接以社區為施行平臺的公民會議，擴大了社會基礎的民主參與。[319]除了公民會議之外，從2006年底開始各種不同的實踐形式也逐步得以展開，包含縣市層級的「淡水河整治」願景工作坊（2006年11月）與公民陪審團（2007年3月）、「澎湖觀光博弈」縣民論壇（2007年7月），社區層級的「淡水需要什麼藝術文化」開放空間（2007年4月）、「淡水需要怎樣的交通環境」學習圈（2007年5月）、「奇岩新社區開發計劃」公民陪審團（2007年7月）、「中港河廊通學步道」願景工作坊（2008年10月）等。

除了公共審議參與形式的多樣化之外，討論的議題範圍亦愈來愈豐富，從原住民族工作權的保障（2007年11月）、社區檳榔健康危害防治（2007年10月）、地方特色產業發展政策（2007年12月）、農業發展條例與農地政策（2007年11月）、十二年「國民教育」（2007年12月）、嘉義市舊藍的春天（2007年12月），甚至運用於討論「應否廢止死刑」（2008年12月）以及眷村問題（2009年3月）、核能議題（2010年3月）等。此外，這一時期審議式民主理念深入高中校園，不僅舉辦了審議式民主高中種籽教師培訓，並從受訓教師中遴選出兩所試點學校舉行新興的審議式班會。[320]

與此同時，審議式民主與既行決策結構以及地方自治制度之間如何銜接？也就是說審議式民主如何落實體制化、制度化的課題，越來越成為學界研究及加以實踐的重要趨勢。根據以往的經驗，也許環評制度以及都市政策審議制度可能是法制條件較成熟、最容易建立銜接制度的領域。[321]除此，如何把網路應用於審議式民主的實踐也日益成為許多學者的研究興趣，如對線上（on-line）公民陪審團的研究[322]、線上「蘇花『國道』論壇」的研究[323]等。總的來說，這一階段臺灣審議式民主實踐

195

的主要特點表現如下：一是實踐形式越來越多樣化，除了公民會議之外，還有公民陪審團、願景工作坊、學習圈等形式；二是涉及的討論議題更加豐富；三是各地社區大學日益成為審議式民主實踐重要的倡議網絡，相關學術團體與社區大學的結合更為緊密，使得它們「勢必在未來臺灣審議民主的制度化進程上，扮演重要的角色」[324]。

二、臺灣審議式民主實踐的主要特徵

從上述實踐歷程可歸納出，臺灣審議式民主實踐的主要特徵如次。

首先，形式多樣。臺灣審議式民主實踐的形式相當多樣，其中以公民會議為主。公民會議以兩種方式展開。其一，自2002年起臺灣大學社會學系的「科技、社會與民主」團隊，將公民會議的運作模式引進臺灣，並先後針對「全民健保」、「代理孕母」、「高雄過港纜車」等政策議題舉辦過相關的公民會議。其二，相對於以上以理性論辯方式進行的公民參與活動，2004年臺灣民間社會又創造性地以「說故事」以及「開放空間」等方式開展「省籍—族群」關係的公民和解會議，試圖以嶄新的對話方式消解臺灣社會中尖銳的省籍—族群問題。其他實踐形式包括前文介紹過的審議式民調、公民陪審團、願景工作坊，如新北市新莊地區「中港大排規劃與使用」願景工作坊等。

其次，層次廣泛。臺灣審議式民主實踐的層次非常廣泛，以公民會議為例，既有全臺性的公民會議如「全民健保」、「稅制改革」等，又有縣市層次的公民會議如「高雄市跨港觀光纜車」、「新竹科學園區宜蘭基地」等。甚至還在社區這個基層草根的層次針對社區內與社區居民相關的公共事務舉辦過公民會議，如基隆市社區大學參與推動的「八斗子生活圈如何與海科館共存共榮？」公民會議，以及臺北市北投社區大學推動的「北投區溫泉博物館定位」公民論壇活動、北投社區大學邀請其他15所社區大學針對淡水河舉行「淡水河守護聯盟」圓桌論壇[325]等。其他實踐形式也可能以全臺層次、縣市層次或社區層次進行。

最後，議題豐富。臺灣審議式民主的實踐所涉及的議題十分豐富，自從2002年「行政院二代健保公民參與小組」開始引入審議式民主公民參與模式討論公共政策以來，曾經實驗過的公民參與模式包括公民會議、審議式民調、願景工作坊、開放空間、公民對話圈等模式，而曾經討論過的公共政策包括全臺性議題與區域性議題，例如：「二代健保」、「稅制改革」、「代理孕母」、「休耕政策」、「青年『國是』會議」、「臺北市市長審議辯論會」、「新竹科學園區宜蘭基地」、「臺北市汽機車總量管制」、「北投溫泉博物館何去何從」、「八鬥子生活圈如何與海科館共存共榮」等，涉及政治、教育、文化、環保等社會生活的方方面面。

綜上所述，當前臺灣審議式民主的實踐，一方面根據涉及議題的影響範圍可分為全臺性（涉及全臺灣的公共議題）與地方性（涉及縣市、鄉鎮甚至是社區性的公共事務）兩個層次的議題；另一方面，鑒於臺灣審議式民主之運作以公民會議為主，可將其實踐分為公民會議與其他操作形式兩大類型，其中公民會議又可分為理性論辯與「說故事」兩種對話方式。透過上述兩個層次（縱向）、兩大類型（橫向）的劃分，我們基本上能夠對當前臺灣審議式民主的實踐狀況進行全景式的描述與分析。

三、臺灣審議式民主實踐的成效與不足

與臺灣現行的代議民主制相比，審議式民主把審議主體從政治精英擴展到廣大的公民，公民不僅擁有平等的投票權，還擁有平等有效的參與集體決策過程的機會，對共同關注事務的審議不再侷限於政黨、利益集團、政治精英等，而是擴展到整個社會，以補強代議民主中一般公民「審議參與」的不足之處。這幾年針對審議式民主在臺灣的實踐經驗研究指出，在平等與訊息透明的條件下，參與公共討論對於民眾在政治效能感、公共利益取向的轉變、公共事務參與的意願、公共知能等都有顯著提升的作用。具體論述如下。

首先，審議式民主的實踐不但有助於公民提升瞭解複雜的政策議題的興趣與能

力，而且能使其在尋求共善和共識的取向下，理性地討論政策議題。審議式民主論者主張公民應該實質地被當成民主政治的主體，他們應該被告知公共事務的相關訊息，並且透過可接受的程序來討論，他們對於公共政策的推動、評估與決策，有實質的影響能力，而不是只能夠委任他們投票所選出的民意代表來執行這樣的工作。從臺灣過去的經驗來看，參加過公民會議的人，對公共事務的關切程度會較以前更加提升，他們願意花比較多時間提出自己的具體看法，讓公共政策往好的方向發展。「代理孕母正式啟動公民會議制度之前，臺大社會學系研究團隊曾針對二代健保進行了公民會議、公民論壇及法人論壇三項實驗性計劃，結果發現，與過去膚淺式的民調不同，深入閱讀健保資訊、討論及思考之後，與會的公民對議題態度有了極大轉變；以健保費率調漲為例，會議進行之前，100%與會者不贊成，公民會議結束後，逾90%贊成有條件調漲費率。」[326]「『稅制改革』公民會議的成果，充分證明人民是可以教育的，這些參與的民眾，自主性也非常高，我們不能也無法影響他們的決定。從另一個方面來說，也可讓行政官僚體認到，不要自以為自己做的政策，就一定是對老百姓最好的！」[327]這些事例充分說明，審議式民主在臺灣的理論宣揚及其實踐有力地促進了民眾政治參與品質的提升，從各個方面培育出健全的公民參與文化，極大地提升了公民的知識與積極性的公民德行。

其次，審議式民主的實踐有助於消解臺灣自政治轉型以來因「選舉民主」所導致的社會分裂、族群對立等問題。審議式民主論者一般認為，審議式民主意味著在多元文化社會中，自由而平等的公民及其代表就共同關心的集體問題，透過理性、開放、審慎的對話、交流、論辯的過程來確保決策之正當性。而所有參與者的意見都能平等地得到對待更是彰顯了民主的真正價值，即審議的主要目標不是狹隘地追求個人利益，而是利用公共理性尋求能夠最大限度滿足所有公民願望的政策。在「新竹科學園區宜蘭基地」公民會議中，一位參與者就提到，公民會議激發與會成員，以「盡到應盡的責任作為思考的邏輯，所以就把自己的利益擺在第二」。[328]簡言之，審議式民主的核心是，強調公眾透過公共審議的方式平等地參與社會政治生活，在廣泛考慮公共利益的基礎上，實現價值偏好的轉變，消除彼此之間的利益分歧與社會衝突，達成共識。這在旨在「省籍—族群」之間進行和解的公民會議方面得到了顯著體現。「這些和解行動雖然一時之間還無法完全止住臺灣政黨為選舉奪

權而挑撥『省籍—族群』惡鬥,但仍然在各個族群之間開啟了理解之門,對歷史的傷痛和現實的政治撕扯有所療治,而且長遠來看,其開啟的社會和解必將為政治與選舉中解決『省籍—族群』問題奠定基礎。」[329]近幾年來「省籍—族群」議題在臺灣社會中越來越被邊緣化、各項選舉越來越趨向理性的事實證明了公民和解運動所產生的效果,它有助於消解目前政黨運作與選舉制度所衍生的惡質文化,使整個社會向「包容」與「互信」的目標邁進。

最後,審議式民主的實踐有助於創造公共討論的空間以提升臺灣的民主治理品質。比如召開公民會議,通常是因為社會上有爭議較大的議題出現,需要深入瞭解民眾的意見,以供政府政策參考。公民會議結論代表的是人民的聲音,不但會成為政府重要的施政參考,有些國家和地區更把公民會議設計為政策的必要一環。在臺灣,目前公民會議的結論對政府政策尚未具有強制力,但能匯聚眾議、向有關單位提出建議和申訴,具有輿論力量。雖然目前公民會議結論無法定拘束力,未能影響決策,但積極的意義在於讓決策者明白,在取得充分資訊之後的公共討論所呈現的民意為何。此外,臺灣社會的政策議題討論,經常欠缺民主的品質,公民會議的價值正在於透過公共討論過程,促成公眾對議題的深度認識,創造公共討論的空間以提升民主治理品質。換言之,公民會議建構出一個理性討論的溝通平臺。這種共識取向的討論,往往更能呈現社會的核心價值。「對於參與的民眾而言,公民會議制度化的會議進行方式不啻是種公民賦權的實踐,透過專家的技術協助,幫助一般民眾有能力對高度爭議性的複雜議題,進行知情理性的討論,形成集體意見,『人民當家作主』不再只是高調,而是可能實踐的民主過程。」[330]可以說,審議式民主在臺灣的實踐有效地推動了社會各個領域民主對話習慣的形成,為臺灣公民社會的構建、民主治理品質的提升奠定良好的基礎。

審議式民主為近年來政治學的新興研究主題,被視為彌補目前代議民主缺點的一項「利器」,更被視為深化民主的一項指標。因為透過審議式民主或稱為深思熟慮民主所具備的「深思熟慮」精神,可避免公民在民調中「理性無知」的缺點,其透過理性討論得到的結果,可提供更正確、有用的意見作為政策制定之參考。在「深化民主」、「理性討論」等優點下,臺灣相關學術機構甚至是政府部門近來極力推動審議式民主的實踐,以促進公民對於公共事務的積極參與,希望為公共政策

的制定提供有益的參考。正如前文所述，臺灣審議式民主的實踐取得很大的成效，雖然如此，但也存在一些問題和不足，歸納起來，主要包括以下三個方面的內容。

第一，公民因不容易掌握相關議題的專門知識而致使其參與受限，對政策影響有限。不少學者擔心審議式民主的理性討論是專家團體所熟悉的而且很容易操弄的一種言論模式，一般的會議成員並不容易掌握。因此，審議式討論過程將可能淪為專家言論的展示過程。以「新竹科學園區宜蘭基地」公民會議為例，由於公民不可能在短時間內掌握專業知識而難以達到熟練掌握審議式民主言論模式的程度，因此，儘管公民之間的討論是從理性出發的，但在討論過程中，往往因為術語表達不準確，會對其小組成員作出正確的理解造成一定的障礙或導致正確的意見被扭曲傳播，因而對問題的看法就會產生錯誤的轉移。與之相反，公民會議上的專家可以熟練運用專業術語，而公民對專家的專業術語能否很快的熟知則是個問題。如果公民會議小組成員沒有相當的接受能力或具有一定的理解能力，他們就會淪為弱勢團體，民眾的注意力就會集中轉移到專家的身上，從而這個場所就成為專家的而不屬於民眾團體的了。這就提醒我們，公民實質參與的提升需要在制度設計時考慮到公平、職能、民主、程序等準則。「宜蘭的審議民主操作經驗更顯示，會議主持者的溝通協調能力與技巧，是確保高質量討論的重要關鍵，而如何進一步重新架構行政人員與公民的關係，使民眾參與更能貼近議題討論的本質，強化民眾與行政人員共同學習者的角色，更應成為未來公民參與制度發展運作的重要一環。」[331]事實上，在審議式民調、公民陪審團、願景工作坊等實踐中，公民同樣會因不熟悉專業知識等問題而阻礙其進一步參與決策。一言以蔽之，在臺灣審議式民主的實踐中如何增進公民實質參與公共決策，仍是重大挑戰。

第二，過度強調共識導致弱勢群體的觀點和利益沒有得到足夠的重視甚至被忽視。「審議不僅要求資源的平等、要求保障有平等的機會來表達有說服力的主張，而且要求『認識論權威』上的平等，讓每個人都有能力使自己的主張贏得認可。」然而現實情況卻是，「把審議當做民主實踐的一個標誌會悖論式地使其以非民主的方式運作：根據似乎是民主的理由將一些人的觀點拒之門外，只是因為他們不太會用我們認為是具有審議特色的方式來陳述其主張。」[332]換言之，審議式民主的實踐中如若過度強調共識，容易造成系統性地排除少數成員的意見，如此將違背審議式

民主參與的平等原則。再以「新竹科學園區宜蘭基地」公民會議為例，此次會議上正反雙方的意見幾乎對等，於是就把正反雙方的意見寫在宜蘭公民會議的結論報告上。這與臺灣其他地方的公民會議結論報告相比來說是一大進步，但是，在這次公民會議的其他議題中，仍然是忽略了具有參考說明價值的少數人的意見。這樣，在多數人與少數人之間就難以找到一個平衡點。宜蘭公民會議的專家團體具有系統性的專業知識，在某種程度上，他們的言論具有相當程度的權威性，因此在議題討論中他們往往成為強勢的一方，從而形成一種壓倒性優勢，而且由於他們過度地強調共識，致使少數人的意見被埋沒，願望難以達成，從而違背了審議式民主的參與平等原則。其結果是，「審議的模式實在沒有充分考慮地位和等級對發言和傾聽模式的型塑作用，從而不能保證所有的觀點都得到權衡，不能保證參與公共討論可以培養公民的自主感，也不能保證審議追求的是公共利益而不是促進支配者的觀點。」[333]針對弱勢群體容易在審議式民主活動中失聲的現狀，如何落實共善精神，照顧他們的利益，均是值得關注與大力改進的地方。

　　第三，審議式民主的實踐在一定程度上成為政府決策背書的工具，甚至淪落為政客們選舉操作與打擊對手的工具。當前審議式民主在臺灣的實踐，大多是由政府出資委託學術機構主辦，涉及全臺性公共議題的實踐更是如此。這些由政府機關委託舉辦審議式民主的實踐在一定程度上成為公共政策背書的工具，至於審議的結果，則可能不是那麼重要。以「稅制改革」和「代理孕母」公民會議為例，前者最大的問題就在於「政府可能只是做做樣子，擺出傾聽民意的樣子，但其實卻完全不採納」[334]。在後者的過程中，「公民會議成為贊成與反對兩派的遊說戰場，雙方角力的意味遠遠大過所謂的『深思熟慮』。而公民會議的結論雖然為『不禁止，但有條件開放』，政府部門也表示會參考，但未來在『立法院』在立法時能否真的深思熟慮，還在未定之天。……公民會議的理想結論，往往因為其他因素的考慮而無法真正成為政策，此時，公民會議僅存的價值，可能就是在政府『深化民主』的政績上，記上象徵意義大過實質意義的小功。」[335]不僅如此，審議式民主的實踐甚至淪落為政客們選舉操作與打擊對手的工具：民進黨執政時期「舉辦過的數次公民會議及公民投票經驗，只見其模仿該制度之外殼，卻全不見對於其民主內涵之尊重與落實，莫怪乎公民投票多僅被評論為替執政黨背書與操弄族群分裂意識之政治工具罷

201

了！」[336]這不但使得審議式民主實踐的公信力大大降低，而且也有可能導致公民對政府的信任危機。

四、小結

相對於過去以投票程序所達成的多數決議式民主，審議式民主更強調多數決議的運作過程，乃是建立在理性溝通、理性說服、理性論辯上。即審議式民主雖然同意民主就是一人一票，票票等值的平等權利來決議集體的行動，但同時主張民主不應僅僅是這平等的投票程序而已，而應同時是平等的發言討論權利，並在此基礎上進行理性的論辯；唯有讓大家各自以最好的理由、論據來提出意見，並在理性論辯過程中得出最佳答案，作為共識。也就是說，這最後的共識不僅僅是透過平等的投票程序得出的，更重要的是，它是經過每位參與者的理性論辯與檢驗下的結果。因此，如果每位參與者都秉持相互尊重的態度參與討論，並以理性和互惠這一審議式民主核心價值作為最高標準來決定大家的爭議，那麼最後達成的共識，就不會淪為「多數暴力」，而這是以往以投票結束爭議的形式民主最讓人詬病之處。當然，審議式民主的實踐遠比一般投票民主要花更多時間，也要求參與者具備更深厚的理性素養。縱雖如此，審議式民主卻是真正化解爭議的較佳方法。「審議民主的可貴，並不僅僅只是在結果而已，更可貴的是在審議民主的過程中，群眾借由不斷彼此的對話、說服與相互理解，共同地、同時也是自覺地跟自我與他人的反動性對抗，並且邁向進步的道路前進。」[337]迄今為止臺灣審議式民主的實踐，一方面次數已居全球之冠，另一方面取得較大的成效，足以使人們有理由和信心繼續推動和深化之。但鑒於目前還存在這種那樣的問題與不足，臺灣社會需要更多的相互尊重，以及自我謙遜的民主精神，使公民之間的相互溝通更加順暢和理性，以提升臺灣整體的民主治理品質。

附錄

審議式民主在臺灣的實踐一覽表

日期	執行單位	會議名稱	層級
2002 年 6-8 月	「行政院二代健保規劃小組」	「全民健保給付範圍」公民會議	全台
2002 年 11 月	「行政院二代健保規劃小組」	「全民健保公共論壇」審議式民調	全台
2003 年 8 月	「行政院二代健保規劃小組」	「全民健保新制規劃」法人論壇	全台
2003 年 11 月	「行政院二代健保規劃小組」	「全健保保費制度變革」公民論壇	全台
2004 年 5 月	「行政院二代健保規劃小組」	「醫療質量資訊公開」願景工作坊	全台
2004 年 6 月	台北市北投社區大學	「北投溫泉博物館何去何從」社造協議公民會議	社區
2004 年 8-9 月	台灣大學社會學系	「代理孕母」公民會議	全台
2004 年 9 月	「行政院青輔會」	「青年COME議，台灣加油」青年「國是」會議	全台
2004 年 10 月	台灣促進和平基金會、時報文教基金會、公共電視台	「族群和解與對話」活動	全台
2004 年 10 月	台北市北投社區大學	「北投老街區的明天」公民會議	社區
2004 年 11 月	台灣大學社會學系	「高雄跨港纜車」公民會議	縣市
2004 年 11 月	新北市板橋社區大學	「大漢溪親水空間構思」公民會議	社區
2004 年 12 月	基隆市社區大學、台北市北投社區大學、新北市蘆荻社區大學、屏東社區大學	「民間稅制改革」公民會議（共四場）	社區
2005 年 1 月	台灣大學社會學系	「全民健保」公民會議	全台
2005 年 5 月	南華大學非營利研究所	「動物放生規範」公民會議	全台

續表

日期	執行單位	會議名稱	層級
2005 年 5 月	「行政院青輔會」	「台灣未來，民主審議」青年「國是」會議	全台
2005 年 5 月	中山大學政經學系	「能源運用」青年公民會議	全台
2005 年 5 月	台灣大學社會學系	「產前篩檢與檢測」公民會議	全台
2005 年 6 月	宜蘭社區大學	「新竹科學園區宜蘭基地」公民會議	縣市
2005 年 7 月	世新大學行政管理學系	「稅制改革」公民會議	全台
2005 年 8 月	世新大學行政管理學系	「青少年政策」公民會議	全台
2005 年 10 月	世新大學行政管理學系	「台北市應否訂定汽機車總量管制」公民會議	縣市
2005 年 10 月	「行政院環保署」	環保共識會議	全台
2005 年 11 月	台灣大學社會學系	「護理倫理規範」公民會議	全台
2005 年 11 月	台灣智庫、公共電視	台南縣長選舉審議式辯論會	縣市
2005 年 12 月	「中華民國自來水協會」	「如何訂定合理水價」公民會議	全台
2006 年 4 月	台灣大學社會學系	「水資源管理」公民會議	全台
2006 年 8 月	「行政院青輔會」	「給台灣年輕的夢想」青年「國是」會議	全台
2006 年 10 月	社區大學全台促進會、OURS、公共電視	「市民發聲」-台北市政願景十三談/社會區學習圈	社區
2006 年 10 月	新北市淡水社區大學	「觀光與在地生活共享的淡水小鎮」-捷運淡水站周邊環境經營公民會議	社區
2006 年 11 月	苗栗縣社區大學	「造橋火車站宿舍周邊環境規則」公民會議	社區
2006 年 11 月	台南縣曾文社區大學	「台南縣休耕政策」公民會議	社區
2006 年 11 月	基隆市社區大學	「八斗子生活圈」如何與「國立海洋科技博物館共存共榮」公民會議	社區
2006 年 11 月	公共電視	「你當家，我做主」2006台北市長選舉審議式辯論會	縣市
2006 年 11 月	政治大學公共行政系	「淡水河整治」願景工作坊	縣市
2006 年 12 月	台北市內湖社區大學	「內湖庄役場外圍開發」公民會議	社區

續表

日期	執行單位	會議名稱	層級
2006 年 12 月	世新大學	「世新在大文山地區的角色與定位」願景工作坊	社區
2007 年 3 月	台灣大學社會學系	「淡水河整治」公民陪審團	縣市
2007 年 4 月	淡水社區大學	「淡水需要什麼藝術文化」開放空間	社區
2007 年 5 月	淡水社區大學	「淡水需要怎麼樣的交通環境」社區學習圈	社區
2007 年 7 月	奇岩社區發展協會	「奇岩新社區開發計畫」公民陪審團	社區
2007 年 7 月	台灣大學社會學系	「博」出澎湖的未來?觀光博弈縣民論壇	縣市
2007 年 7 月	台灣促進和平文教基金會、社區大學全台促進會(台北、台南兩場)	公民願景會議-「『國家』未來的想像與超越當前的困境」	全台
2007 年 8 月	「行政院青輔會」	「台灣的夢想從我們開始」青年「國是」會議	全台
2007 年 10 月	台南市健康協會	台南市「檳榔健康危害防治」社區學習圈	社區
2007 年 11 月	公民監督「國會」聯盟、台灣青年公民論壇	「如何讓我們的『國會』明天會更好」公民學習圈	全台
2007 年 11 月	台南縣曾文社大	「農業發展條例與農地政策」公民願景審議論壇	社區
2007 年 11 月	藍色東港溪保育協會、屏東原住民水噹噹關懷協會	「原住民族工作權保障法暨就業政策」公民願景論壇	全台
2007 年 12 月	北投社大	「12年國教與教育總預算」公民願景審議論壇	社區
2007 年 12 月	林口社大	「治水方案與預算」公民願景審議論壇	社區
2007 年 12 月	「國立」聯合大學建築研究所	「地方特色產業發展政策」公民願景審議論壇	社區
2007 年 12 月	公共電視台	2008年「立委」選舉政黨辯論會	全台

續表

日期	執行單位	會議名稱	層級
2007 年 12 月	嘉義大學學生議會	「嘉義市舊監的春天」公民對話圈	縣市
2007 年 12 月	高雄應用大學觀光管理學系	「讓壽山園區成為歡聚歡笑新天堂」公民對話圈	縣市
2007 年 12 月	「行政院青輔會」審議民主主辦人團隊	「如何善用花蓮光復鄉孩童課後時間」公民對話圈	社區
2007 年 12 月	「行政院青輔會」審議民主主辦人團隊	「屏東高教的蛻變-國立三校的未來」公民對話圈	社區
2008 年 5 月	媒體觀察教育基金會、媒體改造學社	2008媒體公民會議	全台
2008 年 5 月	五港村社團發展協會、雲林縣淺海養殖協會	「台西鄉五港村產業與社區發展」公民會議	社區
2008 年 6 月	台灣大學社會學系	「基因改造食品」公民會議	全台
2008 年 6 月	台灣大學社會學系	「高雄引進博奕產業是否可行」公民陪審團、「高雄市政中心是否遷移」公民陪審團	縣市
2008 年 6 月	台灣環境行動網協會	「新北市中港大排規劃與使用」願景工作坊	縣市
2008 年 9 月	台灣電子治理中心	「2020台灣電子治理」願景工作坊	全台
2008 年 10 月	台灣環境行動網協會	「中港河廊通學步道」願景工作坊	縣市
2008 年 11 月	台灣大學社會學系	「性交易應不應該被處罰」 公民會議	全台
2008 年 11 月	「行政院青輔會」審議民主主辦人團隊	「羅東鎮的蛻變」-交通網路之藍圖公民對話圈	縣市
2008 年 12 月	台灣大學社會學系	「應否廢止死刑」公民會議	全台
2009 年 3 月	羅東鎮觀光小鎮發展協會	「純精路的美麗與哀愁」羅東公民論壇	縣市
2009 年 4 月	台灣少年權益與福利促進會	TeenCafe，我們期待的學校是什麼樣子	全台
2009 年 4 月	新北市眷村文化協會	「三重眷村」公民會議	縣市
2009 年 7 月	台南、曾文、永康社區大學	「鹽水溪工業帶」願景工作坊	縣市

續表

日期	執行單位	會議名稱	層級
2009 年 9 月	「行政院環保署」、財團法人永續能源研究基金會	WorldWideViews全球暖化世界公民高峰會	全台
2010 年 3 月	「行政院原能會」、公共電視台	「核去何從」審議式電視公民討論會	全台
2010 年 6 月	社團法人台灣環境資訊協會	「公義信託」願景工作坊	全台

資料來源：作者整理，參考李宜卿：《公民參與的機會與挑戰——臺灣審議民主制度化之研究》，臺灣大學社會科學院「國家發展」研究所碩士論文，2010年版，第83-86頁。

參考文獻

（一）中文部分

一、書籍

陳剩勇、何包鋼主編：《協商民主的發展》，北京：中國社會科學出版社，2006年版。

談火生等編譯：《審議民主》，南京：江蘇人民出版社，2007年版。

余致力：《民意與公共政策：理論探討與實證研究》，臺北：五南圖書出版股份有限公司，2002年版。

黃東益著：《民主商議與政策參與——審慎思辨民調的初探》，臺北：韋伯文化出版社，2003年版。

李丁讚編：《公共領域在臺灣——困境與契機》，臺北：桂冠圖書股份有限公司，2004年版。

林水波、邱靖鈜著：《公民投票vs.公民會議》，臺北：五南圖書出版股份有限公司，2006年版。

廖錦桂主編：《口中之光——審議民主的理論與實踐》，臺北：臺灣智庫，2007年版。

林國明著：《行政民主之實踐：全國型議題審議民主公民參與》、《行政民主

之實踐：全國型議題審議民主公民參與操作手冊》，臺北：「行政院研究發展考核委員會」編印，2008年版。

林國明、黃東益、杜文苓著：《行政民主之實踐：縣市型議題審議式民主公民參與》、《行政民主之實踐：縣市型議題審議式民主公民參與操作手冊》，臺北：「行政院研究發展考核委員會」編印，2008年版。

林國明、林子倫、楊志彬著：《行政民主之實踐：社區型議題審議式民主公民參與》、《行政民主之實踐：社區型議題審議式民主公民參與操作手冊》，臺北：「行政院研究發展考核委員會」編印，2008年版。

林國明、黃東益、林子倫著：《行政民主之實踐：總結報告》，臺北：「行政院研究發展考核委員會」編印，2008年版。

伊恩·夏比洛（Ian Shapiro）著，陳毓麟譯：《民主理論現況》，臺北：商周出版，城邦文化事業股份有限公司，2005年版。

李帕特（Arend Lijphart）著，陳崎譯：《民主的模式：36個國家的政府形式和政府績效》，北京：北京大學出版社，2006年版。

凱斯·孫斯坦（Cass R.Sunstein）著，劉會春、金朝武譯：《設計民主：論憲法的作用》，北京：法律出版社，2006年版。

阿米·古特曼（Amy Gutmann）、丹尼斯·湯普森（Dennis Thompson）著，楊立峰、葛水林等譯：《民主與分歧》，北京：東方出版社，2007年版。

艾莉絲·摩根（Alice Morgan）著，陳阿月譯：《從故事到療愈——敘事治療入門》，臺北：心靈工坊文化事業公司，2008年版。

約翰·卓策克（John S.Dryzek）著，黃維明譯：《談論式民主：政治、政策與政治學》，臺北：群學出版社，2009年版。

埃爾斯特（Jon　Elster）主編，李宗義、許雅淑譯：《審議民主》，臺北：群學出版社，2010年版。

本杰明·巴伯（Benjamin　R.Barber）著，彭斌、吳潤洲譯：《強勢民主》，長春：吉林人民出版社，2011年版。

二、論文

（美）喬治·瓦拉德　，何莉編譯：《協商民主》，《馬克思主義與現實》2004年第3期，第35-43頁。

陳家剛：《協商民主：概念、要素與價值》，《中共天津市委黨校學報》2005年第3期，第54-60頁。

王茹：《臺灣民間的「省籍—族群」和解運動——以〈面對族群與未來——來自民間的對話〉為例》，《臺灣研究集刊》2005年第3期，第48-54頁。

張娟：《審議民主：淵源、演進與啟示》，《理論建設》2007年第4期，第41-45頁。

王茹：《臺灣建構公民社會的「協商民主」之實踐狀況》，《臺灣研究集刊》2008年第1期，第1-8頁。

黃岩：《「傾聽城市」：都市治理的審議民主》，《社會科學家》2008年第3期，第41-45頁。

陳家剛：《多元主義、公民社會與理性：協商民主要素分析》，《天津行政學院學報》2008年第4期，第31-37頁。

馬奔：《創新的烏托邦還是有效的民主治理：對臺灣審議民主實踐的分析》，《經濟社會體制比較》2009年第2期，第126-131頁。

陳俊宏：《永續發展與民主：審議式民主理論初探》，（臺灣）《東吳政治學報》1998年第9期，第85-122頁。

林水波、石振國：《以直接民主改革間接民主的論述與評估》，（臺灣）《「立法院院聞」月刊》1999年第3期，第33-44頁。

黃東益：《審慎思辨民調——研究方法的探討與可行性評估》，（臺灣）《民意研究季刊》第211期（2000年1月），第123-143頁。

陳光興：《為什麼大和解不／可能？》，《臺灣社會研究季刊》2001年第43期，第41-110頁。

林國明、陳東昇：《公民會議與審議民主：全民健保的公民會議經驗》，《臺灣社會學》2003年第6期，第61-118頁。

鄧宗業、吳嘉苓：《法人論壇——新興民主國家的公民參與模式》，《臺灣民主季刊》2004年第1期，第35-56頁。

雷文玫：《強化臺灣健保行政決策公民參與的制度設計——二代健保「先驅性全民健保公民會議」的建議方案》，《臺灣民主季刊》2004年第4期，第57-81頁。

林國明、陳東昇：《審議民主、科技決策與公共討論》，（臺灣）《科技、醫療與社會》2005年第3期，第1-49頁。

陳東昇：《審議民主的限制——臺灣公民會議的經驗》，《臺灣民主季刊》2006年第1期，第77-104頁。

蕭元哲、鄭國泰等：《高雄市第一港口跨港觀光纜車之公民會議研究》，（臺灣）《新竹教育大學學報》第22期（2006年），第243-271頁。

梁文韜：《資訊時代下的公共治理：規範性電子公民身分論之初探》，（臺

灣）《政治與社會哲學評論》第19期（2006年12月），第1-84頁。

黃東益、李翰林等：《「搏感情」或「講道理」？——公共審議中參與者自我轉化機制之探討》，（臺灣）《東吳政治學報》2007年第1期，第39-71頁。

杜文苓：《審議民主與社會運動：民間團體籌辦新竹科學園區宜蘭基地公民會議的啟發》，（臺灣）《公共行政學報》第23期（2007年6月），第67-93頁。

黃東益：《地方公共審議說理過程初探：2005年宜蘭社大公民會議個案研究》，（臺灣）《公共行政學報》第24期（2007年9月），第71-102頁。

杜文苓、陳致中：《民眾參與公共決策的反思——以竹科宜蘭基地設置為例》，《臺灣民主季刊》2007年第3期，第33-62頁。

曾建元、吳康維：《審議式民主在臺灣的創新應用》，（臺灣）《「國會」月刊》2007年第10期，第58-87頁。

廖俊松：《審議民主的實踐：臺灣與大陸經驗分析》，《21世紀的公共管理：機遇與挑戰：第三屆國際學術研討會文集》，2008年。

楊志彬：《審議民主在社區實踐的幾點觀察》，（臺灣）《新使者》2008年第2期，第12-14頁。

黃競涓：《女性主義對審議式民主之支持與批判》，《臺灣民主季刊》2008年第3期，第33-69頁。

黃東益：《審議過後——從行政部門觀點探討公民會議的政策連結》，（臺灣）《東吳政治學報》2008年第4期，第59-96頁。

林子倫：《審議民主在社區：臺灣的經驗》，余遜達、趙永茂主編：《參與式地方治理研究》，浙江大學出版社，2009年版，第168-195頁。

劉正山：《當前審議式民主的困境及可能的出路》，（臺灣）《中國行政評論》2009年第2期，第109-132頁。

杜文苓、張國偉等：《審議民主在空間議題上的新實驗：以「中港河廊通學步道願景工作坊」為例》，（臺灣）《公共行政學報》第32期（2009年9月），第69-104頁。

林國明：《公共領域、公民社會與審議民主》，（臺灣）《思想》2009年第11期，第181-195頁。

蔡宏政：《公共政策中的專家政治與民主參與：以高雄「跨港纜車」公民共識會議為例》，《臺灣社會學刊》第43期（2009年12月），第1-42頁。

范雲：《說故事與民主討論———一個公民社會內部族群對話論壇的分析》，《臺灣民主季刊》2010年第1期，第65-105頁。

邱靖鈜：《商議民主與政策民主化——對美國學習圈機制的觀察》，（臺灣）《「國會」月刊》2010年第11期，第47-70頁。

羅晉：《線上「理想言談情境」有多理想：蘇花「國道」論壇的分析》，（臺灣）《行政暨政策學報》第51期（2010年12月），第125-170頁。

張譽馨：《審議民主中的性別差異》，（臺灣）《女學學志：婦女與性別研究》第27期（2010年12月），第275-316頁。

陳東昇：《到審議民主之路：臺灣的實踐與反省》，來源：http：//blog.roodo.com/taiwanculture/e6b61bb5.pdf。

林國明：《公民會議：公民參與的民主實驗》，來源：http：//sociology.ntu.edu.tw/～tsd/consensusconferenceintro.pdf。

靳菱菱：《反核或擁核？審議式民主在原住民部落實踐的思考》，來源：http：//cpis.bp.ntu.edu.tw/DevelopmentStudies/Data/ACDS 2nd B42.pdf。

林國明：《全民健保與公民參與》，來源：http：//sociology.ntu.edu.tw/～tsd/CCandDP.pdf。

杜文苓：《投資民主：臺灣公民審議對政府決策的啟示》，「邁向參與式民主的挑戰與實踐」研討會（2011年5月14日），來源：http：//www.tai-wanthinktank.org/page/chinese attachment 2/2028/0514.pdf。

張國偉：《社會資本在審議式民主活動中的展現：以新莊「中港大排規劃與使用」願景工作坊為例》，來源：http：//pam.nsysu.edu.tw/data/ta-spaa/f/F3-2.pdf。

三、學位論文

馬奔：《協商民主問題研究》，山東大學博士學位論文，2007年。

石磊：《協商民主的制度設計與實踐模式研究》，廈門大學碩士學位論文，2009年。

陳發威：《審議民主：宜蘭公民共識會議的表達》，華中師範大學碩士學位論文，2009年。

黃浩榮：《公共新聞學：審議式民主的觀點》，臺灣大學新聞研究所碩士學位論文，2004年。

張兆恬：《從審議民主觀點試論公民投票之程序改革》，臺灣大學法律研究所碩士論文，2006年。

謝淑貞：《公民會議對公共政策之影響——以高雄市第一港口跨港觀光纜車公民會議為例》，（臺灣）中山大學政治學研究所碩士學位論文，2007年。

吳秋瑩：《審議民主在地方公共事務決策之實踐——以「臺北市應否訂定汽機車總量管制計劃公民共識會議」為例》，臺灣大學社會科學院政治學系碩士學位論文，2007年。

施佳良：《從政策論證類型檢視審議民主過程：以二代健保法人論壇為例》，臺灣政治大學公共行政學系碩士學位論文，2007年。

莊千慧：《審議式民主與地方政府政策規劃過程：新莊中港河廊通學步道願景工作坊個案研究》，臺灣政治大學公共行政學系碩士學位論文，2008年。

陳致中：《社區治理與審議式民主：以淡水社區公民會議為例》，世新大學行政管理學系碩士學位論文，2008年。

李宜卿：《公民參與的機會與挑戰——臺灣審議民主制度化之研究》，臺灣大學社會科學院「國家發展」研究所碩士學位論文，2010年。

四、其他

林國明：《公民會議的價值是凸顯多元性》，（臺灣）《新新聞》第914期（2004年9月9-15日），第54-55頁。

顧爾德：《聽別人說話的能力》，（臺灣）《新新聞》第916期（2004年9月23-29日），第14頁。

郭宏治：《公民會議的推手陳東昇　他的夢想不在公共電視》，（臺灣）《新新聞》第919期（2004年10月14-20日），第56-57頁。

范雲：《說一個民主與和解的故事》，（臺灣）《新新聞》第928期（2004年12月17-22日），第68-69頁。

《來自民間的對話——面對族群與未來》DVD光盤（公播版），2005年版。

（二）英文部分

James S. Fishkin，The Voice of the People：Public Opinion and Democracy，New Haven，CT：Yale University Press，1995.

Amy Gutmann&Dennis Thompson，Democracy and Disagreement. Cam-bridge，Massachusetts：The Belknap Press of Harvard University Press，1996.

Jon Elster ed.，Deliberative Democracy，Cambridge UK/New York：Cam-bridge University Press，1998.

John S. Dryzek，Deliberative Democracy and Beyond：Liberal，Critics，Con-testations，New York：Oxford University Press，2000.

Amy Gutmann and Dennis Thompson，Why Deliberative Democracy？Prince-ton：Princeton University Press，2004.

Jefferson Center，Citizens'Jury Handbook，Minnesota：Jefferson Center，2004.

Iris M. Young，Inclusion and Democracy，Oxford：Oxford University Press，2000.

Francesca Polletta，It Was Like a Fever：Storytelling in Protest and Politics，Chicago：University of Chicago Press，2006.

Bernard Manin，Elly Stein and Jane Mansbridge，On Legitimacy and Politi-cal Deliberation，Political Theory，Vol. 15，No.3，August，1987，pp.338-368.

Joshua Cohen，「Deliberation and Democracy Legitimacy，」In A. Hamlin and P.Pettit eds.，The Good Polity，London：Blackwell，1989，pp.17-34.

Jack Knight and James Johnson，Aggregation and Deliberation：On the Pos-sibility of Democratic Legitimacy，Political Theory，Vol. 22，No.2，May，1994，pp.277-

296.

Iris M. Young,「Communication and the other:Beyond Deliberative Democracy」in Seyla Benhabib ed.,Democracy and Difference, Princeton:Princeton University Press,1996,pp.120-135.

Lynn M. Sanders, Against Deliberation, Political Theory, Vol.25,No.3,January1997,pp.347-376.

Robert C. Luskin and James S.Fishkin,「Deliberative Polling, Public O-pinion, and Representative Democracy:The Case of the National Issues Convention,」Paper presented at the annual Meeting of The American Association of Pub-lic Opinion Research,St.Louis, MO,1998,May 14-17.

James Bohman, The Coming of Age of Deliberative Democracy, The Journal of Political Philosophy, Vol. 6,Number 4,1998,pp.400-425.

Amy Gutmann and Dennis Thompson,「Deliberative Democracy:The Case of Bioethics,」Liberal Education, Vol. 84,Iss.1,Winter1998,pp.10-17.

Jane Mansbridge,「Everyday Talk in the Deliberative System,」In S. Macedo ed.,Deliberative Politics:Essays on Democracy and Disagreement, Oxford:Oxford University Press,1999,pp.211-239.

James S. Fishkin&Robert Luskin,「Bring Deliberation to the Democratic Dialogue,」in Max McCombs ed.,A Poll with a Human Face:the National Is-sues Convention Experiment in Political Communication, N.J.:Lawrence E.Erlbaum Associates,1999,pp.3-38.

Edward C. Weeks,「The Practice of Deliberative Democracy:Results from Four Large-Scale Trials,」Public Administration Review, Vol.60,No.4,July-August,

2000，pp.360-372.

David M. Ryfe，「The Practice of Deliberative Democracy：A Study of 16 Deliberative Organizations，」Political Communication，Vol.19，2002，pp.359-377.

Simone Chambers，「Deliberative Democratic Theory，」Annual Review of Po-litical Science，Vol. 6，2003，pp.307-326.

Nancy Roberts，「Public Deliberation in an Age of Direct Citizen Participa-tion，」American Review of Public Administration，Vol. 34，No.4，2004，pp.315-353.

Carolyn M. Hendriks，「Consensus Conference and Planning Cells：Lay Citi-zen Deliberations，」in John Gastil&Peter Levine eds.，The Deliberative Democ-racy Handbook：Strategies for Effective Civic Engagement in the 21 st Century，San Francisco：Jossey-Bass，2005，pp.80-110.

David M. Ryfe，「Does Deliberative Democracy Work？」Annual Review of Political Science，Vol.8，No.1，2005，pp.49-71.

Francesca Polletta and Lee John，「Is Telling Stories Good for Democracy？Rhetoric in Public Deliberation after 9/11，」American Sociological Review，Vol. 71，No.5，2006，pp.699-723.

John S. Dryzek&Aveizer Trucker，「Deliberative Innovation to Different Effect：Consensus Conferences in Demark，France and the United States，」Pub-lic Administration Review，Vol.68，No.5，2008，pp.864-876.

後記

誠如著名學者西蒙（H.Simon）在《管理行為》（中譯本）的前言中所云：「我肯定從很多人的隻言片語和舉手投足上得到過不少收穫，但是我又完全不記得他們是誰了；一本書就像一個大公墓場，墓碑上的名字多數都被歲月磨去了痕跡。」在本項目的研究過程中，我從無數「素未謀面」的專家和學者中獲得了巨大的幫助，在此雖然無法一一表示感謝，但我心存感激。

最後，「誰都不敢說自己的論文或著述一定是完美的」，這本書更是如此，書中肯定存在著這種那樣的錯誤，因此敬請各位專家、讀者予以批評指正。

沈惠平

[1]對deliberative democracy的翻譯，大致分為四類：一是審議（式、性）民主；二是商議（性）民主（制）；三是慎議民主、商談民主、審慎的民主、慎辯熟慮的民主；四是協商民主。根據作者的理解：審者審慎；議者討論，故本書取「審議式民主」。有鑒於此，已有文獻中的「協商民主」、「商議民主」等在引用中一律以「審議式民主」來代替。另外，臺灣學者的著述中所有涉及「中國」、「全國」等字眼在引用中一律以「臺灣」、「全臺」等來代替。

[2]陳家剛選編：《協商民主》，上海三聯書店，2004年版，第1頁。

[3]俞可平主編：「協商民主譯叢」，中央編譯出版社，2006年版，「總序」，第1頁。

[4]Amy Gutmann and Dennis Thompson， Why Deliberative Democracy？Princeton：Princeton Universi-ty Press，2004，p.7.

[5]邱靖鈜：《商議民主與政策民主化——對美國學習圈機制的觀察》，（臺灣）《「國會」月刊》2010年第11期，第56、67頁。

[6]楊志彬：《審議民主在社區實踐的幾點觀察》，（臺灣）《新使者》2008年第2期，第12頁。

[7]陳東昇：《到審議民主之路：臺灣的實踐與反省》，來源：http://blog.roodo.com/taiwan-culture/e6b61bb5.pdf。

[8]請詳見第二章。

[9]參閱范雲：《說故事與民主討論———個公民社會內部族群對話論壇的分析》，《臺灣民主季刊》2010年第1期。

[10]李宜卿：《公民參與的機會與挑戰——臺灣審議民主制度化之研究》，臺灣大學社會科學院「國家發展」研究所碩士學位論文，2010年版，第70頁。

[11]參閱林國明、黃東益、杜文苓著：《行政民主之實踐：縣市型議題審議式民主公民參與》、《行政民主之實踐：縣市型議題審議民主公民參與操作手冊》，臺北：「行政院研究發展考核委員會」編印，2008年版；林國明、林子倫、楊志彬著：《行政民主之實踐：社區型議題審議式民主公民參與》、《行政民主之實踐：社區型議題審議民主公民參與操作手冊》，臺北：「行政院研究發展考核委員會」編印，2008年版。

[12]邱榮舉著：《學術論文寫作研究》，臺北：翰蘆出版社，2002年版，第94頁。

[13]原來的臺北縣於2010年底「五都選舉」之後改稱為新北市，以下涉及原臺北縣的地方均稱新北市。

[14]張娟：《審議民主：淵源、演進與啟示》，《理論建設》2007年第4期，第41頁。

[15]Jon Elster，「Introduction」，in Deliberative Democracy，ed.，by Jon Elster，Cambridge：Cam-bridge University Press，1998，p.1.

[16]Joseph M.Bessette，「Deliberative Democracy：The Majority Principle in Republican Govern-ment，」in How Democratic is the Constitution，eds.，by Robert A.Goldwin and William A.Schambra，Washington：American Enterprise Institute，1980，pp.102-116.

[17]談火生等編譯：《審議民主》，江蘇人民出版社，2007年版，「選編說明」，第1頁。

[18]霍偉岸：《〈聯邦黨人文集〉的遺產：以審議性民主為中心的分析》，《開放時代》2004年第4期，第101頁。

[19]John S.Dryzek，Deliberative Democracy and Beyond：Liberal，Critics，Contestations，New York：Oxford University Press，2000，p.1.

[20]Simone Chambers，「Deliberative Democratic Theory，」Annual Review of Political Science，Vol.6，2003，pp.308-309.

[21]Jon Elster，「Introduction」，in Deliberative Democracy，ed.，by Jon Elster，Cambridge：Cam-bridge University Press，1998，p.8.

[22]Fran T.Y.Wu：《審議民主正在進行中》，《臺灣立報》2010年11月12日，S02版（書評）。

[23]參閱陳家剛：《多元主義、公民社會與理性：協商民主要素分析》，《天津行政學院學報》2008年第4期，第31-37頁。

[24]邱靖鈜：《商議民主與政策民主化——對美國學習圈機制的觀察》，（臺灣）《「國會」月刊》2010年第11期，第51-52頁。

[25]黃岩：《「傾聽城市」：都市治理的審議民主》，《社會科學家》2008年第3期，第43頁。

[26]李宜卿：《公民參與的機會與挑戰——臺灣審議民主制度化之研究》，臺灣大學社會科學院「國家發展」研究所碩士學位論文，2010年版，第36頁。

[27]林水波、石振國：《以直接民主改革間接民主的論述與評估》，（臺灣）《「立法院院聞」月刊》1999年第3期，第34頁。

[28]李宜卿：《公民參與的機會與挑戰——臺灣審議民主制度化之研究》，臺灣大學社會科學院「國家發展」研究所碩士學位論文，2010年版，第36-37頁。

[29]黃浩榮：《公共新聞學：審議式民主的觀點》，臺灣大學新聞研究所碩士學位論文，2004年版，第57-58頁。

[30]林水波、邱靖鈜著：《公民投票vs.公民會議》，臺北：五南圖書出版股份有限公司，2006年版，第33頁。

[31]張娟：《審議民主：淵源、演進與啟示》，《理論建設》2007年第4期，第41頁。

[32]趙霞：《審議民主初探》，《科技文匯》2009年第8期，第233頁。

[33]張雪敏、徐鋒：《審議民主與決策科學性的關係》，《理論前沿》2008年第16期，第29頁。

[34]Amy Gutmann and Dennis Thompson，「Democratic Disagreement，」in Deliberative Politics，ed.，by Stephen Macedo，Oxford：Oxford University Press，1999，p.275.

[35]邱靖鈜：《商議民主與政策民主化——對美國學習圈機制的觀察》，（臺灣）《「國會」月刊》2010年第11期，第53-54頁。

[36]（美）喬治·瓦拉德，何莉編譯：《協商民主》，《馬克思主義與現實》2004年第3期，第36頁。

[37]（美）喬治·瓦拉德，何莉編譯：《協商民主》，《馬克思主義與現實》2004年第3期，第36頁。

[38]（美）喬治·瓦拉德，何莉編譯：《協商民主》，《馬克思主義與現實》2004年第3期，第36-37頁。

[39]林子倫：《審議民主在社區：臺灣的經驗》，余遜達、趙永茂主編：《參與式地方治理研究》，浙江大學出版社，2009年版，第171頁。

[40]Amy Gutmann and Dennis Thompson.Democracy and Disagreement.Cambridge，Massachusetts：The Belknap Press of Harvard University Press，1996，pp.55-57.

[41]邱靖鈜：《商議民主與政策民主化——對美國學習圈機制的觀察》，（臺灣）《「國會」月刊》2010

年第11期,第55頁。

[42]（美）喬治‧瓦拉德　，何莉編譯：《協商民主》,《馬克思主義與現實》2004年第3期,第37頁。

[43]陳家剛：《協商民主引論》,《馬克思主義與現實》2004年第3期,第26頁。

[44]陳家剛：《協商民主：概念、要素與價值》,《中共天津市委黨校學報》2005年第3期,第59頁。

[45]林國明、陳東昇：《公民會議與審議民主：全民健保的公民參與經驗》,《臺灣社會學》第六期（2003年12月）,第69頁。

[46]陳家剛：《協商民主：概念、要素與價值》,《中共天津市委黨校學報》2005年第3期,第59頁。

[47]陳家剛：《協商民主：概念、要素與價值》,《中共天津市委黨校學報》2005年第3期,第59頁。

[48]Amy Gutmann and Dennis Thompson,「Deliberative Democracy beyond Process,」The Journal of Political Philosophy, Vol.10, No.2, 2002, pp.153-174.

[49]黃岩：《「傾聽城市」：都市治理的審議民主》,《社會科學家》2008年第3期,第44頁。

[50]王盛彬：《反思審議民主》,《法制與社會》2008年第8期（上）,第176頁。

[51]談火生等編譯：《審議民主》,江蘇人民出版社,2007年版,第7頁。

[52]曾建元、吳康維：《審議式民主在臺灣的創新應用》,（臺灣）《「國會」月刊》2007年第10期,第69-70頁。

[53]Fran T.Y.Wu：《審議民主正在進行中》,《臺灣立報》2010年11月12日,S02版（書評）。

[54]陳堯：《從參與到協商：當代參與型民主理論之前景》,《學術月刊》2006年第8期,第20-21頁。

[55]馬奔：《公民參與公共決策：協商民主的視角》,《中共福建省委黨校學報》2006年第8期,第28頁。

[56]黃東益：《公共商議與地方政策參與》,第二屆地方發展策略學術研討會,宜蘭：佛光大學社會學院公共事務學系,2003年。

[57]馬奔：《公民會議：協商民主的一種制度設計》,《山東社會科學》2009年第10期,第128-129頁。

[58]馬奔：《公民會議：協商民主的一種制度設計》，《山東社會科學》2009年第10期，第128頁。

[59]盧美秀、蔣欣欣等：《研究方法大突破——以公民共識會議修訂「中國」護理倫理規範》，《新臺北護理期刊》2006年第1期，第5頁。

[60]林國明、陳東昇：《公民會議與審議民主：全民健保的公民參與經驗》，《臺灣社會學》第六期（2003年12月），第65-66、76-77頁。

[61]林水波、邱靖鈜著：《公民投票vs.公民會議》，臺北：五南圖書出版股份有限公司，2006年版，第238頁。

[62]《「全民健保公民共識會議」徵求民眾參與》，來源：http：//www.aptcm.com/APTCM/Real-Time.nsf/0/65689F4B9B66D54348256F6D0008F11A？opendocument。

[63]林水波、邱靖鈜著：《公民投票vs.公民會議》，臺北：五南圖書出版股份有限公司，2006年版，第1頁。

[64]參閱《什麼是公民會議》，來源：臺灣大學社會學系科技、社會與民主（TSD）網站，http：//sociology.ntu.edu.tw/～tsd/whatiscc.pdf。

[65]《來上公民課！公民會議、教育與公民權的再學習》，《臺灣立報》2005年1月24日，第4版。

[66]林國明：《公民會議：公民參與的民主實驗》，來源：http：//sociology.ntu.edu.tw/～tsd/consensusconferenceintro.pdf。

[67]林國明、陳東昇：《公民會議與審議民主：全民健保的公民參與經驗》，《臺灣社會學》第六期（2003年12月），第109頁。

[68]林國明：《公民會議的價值是凸顯多元性》，（臺灣）《新新聞》第914期（2004年9月9-15日），第55頁。

[69]林國明：《公民參與模式》，來源：http：//sociology.ntu.edu.tw/～tsd/nhigroupkuoming.pdf。

[70]林國明、陳東昇：《公民會議與審議民主：全民健保的公民參與經驗》，《臺灣社會學》第六期（2003年12月），第78頁。

[71]David H.Guston,「Evaluating the first U.S.Consensus Conference：the Impacts of Citizen』s Pan-el on Telecommunication and the Future of Democracy」，Science，Technology and Human Values，Vol.24，No.4，

1999，p.452.

[72]《臺灣健保制度蜚聲國際》，來源：新華網2009年3月27日，http：//news.xinhuanet.com/tw/2009-03/27/content 11083511.htm。

[73]《臺灣健保：醫療制度烏托邦》，來源：http：//biz.163.com/06/0406/14/2E1JT91J00021 HSD.html。

[74]《臺灣全民健保的現況及經驗》，來源：中國醫療保險網2005年4月1日，http：//www.51shebao.com/？action-viewnews-itemid-681。

[75]鄒萃、侯悄悄：《對話臺灣：全民健康保險的效能與隱憂》，《中國社會保障》2009年第12期，第79頁。

[76]《臺灣健保：醫療制度烏托邦》，來源：http：//biz.163.com/06/0406/14/2E1JT91J00021 HSD.html。

[77]《臺灣全民健保的現況及經驗》，來源：中國醫療保險網2005年4月1日，http：//www.51shebao.com/？action-viewnews-itemid-681。

[78]《「健保」，風雨飄搖的「臺灣奇蹟」》，來源：http：//news.163.com/10/0827/03/6F2JO21S00014AED.html。

[79]《中國臺灣多種醫療健康保險合一》，《醫藥世界》2007年第5期，第40頁。

[80]鄒萃、侯悄悄：《對話臺灣：全民健康保險的效能與隱憂》，《中國社會保障》2009年第12期，第79頁。

[81]《「健保」，風雨飄搖的「臺灣奇蹟」》，來源：http：//news.163.com/10/0827/03/6F2JO21S00014AED.html。

[82]《全民健保惠澤島內民眾：臺灣的醫療制度》，來源：http：//www.s1979.com/a/news/gangaotai/2010/0308/21454.shtml。

[83]《「健保」，風雨飄搖的「臺灣奇蹟」》，來源：http：//news.163.com/10/0827/03/6F2JO21S00014AED.html。

[84]《臺灣健保制度蜚聲國際》，來源：新華網2009年3月27日，http：//news.xinhuanet.com/tw/2009-03/27/content 11083511.htm。

[85]《臺灣健保：醫療制度烏托邦》，來源：http://biz.163.com/06/0406/14/2E1JT91J00021HSD.html。

[86]《「健保」，風雨飄搖的「臺灣奇蹟」》，來源：http://news.163.com/10/0827/03/6F2JO21S00014AED.html。

[87]林國明、陳東昇：《公民會議與審議民主：全民健保的公民參與經驗》，《臺灣社會學》第六期（2003年12月），第63頁。

[88]陳東昇：《到審議民主之路：臺灣的實踐與反省》，來源：http://blog.roodo.com/taiwan-culture/e6b61bb5.pdf。

[89]參閱《「先驅性全民健保公民會議」的籌備過程》，來源：臺灣大學社會學系科技、社會與民主（TSD）網站，http://sociology.ntu.edu.tw/～tsd/NHICCprocess.pdf。

[90]《「先驅性全民健保公民會議」的正式會議》，來源：http://sociology.ntu.edu.tw/～tsd/NHICCformal%20conference.pdf。

[91]參閱《「先驅性全民健保公民會議」的正式會議》，來源：http://sociology.ntu.edu.tw/～tsd/NHICCformal%20conference.pdf。

[92]林國明、陳東昇：《公民會議與審議民主：全民健保的公民參與經驗》，《臺灣社會學》第六期（2003年12月），第64頁。

[93]雷文玫：《強化臺灣健保行政決策公民參與的制度設計——二代健保「先驅性全民健保公民會議」的建議方案》，《臺灣民主季刊》2004年第4期，第77頁。

[94]林國明、陳東昇：《公民會議與審議民主：全民健保的公民參與經驗》，《臺灣社會學》第六期（2003年12月），第65頁。

[95]林國明、陳東昇：《公民會議與審議民主：全民健保的公民參與經驗》，《臺灣社會學》第六期（2003年12月），第92頁。

[96]廖俊松：《審議民主的實踐：臺灣與大陸經驗分析》，《21世紀的公共管理：機遇與挑戰：第三屆國際學術研討會文集》（2008年），第154頁。

[97]樊靜著：《中國稅制新論》，北京大學出版社，2004年版，第6頁。

[98]福建省地稅局「臺灣稅收研究」課題組：《海峽兩岸稅制比較研究》，《福建論壇·經濟社會版》

2002年第10期,第68頁。

[99]參閱常世旺:《臺灣的稅制改革及評析》,《涉外稅務》2008年第2期,第48-49頁;王瑋:《臺灣最低稅負制改革及其評析》,《地方財政研究》2010年第3期,第76-78頁。

[100]參閱林水波、邱靖鈜著:《公民投票vs.公民會議》,臺北:五南圖書出版股份有限公司,2006年版,第214頁。

[101]「稅制改革」公民會議過程,請參閱林水波、邱靖鈜著:《公民投票vs.公民會議》,臺北:五南圖書出版股份有限公司,2006年版,第215-228頁。

[102]《稅改公民會議理性探討政策》,《臺灣新生報》2005年7月10日,第2版。

[103]林水波、邱靖鈜著:《公民投票vs.公民會議》,臺北:五南圖書出版股份有限公司,2006年版,第232頁。

[104]林水波、邱靖鈜著:《公民投票vs.公民會議》,臺北:五南圖書出版股份有限公司,2006年版,第230頁。

[105]林國明:《公民會議:公民參與的民主實驗》,來源:http://sociology.ntu.edu.tw/~tsd/consensusconferenceintro.pdf。

[106]黃東益:《審議過後——從行政部門觀點探討公民會議的政策連結》,(臺灣)《東吳政治學報》2008年第4期,第76頁。

[107]參閱黃東益:《審議過後——從行政部門觀點探討公民會議的政策連結》,(臺灣)《東吳政治學報》2008年第4期,第77-80頁。

[108]李宜卿:《公民參與的機會與挑戰——臺灣審議民主制度化之研究》,臺灣大學社會科學院「國家發展」研究所碩士學位論文,2010年版,第61頁。

[109]參閱黃東益:《審議過後——從行政部門觀點探討公民會議的政策連結》,(臺灣)《東吳政治學報》2008年第4期,第80頁。

[110]黃啟榮:《公民會議形式民主》,《聯合報》2004年9月23日,第1版。

[111]靳菱菱:《反核或擁核?審議式民主在原住民部落實踐的思考》,來源:http://cpis.bp.ntu.edu.tw/DevelopmentStudies/Data/ACDS 2nd B42.pdf。

[112]《來上公民課！公民會議、教育與公民權的再學習》,《臺灣立報》2005年1月24日,第4版。

[113]廖俊松:《審議民主的實踐:臺灣與大陸經驗分析》,《21世紀的公共管理:機遇與挑戰:第三屆國際學術研討會文集》(2008年),第165頁。

[114]顧爾德:《聽別人說話的能力》,(臺灣)《新新聞》第916期(2004年9月23-29日),第14頁。

[115]參閱林水波、邱靖鈜著:《公民投票vs.公民會議》,臺北:五南圖書出版股份有限公司,2006年版,第303頁。

[116]劉孟奇:《高雄第一港口跨港觀光纜車公民共識會議》,廖錦桂、王興中主編:《口中之光:審議民主的理論與實踐》,臺北:臺灣智庫,2007年版,第79-80頁。

[117]《高雄第一港口跨港觀光纜車公民共識會議:閱讀資料》,來源:https://ceiba.ntu.edu.tw/course/81a0df/pdf/194_1.pdf。

[118]劉孟奇:《高雄第一港口跨港觀光纜車公民共識會議》,廖錦桂、王興中主編:《口中之光:審議民主的理論與實踐》,臺北:臺灣智庫,2007年版,第79頁。

[119]劉孟奇:《高雄第一港口跨港觀光纜車公民共識會議》,廖錦桂、王興中主編:《口中之光:審議民主的理論與實踐》,臺北:臺灣智庫,2007年版,第81頁。

[120]蔡宏政:《公共政策中的專家政治與民主參與:以高雄「跨港纜車」公民共識會議為例》,《臺灣社會學刊》第43期(2009年12月),第23頁。

[121]《建跨港纜車公民小組停看聽》,《民眾日報》2004年11月5日,TMP285版。

[122]參閱林國明、黃東益、杜文苓著:《行政民主之實踐:縣市型議題審議民主公民參與操作手冊》,臺北:「行政院研究發展考核委員會」編印,2008年版,第13-14頁。

[123]林國明、黃東益、杜文苓著:《行政民主之實踐:縣市型議題審議民主公民參與操作手冊》,臺北:「行政院研究發展考核委員會」編印,2008年版,第14頁。

[124]《高雄第一港口跨港觀光纜車公民共識會議:預備會議議程》,來源:https://ceiba.ntu.edu.tw/course/81a0df/pdf/194_1.pdf。

[125]陳東昇:《審議民主的限制:臺灣公民會議的經驗》,《臺灣民主季刊》2006年第1期,第96頁。

[126]蔡宏政：《公共政策中的專家政治與民主參與：以高雄「跨港纜車」公民共識會議為例》，《臺灣社會學刊》第43期（2009年12月），第26頁。

[127]《高雄第一港口跨港觀光纜車公民共識會議：正式會議議程》，來源：https：//ceiba.ntu.edu.tw/course/81a0df/pdf/196 1.pdf。

[128]《高雄第一港口跨港觀光纜車公民共識會議：正式會議議程》，來源：https：//ceiba.ntu.edu.tw/course/81a0df/pdf/196 1.pdf。

[129]《「高雄第一港口跨港纜車」是否興建市府本月決定》，《臺灣日報》2004年12月1日，第A22版。

[130]劉孟奇：《高雄第一港口跨港觀光纜車公民共識會議》，廖錦桂、王興中主編：《口中之光：審議民主的理論與實踐》，臺北：臺灣智庫，2007年版，第84頁。

[131]蕭元哲、鄭國泰等：《高雄市第一港口跨港觀光纜車之公民會議研究》，（臺灣）《新竹教育大學學報》第22期（2006年），第253、258頁。

[132]蕭元哲、鄭國泰等：《高雄市第一港口跨港觀光纜車之公民會議研究》，（臺灣）《新竹教育大學學報》第22期（2006年），第254-255頁。

[133]蕭元哲、鄭國泰等：《高雄市第一港口跨港觀光纜車之公民會議研究》，（臺灣）《新竹教育大學學報》第22期（2006年），第257頁。

[134]蕭元哲、鄭國泰等：《高雄市第一港口跨港觀光纜車之公民會議研究》，（臺灣）《新竹教育大學學報》第22期（2006年），第253頁。

[135]蕭元哲、鄭國泰等：《高雄市第一港口跨港觀光纜車之公民會議研究》，（臺灣）《新竹教育大學學報》第22期（2006年），第258、263頁。

[136]杜文苓、陳致中：《民眾參與公共決策的反思——以竹科宜蘭基地設置為例》，《臺灣民主季刊》2007年第3期，第34-36頁。

[137]此次公民會議的主要結論有兩點：一是對於低汙染、具前瞻性的通訊知識服務園區以及數位創意園區進駐宜蘭表達歡迎的共識；二是對於生產型基地之進駐宜蘭與否則未能達成共識。即便如此，臺當局還是於2007年初宣布暫緩「竹科宜蘭基地」的開發。

[138]《新竹科學園區宜蘭基地公民會議：可閱讀資料》，來源：http：//icul.ilc.edu.tw/consen-su/file/可閱讀資料.pdf，第13、15頁。

[139]《新竹科學園區宜蘭基地公民會議：可閱讀資料》，來源：http：//icul.ilc.edu.tw/consen-su/file/可閱讀資料.pdf，第20頁。

[140]《新竹科學園區宜蘭基地公民會議：可閱讀資料》，來源：http：//icul.ilc.edu.tw/consen-su/file/可閱讀資料.pdf，第22-24頁。

[141]《竹科進駐宜蘭猶豫學者不解》，《聯合報》2005年6月5日，TMP01版。

[142]《新竹科學園區宜蘭基地公民會議：計劃緣起》，來源：http：//icul.ilc.edu.tw/consensu/First Yilan/index1.htm。

[143]《新竹科學園區宜蘭基地公民會議：計劃目標》，來源：http：//icul.ilc.edu.tw/consensu/First Yilan/index2.htm。

[144]《「新竹科學園區宜蘭基地公民會議」的由來》，來源：http：//icul.ilc.edu.tw/consensu/file/「新竹科學園區宜蘭基地公民會議」的由來.pdf，第7頁。

[145]《新竹科學園區宜蘭基地公民會議：先期倡導、招募公民小組成員》，來源：http：//icul.ilc.edu.tw/consensu/First Yilan/index10-3.htm。

[146]《新竹科學園區宜蘭基地公民會議：公民會議種籽培訓工作坊》，來源：http：//icul.ilc.edu.tw/consensu/First Yilan/index10-4.htm。

[147]《新竹科學園區宜蘭基地公民會議：挑選參與者組成公民小組》，來源：http：//icul.ilc.edu.tw/consensu/First Yilan/index10-5.htm。

[148]陳發威：《審議民主：宜蘭公民共識會議的表達》，華中師範大學碩士學位論文，2009年版，第23頁。

[149]《新竹科學園區宜蘭基地公民會議：預備會議（2天）》，來源：http：//icul.ilc.edu.tw/consensu/First Yilan/index10-7.htm。

[150]參閱陳發威：《審議民主：宜蘭公民共識會議的表達》，華中師範大學碩士學位論文，2009年版，第25-28頁。

[151]參閱陳發威：《審議民主：宜蘭公民共識會議的表達》，華中師範大學碩士學位論文，2009年版，第29-34頁。

[152] 杜文苓：《審議民主與社會運動：民間團體籌辦新竹科學園區宜蘭基地公民會議的啟發》，（臺灣）《公共行政學報》第23期（2007年6月），第74頁。

[153]《宜蘭公民盼環保在地化》，《聯合報》2005年6月13日，TMP01版。

[154]《紅柴林基地「國科會」放棄》，《中國時報》2007年1月16日，三星報導。

[155] 杜文苓、陳致中：《民眾參與公共決策的反思——以竹科宜蘭基地設置為例》，《臺灣民主季刊》2007年第3期，第56頁。

[156] 杜文苓：《審議民主與社會運動：民間團體籌辦新竹科學園區宜蘭基地公民會議的啟發》，（臺灣）《公共行政學報》第23期（2007年6月），第87-88頁。

[157]《新竹科學園區宜蘭基地公民會議：預期效益》，來源：http://icul.ilc.edu.tw/consensu/FirstYilan/index13.htm。

[158] 廖俊松：《審議民主的實踐：臺灣與大陸經驗分析》，《21世紀的公共管理：機遇與挑戰：第三屆國際學術研討會文集》（2008年），第161頁。

[159]《三星紅柴林基地「國科會」放棄》，《中國時報》2007年1月17日，第2版。

[160]《新竹科學園區宜蘭基地公民會議：預期效益》，來源：http://icul.ilc.edu.tw/consensu/FirstYilan/index13.htm。

[161] 杜文苓、陳致中：《民眾參與公共決策的反思——以竹科宜蘭基地設置為例》，《臺灣民主季刊》2007年第3期，第53頁。

[162] 杜文苓、陳致中：《民眾參與公共決策的反思——以竹科宜蘭基地設置為例》，《臺灣民主季刊》2007年第3期，第54-55頁。

[163] 林子倫：《審議民主在社區：臺灣的經驗》，余遜達、趙永茂主編：《參與式地方治理研究》，浙江大學出版社，2009年版，第181頁。

[164] 水社區公民會議為例》，世新大學行政管理學系碩士學位論文，2008年版，第56-67頁；林子倫：《公民會議在社區：開啟臺灣民主深化的工程》，臺北：臺灣民主基金會，2006年版。

[165] 林子倫：《審議民主在社區：臺灣的經驗》，余遜達、趙永茂主編：《參與式地方治理研究》，浙江大學出版社，2009年版，第182頁。

[166]林子倫：《審議民主在社區：臺灣的經驗》，余遜達、趙永茂主編：《參與式地方治理研究》，浙江大學出版社，2009年版，第185頁。

[167]陳致中：《社區治理與審議式民主：以淡水社區公民會議為例》，世新大學行政管理學系碩士學位論文，2008年版，第81頁。

[168]陳致中：《社區治理與審議式民主：以淡水社區公民會議為例》，世新大學行政管理學系碩士學位論文，2008年版，第93頁。

[169]陳剩勇、何包鋼主編：《協商民主的發展》，中國社會科學出版社，2006年版，第46頁。

[170]Amy Gutmann and Dennis Thompson，Democracy and Disagreement，Cambridge，M.A.：Harvard University Press，1996，pp.21-22。

[171]陳致中：《社區治理與審議式民主：以淡水社區公民會議為例》，世新大學行政管理學系碩士學位論文，2008年版，第83-84頁。

[172]洪德俊、陳羽甄：《公民會議之民眾參與及衝突管理策略》，來源：http：//www.btcc.org.tw/web/94tc/show2B/2.doc。

[173]陳致中：《社區治理與審議式民主：以淡水社區公民會議為例》，世新大學行政管理學系碩士學位論文，2008年版，第85頁。

[174]陳東昇：《審議民主的限制——臺灣公民會議的經驗》，《臺灣民主季刊》2006年第1期，第79頁。

[175]陳致中：《社區治理與審議式民主：以淡水社區公民會議為例》，世新大學行政管理學系碩士學位論文，2008年版，第131頁。

[176]杜文苓：《投資民主：臺灣公民審議對政府決策的啟示》，「邁向參與式民主的挑戰與實踐」研討會（2011年5月14日），來源：http：//www.taiwanthinktank.org/page/chinese attachment 2/2028/0514.pdf，第108頁。

[177]林子倫：《審議民主在社區：臺灣的經驗》，余遜達、趙永茂主編：《參與式地方治理研究》，浙江大學出版社，2009年版，第185-186頁。

[178]林子倫：《審議民主在社區：臺灣的經驗》，余遜達、趙永茂主編：《參與式地方治理研究》，浙江大學出版社，2009年版，第186-188頁。

附錄 / 參考文獻 / 後記

[179] 張譽馨：《審議民主中的性別差異》，（臺灣）《女學學志：婦女與性別研究》第27期（2010年12月），第276頁。

[180]《推動公民會議審議民主發芽了》，《中國時報》2007年10月8日，T4版。

[181] 林子倫：《臺灣審議式民主參與的實踐困境》，「邁向參與式民主的挑戰與實踐」研討會（2011年5月14日），第115頁，來源：http：//www.taiwanthinktank.org/page/chinese attachment 2/2028/0514.pdf。

[182] 陳東昇：《審議民主的限制——臺灣公民會議的經驗》，《臺灣民主季刊》2006年第1期，第95頁。

[183] 陳東昇：《審議民主的限制——臺灣公民會議的經驗》，《臺灣民主季刊》2006年第1期，第97頁。

[184]《公民會議為稅改加把勁》，（臺灣）《經濟日報》2005年8月3日，TMP01版，社論。

[185]《稅改草案不符公民會議共識泛紫：應符最低稅負制精神》，《臺灣新生報》2005年8月13日，第2版。

[186] 吳秋瑩：《審議民主在地方公共事務決策之實踐——以「臺北市應否訂定汽車總量管制計劃公民共識會議」為例》，臺灣大學社會科學院政治學系碩士學位論文，2007年版，第106頁。

[187] 林子倫：《臺灣審議式民主參與的實踐困境》，「邁向參與式民主的挑戰與實踐」研討會（2011年5月14日），第116頁，來源：http：//www.taiwanthinktank.org/page/chinese attachment 2/2028/0514.pdf。

[188] 黃東益：《審議過後——從行政部門觀點探討公民會議的政策連結》，（臺灣）《東吳政治學報》2008年第4期，第86頁。

[189] 杜文苓、陳致中：《民眾參與公共決策的反思——以竹科宜蘭基地設置為例》，《臺灣民主季刊》2007年第3期，第88-89頁。

[190] 陳致中：《社區治理與審議式民主：以淡水社區公民會議為例》，世新大學行政管理學系碩士學位論文，2008年版，第123頁。

[191]《開放空間技術》，來源：http：//rayhr1981.blog.163.com/blog/static/16259369220109279652211/。

[192] 轉引自（美）夏洛特‧謝爾頓、劉芊著：《量子飛躍：改變你工作和生活的七種量子技巧》，中國財政經濟出版社，2008年版，第149頁。

[193] 孟謙：《「開放空間」帶來新的社區體驗》，《社區》2010年第7期（上），第1頁。

[194]轉引自（美）夏洛特·謝爾頓、劉芊著：《量子飛躍：改變你工作和生活的七種量子技巧》，中國財政經濟出版社，2008年版，第148頁。

[195]陳書吟：《南部社區大學實踐社群共學的啟動——開放空間會議模式初體驗》，來源：http：//www.napcu.org.tw/epaper/147knowledge。

[196]《開放空間技術》，來源：http：//rayhr1981.blog.163.com/blog/static/16259369220109279652211/。

[197]《開放空間論壇》，來源：http：//www.ccpg.org.cn/Article/ShowArticle.asp？ArticleID=268。

[198]《感受「開放空間」》，來源：http：//www.chinadevelopmentbrief.org.cn/qikanarticleview.php？id=689。

[199]范雲：《開放空間》，廖錦桂、王興中主編：《口中之光：審議民主的理論與實踐》，臺北：臺灣智庫，2007年版，第113頁。

[200]《開放空間技術》，來源：http：//rayhr1981.blog.163.com/blog/static/162593692201092796 52211/。

[201]《開放空間論壇》，來源：http：//www.ccpg.org.cn/Article/ShowArticle.asp？ArticleID=268。

[202]林國明、林子倫、楊志彬著：《行政民主之實踐：社區型議題審議民主公民參與》，臺北：「行政院研究發展委員會」編印，2008年版，第53頁。

[203]參閱（德）邁諾爾夫·迪爾克斯、阿里安娜·貝圖安·安托爾等主編：《組織學習與知識創新》，上海社會科學院知識與訊息課題組譯，上海人民出版社，2001年版，第606頁。

[204]林國明、黃東益、林子倫著：《行政民主之實踐：總結報告》，臺北：「行政院研究發展委員會」編印，2008年版，第33-34頁。

[205]范雲：《說故事與民主討論——一個公民社會內部族群對話論壇的分析》，《臺灣民主季刊》2010年第1期，第77頁。

[206]石振國：《說故事管理在公部門的應用》，（臺灣）《中華行政學報》2008年第5期，第45頁。

[207]參閱（美）安妮特·西蒙斯著，呂國燕譯：《說故事的力量：激勵、影響與說服的最佳工具》，化學工業出版社，2009年版，第1章。

[208]范雲：《說故事與民主討論——一個公民社會內部族群對話論壇的分析》，《臺灣民主季刊》2010

年第1期,第77頁。

[209]范雲:《開放空間》,廖錦桂、王興中主編:《口中之光:審議民主的理論與實踐》,臺北:臺灣智庫,2007年版,第112-113頁。

[210]范雲:《開放空間》,廖錦桂、王興中主編:《口中之光:審議民主的理論與實踐》,臺北:臺灣智庫,2007年版,第112頁。

[211]Iris Marion Young,「Communication and the other:Beyond Deliberative Democracy,」in Democra-cy and Difference,ed.by Seyla Benhabib,Princeton:Princeton University Press,1996,pp.129-132.

[212]范雲:《說故事與民主討論——一個公民社會內部族群對話論壇的分析》,《臺灣民主季刊》2010年第1期,第87頁。

[213](澳)約翰・德雷澤克著,丁開杰等譯:《協商民主及其超越:自由與批判的視覺》,中央編譯出版社,2006年版,第60頁。

[214]范雲:《說故事與民主討論——一個公民社會內部族群對話論壇的分析》,《臺灣民主季刊》2010年第1期,第89頁。

[215]范雲:《說一個民主與和解的故事》,(臺灣)《新新聞》第928期(2004年12月17-22日),第68頁。

[216]范雲:《開放空間》,廖錦桂、王興中主編:《口中之光:審議民主的理論與實踐》,臺北:臺灣智庫,2007年版,第116頁。

[217]范雲:《說故事與民主討論——一個公民社會內部族群對話論壇的分析》,《臺灣民主季刊》2010年第1期,第68-69頁。

[218]參閱范雲:《說故事與民主討論——一個公民社會內部族群對話論壇的分析》,《臺灣民主季刊》2010年第1期,第70-71頁。

[219]談火生等編譯:《審議民主》,江蘇人民出版社,2007年版,第121、344頁。

[220]范雲:《說故事與民主討論——一個公民社會內部族群對話論壇的分析》,《臺灣民主季刊》2010年第1期,第72頁。

[221]參閱范雲:《說故事與民主討論——一個公民社會內部族群對話論壇的分析》,《臺灣民主季刊》

2010年第1期,第99-101頁。

[222]保羅‧利科（Paul Ricoeur, 1913-2005），法國著名哲學家、當代最重要的解釋學家之一。曾任法國斯特拉斯堡大學、巴黎大學、朗泰爾大學教授，並為美國芝加哥大學、耶魯大學、加拿大蒙特利爾大學等大學客座教授。2004年11月，被美國國會圖書館授予有人文領域的諾貝爾獎之稱的「克魯格獎」。他一生寫有超過20本學術著作，研究涉及的範圍包括語言學、詮釋學、心理學、馬克思主義、宗教學和政治倫理學等。

[223]范雲：《開放空間》，廖錦桂、王興中主編：《口中之光：審議民主的理論與實踐》，臺北：臺灣智庫，2007年版，第116頁。

[224]在今天的臺灣，閩南人又稱鶴佬人、福佬人、河洛人，甚至一定意義上被稱為daiwanglang，即「臺灣人」。

[225]王茹：《臺灣民間的「省籍—族群」和解運動——以〈面對族群與未來——來自民間的對話〉為例》，《臺灣研究集刊》2005年第3期，第49頁。

[226]郝時遠：《臺灣的「族群」與「族群政治」析論》，《中國社會科學》2004年第2期，第135頁。

[227]王茹：《臺灣民間的「省籍—族群」和解運動——以〈面對族群與未來——來自民間的對話〉為例》，《臺灣研究集刊》2005年第3期，第50頁。

[228]《面對族群與未來——來自民間的對話》DVD光盤（公播版），作者於2011年12月20日在臺灣「國家圖書館」延平館舍觀賞。

[229]抽樣的操作方式是先將所有報名者依據報名問捲上所顯示出的藍綠政治背景、族群身分以及教育程度，分成不同類屬的交叉方塊。執行委員先決定三十個名額中，每個方塊中的要有的參與者人數，然後，在每一個類屬中所有的報名者名單中，以隨機數依序抽出預備名單，之後進行電話邀約。參閱范雲：《說故事與民主討論———個公民社會內部族群對話論壇的分析》，《臺灣民主季刊》2010年第1期，第74頁。

[230]范雲：《說故事與民主討論———個公民社會內部族群對話論壇的分析》，《臺灣民主季刊》2010年第1期，第74頁。

[231]范雲：《開放空間》，廖錦桂、王興中主編：《口中之光：審議民主的理論與實踐》，臺北：臺灣智庫，2007年版，第114頁。

[232]王茹：《臺灣民間的「省籍—族群」和解運動——以〈面對族群與未來——來自民間的對話〉為

例》,《臺灣研究集刊》2005年第3期,第50-51頁。

[233]王茹:《臺灣民間的「省籍—族群」和解運動——以〈面對族群與未來——來自民間的對話〉為例》,《臺灣研究集刊》2005年第3期,第51頁。

[234]范雲:《說故事與民主討論———一個公民社會內部族群對話論壇的分析》,《臺灣民主季刊》2010年第1期,第75-76頁。

[235]王茹:《臺灣民間的「省籍—族群」和解運動——以〈面對族群與未來——來自民間的對話〉為例》,《臺灣研究集刊》2005年第3期,第51頁。

[236]范雲:《說故事與民主討論———一個公民社會內部族群對話論壇的分析》,《臺灣民主季刊》2010年第1期,第66-67頁。

[237]范雲:《說一個民主與和解的故事》,(臺灣)《新新聞》第928期(2004年12月17-22日),第68頁。

[238]范雲:《開放空間》,廖錦桂、王興中主編:《口中之光:審議民主的理論與實踐》,臺北:臺灣智庫,2007年版,第112頁。

[239]范雲:《說一個民主與和解的故事》,(臺灣)《新新聞》第928期(2004年12月17-22日),第69頁。

[240]范雲:《說一個民主與和解的故事》,(臺灣)《新新聞》第928期(2004年12月17-22日),第68頁。

[241]范雲:《說一個民主與和解的故事》,(臺灣)《新新聞》第928期(2004年12月17-22日),第69頁。

[242]范雲:《開放空間》,廖錦桂、王興中主編:《口中之光:審議民主的理論與實踐》,臺北:臺灣智庫,2007年版,第116頁。

[243]王茹:《臺灣民間的「省籍—族群」和解運動——以〈面對族群與未來——來自民間的對話〉為例》,《臺灣研究集刊》2005年第3期,第52頁。

[244]范雲:《開放空間》,廖錦桂、王興中主編:《口中之光:審議民主的理論與實踐》,臺北:臺灣智庫,2007年版,第115頁。

[245]范雲：《開放空間》，廖錦桂、王興中主編：《口中之光：審議民主的理論與實踐》，臺北：臺灣智庫，2007年版，第112頁。

[246]王茹：《臺灣民間的「省籍—族群」和解運動——以〈面對族群與未來——來自民間的對話〉為例》，《臺灣研究集刊》2005年第3期，第52頁。

[247]馬曉燕：《社會正義研究的新視角：交往民主對審議民主的反思與批判》，《學術月刊》2009年第1期，第52-53頁。

[248]范雲：《說故事與民主討論——一個公民社會內部族群對話論壇的分析》，《臺灣民主季刊》2010年第1期，第65頁。

[249]王茹：《臺灣民間的「省籍—族群」和解運動——以〈面對族群與未來——來自民間的話〉為例》，《臺灣研究集刊》2005年第3期，第52頁。

[250]王茹：《臺灣民間的「省籍—族群」和解運動——以〈面對族群與未來——來自民間的對話〉為例》，《臺灣研究集刊》2005年第3期，第52頁。

[251]王茹：《臺灣民間的「省籍—族群」和解運動——以〈面對族群與未來——來自民間的話〉為例》，《臺灣研究集刊》2005年第3期，第53頁。

[252]《想像未來民間團體邀民眾對話》，《臺灣立報》2005年7月1日，第3版。

[253]林國明著：《行政民主之實踐：全國型議題審議民主公民參與操作手冊》，臺北：「行政院研究發展考核委員會」編印，2008年版，第79頁。

[254]黃東益著：《民主商議與政策參與——審慎思辨民調的初探》，新北市：韋伯文化國際出版有限公司，2003年版，第64-65頁。

[255]參閱黃東益：《審慎思辨民調——研究方法的探討與可行性評估》，（臺灣）《民意研究季刊》第211期（2000年1月），第123-143頁。

[256]參閱黃東益：《審慎思辨民調——研究方法的探討與可行性評估》，（臺灣）《民意研究季刊》第211期（2000年1月），第123-143頁。

[257]參閱楊意菁：《民意調查的理想國一個深思熟慮民調的探討》，（臺灣）《民意研究季刊》第204期（1998年4月），第63-76頁。

[258]林國明：《全民健保與公民參與》，來源：http：//sociology.ntu.edu.tw/～tsd/CCandDP.pdf。

[259]James S.Fishkin， The Voice of the People：Public Opinion and Democracy， New Haven：Yale U-niversity Press，1995，pp.174-175.

[260]馬奔：《協商式民意調查：協商民主的一種制度設計》，《學習與探索》2008年第3期，第70頁。

[261]林國明著：《行政民主之實踐：全國型議題審議民主公民參與操作手冊》，臺北：「行政院研究發展考核委員會」編印，2008年版，第79頁。

[262]李宜卿：《公民參與的機會與挑戰——臺灣審議民主制度化之研究》，臺灣大學社會科學院「國家發展」研究所碩士學位論文，2010年版，第65頁。

[263]黃東益：《審慎思辨民調「全民健保公民論壇」評估報告》，來源：http：//sociology.ntu.edu.tw/～tsd/NHIDP.pdf，第1頁。

[264]黃東益：《審慎思辨民調「全民健保公民論壇」評估報告》，來源：http：//sociology.ntu.edu.tw/～tsd/NHIDP.pdf，第4頁。

[265]黃東益：《審慎思辨民調「全民健保公民論壇」評估報告》，來源：http：//sociology.ntu.edu.tw/～tsd/NHIDP.pdf，第7頁。

[266]黃東益：《審慎思辨民調「全民健保公民論壇」評估報告》，來源：http：//sociology.ntu.edu.tw/～tsd/NHIDP.pdf，第9頁。

[267]黃東益：《審慎思辨民調「全民健保公民論壇」評估報告》，來源：http：//sociology.ntu.edu.tw/～tsd/NHIDP.pdf，第10-11頁。

[268]黃東益：《審慎思辨民調「全民健保公民論壇」評估報告》，來源：http：//sociology.ntu.edu.tw/～tsd/NHIDP.pdf，第12頁。

[269]黃東益：《公共審議與自我轉化》，《臺灣思想坦克》2010年4月號，來源：http：//www.taiwanthinktank.org/page/chinese attachment 5/1426/201004s.pdf，第59頁。

[270]余致力：《民意與公共政策：表達方式的釐清與因果關係的探究》，來源：http：//www.tn-fsh.tn.edu.tw/course/resource/004.doc。

[271]馬奔：《創新的烏托邦還是有效的民主治理：對臺灣審議民主實踐的分析》，《經濟社會體制比較》

2009年第2期,第128頁。

[272]《淡水河整治公民陪審團簡介》,來源:http://tncomu.tn.edu.tw/modules/tadbook2/view.php?booksn=25&bdsn=1600。

[273]王章佩:《實踐視野中的協商民主:價值與制度形式》,《陝西行政學院學報》2011年第1期,第70-71頁。

[274]《淡水河整治公民陪審團簡介》,來源:http://tncomu.tn.edu.tw/modules/tadbook2/view.php?booksn=25&bdsn=1600。

[275]林子倫:《審議民主在社區:臺灣的經驗》,發表於「海峽兩岸參與式地方治理」學術研討會,臺灣大學社會科學院「中國大陸研究中心」主辦,2008年9月22-23日,第7-8頁。

[276]Jefferson Center,Citizens』Jury Handbook, Minnesota:Jefferson Center,2004,p.22.

[277]Jefferson Center, Citizens』Jury Handbook, Minnesota:Jefferson Center,2004,p.24.

[278]Jefferson Center, Citizens』Jury Handbook, Minnesota:Jefferson Center,2004,p.43.

[279]林子倫:《審議民主在社區:臺灣的經驗》,余遜達、趙永茂主編:《參與式地方治理研究》,浙江大學出版社,2009年版,第173頁。

[280]林國明、林子倫、楊志彬著:《行政民主之實踐:社區型議題審議民主公民參與》,臺北:「行政院研究發展考核委員會」編印,2008年版,第73頁。

[281]《淡水河整治公民陪審團簡介》,來源:http://tncomu.tn.edu.tw/modules/tadbook2/view.php?booksn=25&bdsn=1600。

[282]淡水河位於臺灣島北部,為全島第三長河流,流域面積亦為第三大。淡水河流域涵蓋臺北市、新北市、桃園縣、新竹縣,主流發源於品田山。主要支流有基隆河、大漢溪、新店溪。狹義的淡水河是指大漢溪與新店溪於板橋江子翠匯流至淡水油車口出海口的河段。日常人們常說的淡水河基本上是指狹義的淡水河。淡水河兩岸有著名的淡水老街、漁人碼頭、藍色公路、十三博物館、八仙樂園等眾多景點。

[283]林國明、黃東益、杜文苓著:《行政民主之實踐:縣市型議題審議民主公民參與》,臺北:「行政院研究發展考核委員會」編印,2008年版,第74頁。

[284]《淡水河整治公民陪審團簡介》,來源:http://tncomu.tn.edu.tw/modules/tadbook2/view.php?book

sn=25＆bdsn=1600。

[285]林國明、黃東益、杜文苓著：《行政民主之實踐：縣市型議題審議民主公民參與》，臺北：「行政院研究發展考核委員會」編印，2008年版，第69-70頁。

[286]《臺灣首次舉辦淡水河整治公民陪審團》，來源：http：//e-info.org.tw/node/20795。

[287]林國明、黃東益、杜文苓著：《行政民主之實踐：縣市型議題審議民主公民參與》，臺北：「行政院研究發展考核委員會」編印，2008年版，第72-73頁。

[288]《臺灣首次舉辦淡水河整治公民陪審團》，來源：http：//e-info.org.tw/node/20795。

[289]《淡水河整治公民陪審團簡介》，來源：http：//tncomu.tn.edu.tw/modules/tadbook2/view.php？booksn=25＆bdsn=1600。

[290]參閱林國明、黃東益、杜文苓著：《行政民主之實踐：縣市型議題審議民主公民參與》，臺北：「行政院研究發展考核委員會」編印，2008年版，第74-86頁。

[291]鄧宗業：《願景工作坊》，廖錦桂、王興中主編：《口中之光：審議民主的理論與實踐》，臺北：臺灣智庫，2007年版，第105頁。

[292]《「21世紀臺灣公民」願景工作坊——議題手冊目錄》，來源：http：//mli.ym.edu.tw/competence/Issue%20book.pdf。

[293]《願景工作坊Scenario Workshop》，來源：http：//sociology.ntu.edu.tw/～tsd/scenariowork-shop.htm。

[294]杜文苓：《投資民主：臺灣公民審議對政府決策的啟示》，「邁向參與式民主的挑戰與實踐」研討會（2011年5月14日），來源：http：//www.taiwanthinktank.org/page/chinese attachment 2/2028/0514.pdf，第108頁。

[295]鄧宗業：《願景工作坊》，廖錦桂、王興中主編：《口中之光：審議民主的理論與實踐》，臺北：臺灣智庫，2007年版，第105-106頁。

[296]Ida-Elisabeth Andersen and Birgit Jaeger，「Scenario Workshop and Consensus Conference：To-wards More Democratic Decision-Making，」Science and Public Policy，Vol.26，No.5，1999，p.332.

[297]中港河位於臺灣島北部，為淡水河的支流，流域分佈於臺北市北投區關渡平原西半部。其源流為舊貴子坑溪，發源於關渡平原臺北捷運忠義車站附近，向西南流至關渡東邊約700米處與另一支流舊水磨坑溪

會合後,始稱為中港河。隨後繼續西流至關渡宮附近注入淡水河。

[298]新北市政府在2006年提出「中港大排河廊改造計劃」,推動「中港大排河廊改造系列工程」,希望透過一系列改造工程的進行,徹底整治與改造中港大排。此次「中港大排規劃與使用願景工作坊」於2008年6月28日及6月29日,在新莊市昌隆「國小」進行,目標是希望透過由市政府當局與專家、地方民間團體、當地意見領袖和新莊市民此些參與者的討論,期待對新北市政府在中港大排未來發展上,能提供可行、有效的政策建議,進而打造一條民眾心中最理想的大排,讓民眾來共同描繪中港大排未來的圖像。參閱張國偉:《社會資本在審議民主活動中的展現:以新莊「中港大排規劃與使用」願景工作坊為例》,來源:http://pam.nsysu.edu.tw/data/taspaa/f/F3-2.pdf。

[299]《「中港河廊通學步道」願景工作坊簡介》,來源:
http://zhncku.med.ncku.edu.tw/web/uploads/digilive/130_1.pdf。

[300]杜文苓、張國偉等:《審議民主在空間議題上的新實驗:以「中港河廊通學步道願景工作坊」為例》,(臺灣)《公共行政學報》第32期(2009年9月),第78頁。

[301]DM是英文direct mail advertising的省略表述,直譯為「直接郵寄廣告」,即透過郵寄、贈送等形式,將宣傳品送到消費者手中、家裡或公司所在地。亦有將其表述為direct magazine advertising(直投雜誌廣告)。兩者沒有本質上的區別,都強調直接投遞(郵寄)。因此,DM是區別於傳統的廣告刊載媒體:報紙、電視、廣播、互聯網等的新型廣告發佈載體。傳統廣告刊載媒體販賣的是內容,然後再把發行量二次販賣給廣告主,而DM則是販賣直達目標消費者廣告通道。

[302]杜文苓、張國偉等:《審議民主在空間議題上的新實驗:以「中港河廊通學步道願景工作坊」為例》,(臺灣)《公共行政學報》第32期(2009年9月),第79頁。

[303]《「中港河廊通學步道」願景工作坊:參與會議心得》,來源:
http://alita74255.pixnet.net/blog/post/26268599。

[304]杜文苓、張國偉等:《審議民主在空間議題上的新實驗:以「中港河廊通學步道願景工作坊」為例》,(臺灣)《公共行政學報》第期(年月),第頁。

[305]杜文苓、張國偉等:《審議民主在空間議題上的新實驗:以「中港河廊通學步道願景工作坊」為例》,(臺灣)《公共行政學報》第32期(2009年9月),第80頁。

[306]杜文苓、張國偉等:《審議民主在空間議題上的新實驗:以「中港河廊通學步道願景工作坊」為例》,(臺灣)《公共行政學報》第32期(2009年9月),第81頁。

[307]杜文苓、張國偉等:《審議民主在空間議題上的新實驗:以「中港河廊通學步道願景工作坊」為

例》,(臺灣)《公共行政學報》第32期(2009年9月),第82、92頁。

[308]陳家剛選編:《協商民主》,上海三聯書店,2004年版,第134頁。

[309]林國明:《公共領域、公民社會與審議民主》,(臺灣)《思想》2009年第11期,第183頁。

[310]黃東益:《地方公共審議說理過程初探:2005年宜蘭社大公民會議個案研究》,(臺灣)《公共行政學報》第24期(2007年9月),第97-98頁。

[311]靳菱菱:《反核或擁核?審議式民主在原住民部落實踐的思考》,來源:http://cpis.bp.ntu.edu.tw/DevelopmentStudies/Data/ACDS 2nd B42.pdf。

[312]參閱石磊:《協商民主的制度設計與實踐模式研究》,廈門大學碩士學位論文,2009年版,第26-27頁。

[313]鄧宗業:《願景工作坊》,廖錦桂、王興中主編:《口中之光:審議民主的理論與實踐》,臺北:臺灣智庫,2007年版,第109頁。

[314]林國明、林子倫、楊志彬著:《行政民主之實踐:社區型議題審議民主公民參與》,臺北:「行政院研究發展考核委員會」編印,2008年版,第8頁。

[315]林國明、陳東昇:《公民會議與審議民主:全民健保的公民參與經驗》,《臺灣社會學》第六期(2003年12月),第79頁。

[316]林國明、陳東昇:《公民會議與審議民主:全民健保的公民參與經驗》,《臺灣社會學》第六期(2003年12月),第109頁。

[317]林子倫:《審議民主在社區:臺灣的經驗》,余遜達、趙永茂主編:《參與式地方治理研究》,浙江大學出版社,2009年版,第177頁。

[318]林子倫:《審議民主在社區:臺灣的經驗》,余遜達、趙永茂主編:《參與式地方治理研究》,浙江大學出版社,2009年版,第177頁。

[319]林子倫:《審議民主在社區:臺灣的經驗》,余遜達、趙永茂主編:《參與式地方治理研究》,浙江大學出版社,2009年版,第179頁。

[320]林子倫:《審議民主在社區:臺灣的經驗》,余遜達、趙永茂主編:《參與式地方治理研究》,浙江大學出版社,2009年版,第180頁。

[321]楊志彬：《審議民主在社區實踐的幾點觀察》，（臺灣）《新使者》2008年第2期，第14頁。

[322]參閱梁文韜：《資訊時代下的公共治理：規範性電子公民身分論之初探》，（臺灣）《政治與社會哲學評論》第19期（2006年12月），第1-84頁。

[323]參閱羅晉：《線上「理想言談情境」有多理想：蘇花「國道」論壇的分析》，（臺灣）《行政暨政策學報》第51期（2010年12月），第125-170頁。

[324]林子倫：《審議民主在社區：臺灣的經驗》，余遜達、趙永茂主編：《參與式地方治理研究》，浙江大學出版社，2009年版，第181頁。

[325]《北投社大：推動審議式民主培養種子團隊》，《臺灣立報》2005年1月13日，第3版。

[326]《實驗公民會議探索深度民意》，（臺灣）《民生報》2004年6月9日，第1版。

[327]《民眾是可以再教育的！》，（臺灣）《工商時報》2005年8月1日，第2版。

[328]杜文苓、陳致中：《民眾參與公共決策的反思——以竹科宜蘭基地設置為例》，《臺灣民主季刊》2007年第3期，第53頁。

[329]王茹：《臺灣建構公民社會的「協商民主」之實踐狀況》，《臺灣研究集刊》2008年第1期，第7頁。

[330]《來上公民課！公民會議、教育與公民權的再學習》，《臺灣立報》2005年1月24日，第4版。

[331]杜文苓、陳致中：《民眾參與公共決策的反思——以竹科宜蘭基地設置為例》，《臺灣民主季刊》2007年第3期，第56頁。

[332]談火生等編譯：《審議民主》，江蘇人民出版社，2007年版，第324-325頁。

[333]談火生等編譯：《審議民主》，江蘇人民出版社，2007年版，第343頁。

[334]《公民會議談稅制恐淪為政府背書》，《臺灣立報》2005年7月26日，第4版。

[335]《結論未必成為政策》，《臺灣立報》2005年2月1日，第5版。

[336]《公民投票豈容膚淺操弄》，《臺灣立報》2007年6月22日，第2版。

[337]《審議民主導致極端?》,《臺灣立報》2006年2月18日,第2版。

國家圖書館出版品預行編目(CIP)資料

臺灣審議式民主實踐研究 / 沈惠平 著. -- 第一版.
-- 臺北市：崧燁文化，2019.01

　面；　公分

ISBN 978-957-681-757-1(平裝)

1.臺灣政治 2.民主政治

573.07　　　　107023363

書　名：臺灣審議式民主實踐研究
作　者：沈惠平 著
發行人：黃振庭
出版者：崧燁文化事業有限公司
發行者：崧燁文化事業有限公司
E-mail：sonbookservice@gmail.com
粉絲頁　　　　　　網　址：
地　址：台北市中正區重慶南路一段六十一號八樓815室
8F.-815, No.61, Sec. 1, Chongqing S. Rd., Zhongzheng Dist., Taipei City 100, Taiwan (R.O.C.)
電　話：(02)2370-3310　傳　真：(02) 2370-3210
總經銷：紅螞蟻圖書有限公司
地　址：台北市內湖區舊宗路二段121巷19號
電　話：02-2795-3656　傳真：02-2795-4100　網址：
印　刷：京峯彩色印刷有限公司（京峰數位）

　　本書版權為九州出版社所有授權崧博出版事業股份有限公司獨家發行電子書繁體字版。若有其他相關權利及授權需求請與本公司聯繫。

定價：400 元

發行日期：2019 年 01 月第一版

◎ 本書以POD印製發行